U0114527

嘴講父母話　　　　手寫台灣文

實用漢字台語讀音

吳秀麗／著

臺灣 學生書局 印行

漢字的台語讀音及台語破音字典（台文）

張裕宏的頭辭

　　台文漢字真誠複雜，至少有五個原因。第一個是新移民文化壓制土民文化的歷史，第二個是移民摻濫的歷史，第三個是文字化的歷史，第四個是語言本身變化的歷史，第五個是語言政策迫害的歷史。頭前四個歷史攏從古早古早、唐山過台灣以前就在演進。

　　唐山的中原人見拄著戰亂，就歸大陣落南移民，啶啶有中央的軍隊伴行，真好控制南方的土民。Chiah-ê中原人認為尹的中原文化是上高尚的文化，尹的中原語言是上高尚的語言，尹是一等國民。做二等國民的土民若想欲出頭天，就著愛接受一等國民的文化、講一等國民的話。經過一段真長的時間、犧牲真侈土民了後，二等國民及一等國民大和解，攏講半仿仔中原語言、同齊發展半仿仔中原文化，攏總變做半仿仔中原人。唐山是硞著就戰亂的所在，見若戰亂，北月的中原人就落南吃變做土民的半仿仔中原人及夭未大和解的土民。按乃經過一兩千年、大大細細唔知幾擺的大和解了後，咱祖先的語言就摻濫真侈舊中原的話、新中原的話、新新中原的話、新新新中原的話…，一個漢字遂啶啶有幾若個讀音，譬喻「石」字有 *sėk*（像「蔣介石」）、*siȧh*（像「石榴」）、*chiȯh*（像「化石」）三個讀音，反映出三個時代三個族群的語言。台灣五十外年的中國語教育就是半仿仔中原化的閣一擺循環。不過這擺循環是大循環，會予漢字的台語讀音變做閣較複雜。

　　語族發生接觸，語言就會摻濫，佇唐山按乃，佇台灣嘛按乃。台灣早期的 Hȯh-ló 人對中國的福建南部及廣東東南部來，因為講仝款話，人真容易接觸，方言嘛真容易滲濫。經過四百冬的接觸及混合，漸漸形成「台語普通話」，其中方言嘛閣加滲濫袂少，漢字的讀音就亦增加袂少。譬喻

讀第三聲的「相」字，佇「相片」的「相」講做 *siàng* 的方言，拄著「金金相」的「相」卻一定講做 *siòng*，無講做 *siàng*，這是方言混合的結果。佇這種方言，「相」字加出一個 *siòng* 的讀音。

台語的破音字產生的第三個原因是為著字無夠用，須要借現靖有的字來用。Hóh-ló 話文字化對東時開始無人知，唔過留落來上介舊的五百年前的文獻已經有真侈借用的字。有的字是借來寫及中原語言仝意思的話，像 *kián* 寫做「子」，*lâng* 寫做「人」。有的字是借來寫仝款發音的話，像 *iáu*（'猶原'的意思）及「夭壽」的「夭」仝音，就借「夭」字來寫；閣像 *bōe*（'無可能'的意思，亦有人講做 *bē*）及「聯袂」的「袂」仝音，就借「袂」字來寫。頭一種借字的方法自然會增加字的讀音，譬喻「人」字本成干單有 *jîn* 一個讀法（方言亦有 *gîn* 及 *lin* 的音，不過這是方言差，除非像頂面第二個情形、摻濫入去仝一個方言，亦有讀 *jîn*、亦有讀 *gîn*、亦有讀 *lin*，若無者就及本題無關係），後來借來寫 *lâng*，遂加一個讀法。第二款借字的方式有一個毛病，彼就是所借的字的發音及伊所寫的話啶啶有精差，這個字的發音就加一個出來，譬喻有人咖 *liâm-pin* 寫做「連鞭」，也就是借讀做 *liân* 的「連」字來寫 *liâm* 的音，「連」字遂加一個讀音。

人會相看樣，用字嘛是按乃。人唔但借人用過、仝意思的字，閣會借別人借來的字，但是別人借的字咱無一定適用。親像一寡所在的人 *boeh/beh*（'欲'的意思）講做 *poh*，就借尹彼所在仝音的「卜」字來寫，佇台灣'欲'無講做 *poh*，唔過有人夭是看樣咖 *boeh/beh* 寫做「卜」，「卜」字自按乃加一個音。閣親像一寡所在的人 *kā*（介詞，表示受事者）講做 *kāng*，尹就借仝音的字寫做「共」，像 *kā góa kóng* 就寫做「共我講」，按乃「共」字就加出 *kā* 這個音。

語言隨時在變，語音嘛在變，親像「就是」對 *chiū-sī* 變做 *chiō-sī*，閣變做 *tiō-sī*，誤做 *tiòh-sī*，上路尾變做 *tō-sī*，誤做 *tòh-sī*。語言的變遷有一

個推動力是「以訛傳訛」。佇語言傳授的過程中，啶啶會發生錯誤，真俗錯誤會傳予後代。舉「鹿耳門」的白話音來講，照一寡所在的腔口，「鹿耳」（'固定船桅的兩片柴'）講做 *làk-hī*，所以「鹿耳門」講做 *Làk-hī-mn̂g*。因為一嘴傳一舌的結果，「鹿耳門」的講法發生一縮的變化，竟然有人咖寫做「六個門」：*Làk-hī-mn̂g → Làk-ī-mn̂g → Làk-ē-mn̂g*。結局「耳」字佇台語除了 *ní*（像「耳目」）、*jí/jín*（像「木耳」）、*hī/hīn*（像「耳鼻喉科」）這幾個讀音以外，閣有 *ē* 這個讀音。起頭所舉「就是」的例，其中各種講法嘛攏是對頂枝嘴傳落來下腳塊嘴舌的。

台語漢字多音的第五個原因是台灣人母語教育的權利予人剝奪。台語教育已經普遍停睏一百冬，完全停睏欲六十冬，絕大部份的台語人口是母語文盲，有的人大部份的漢字袂曉讀，絕大部份的人三不五時仔拄著字袂曉讀。袂曉讀就烏白讀，親像「賄選」就有上少兩款錯誤的讀法。有一寡錯誤的讀音嘛一嘴傳一舌，習慣變成自然，teh-boeh 成做後代正確的讀音，親像「突破」講做 *thok-phòa*，「佩服」講做 *phòe-hok*。Chiah-ê 錯誤的讀法若變成一般人的讀法，就會予 chiah-ê 字增加「正確」的讀音。

以上五種因素攏會當秤彩組合，影響某一個字的讀音，親像「著」字有六個讀音：*liòk*（像「著落」）、*tiòh*（像「著病」）、*tòh*（像「著火」）、*tiâu*（像「考著」，一般寫做「考椆」）、*tī*（像「著台北」，一般寫做「佇台北」）、*tì/tù*（像「著作」）。這字的情形是第一個因素及第四個因素造成的。閣親像「連」字有五個讀音：*liân*（像「連絡」）、*liān/liām*（像「連一滴水都無」）、*liâm*（像「連鞭」）、*lián/liám*（像「連霧」）、*nî*（像「姓連」，這是舊的叫法）。這字的情形是第一個因素、第二個因素、第三個因素、第四個因素混合造成的。

台語漢字 chiah-nī 複雜，若無台語破音字典，讀、寫台文的人—無論尹是學台語的人或是用台語的人—會感覺著真誠困擾。十外年前我就感

覺有必要編一本台語破音字典，嘛有隨時進行編纂。但是我心較大牛，字典編到真詳細，工作兩冬了後，發見閣二十冬嘛編袂了，就按乃漸漸停落來，最後放棄。真佳哉，疼 thàng 台語的人夭有真儕，知影工作重點的人嘛夭袂少，吳秀麗小姐是其中一個真出擢的。伊看清楚台語破音字典的重要性，而且我無法度完成的工作伊閣有完成。

不過吳小姐編字典及我有一點無仝。伊注重實際，認定這本字典是急用的，無必要完美。第一，這內底干單收 552 個漢字，對初初學台語的人來講夭算有夠用就好。第二，伊袂想欲咖逐個字的所有的讀音攏註明，干單常用字的常用讀音伊才有咖使用者講。親像「鹿耳門」的「耳」讀 *ē*，伊這本字典就無可能收。第三，伊袂想欲咖某一個讀音所有的語詞盡量列出來，伊干單列出常用詞，所以舉例有限，工作有法度佇短期中完成，造福有需要的人。

除去實際以外，這本字典夭有下面三項特點。第一，第三款來源的讀音，除非已經真有路用的，伊就無收，親像「人」讀 *lâng* 、「子」讀 *kián* 伊有收。這及現今台文用字有一寡夭未固定有關係，亦就是講若唔是儕儕人按乃用、而且一般人唔知字源實在是無關係，伊就無承認。第二，第五款來源的字音伊嘛無收。這及伊做一個台語教師有關係。伊著愛咖學生講甚麼讀音是正確的，甚麼是無正確的。第三，重要的方言差有註明。親像「彰化」的兩種講法攏有：*Chiang-hòa/Chiong-hòa*。按乃，這本字典就會當儕少照顧一寡講無仝款方言的人。

總講一句，這本字典佇台灣緊急需要台語破音字典的時上市，而且再版，咱真誠歡迎，嘛真咖編纂者祝賀。無所不包的台語破音字典等待台語教育落實以後才來編夭袂慢。

1996年11月, 台灣大學外文系／台灣大學語言所

有誰毀得了我們的母語？

　　語言是意思表達工具，也是文化的一種。咸信要毀滅一個民族，得先毀滅它的文化；而要毀滅一個民族的文化，得先毀滅它的語言。過去國民黨政府為便於統治，一向要把視為異族的台灣人之文化毀滅，因此毀滅台語是必然的。

　　但是隨著台灣政治形勢改變，包括：解嚴、蔣家政權結束、國民黨台灣化——臺灣政客進入權力中心、反對黨成立……，本土化已蔚成不可抵擋的風潮，因此水漲船高，台語文研究如雨後春筍，不但有各種出版物（包括錄音教材），也成立不少研究社團，如台文社、台灣語文研究會、台灣語文學會、台灣語文協調會等等，甚至還舉行台灣語文研究會議，以推動台語文字統一標準化運動；就連日據時代的出版品也被重新翻印。台語文研究的蓬勃發展，證明台灣文化根的雄厚，不但不容易被外來政權所撲滅，而且不久在重見天日之後，還會對世界文化有所貢獻。

　　然而由於台灣人事實上仍未擁有政權，目前所作的努力都僅止於民間的，其發展仍受限制。特別是各成一家言的私人研究成果，如果不經由國家機器確定其權威，並透過教育政策落實於國民教育，那將永遠是各說各話，或「三人五黨」，彼此爭論不休。這或許只是一種過渡的現象，但政治問題不解決，就無法靠岸、就無定論。

　　筆者在一九八五年參加於日本舉行的世台會，會議中聽到畢生致力於台語文研究的王育德先生演講，他說他研究台語文一輩子，試圖找出最簡便可行的方法來解決台語文問題，最後承認失敗，並公開聲明放棄；相反地，他則公開推崇在台灣已推行於長老教會達一百多年歷史的羅馬字，他說羅馬字音文一致，不但簡便易學，而且在台灣真正使用過，頗有成效，我們實在不必捨有求無、另闢蹊徑。誠然自古文人相輕，且敝帚自珍，很少人會像王先生一樣，輕言放棄自己的研究，向人投降；不過無論如何，王先生臨終前的自我剖白，非常值得注意，對部分有音

無字或者太多爭議得的字，羅馬字的確是非常有用的。

　　吳秀麗女士雖然不是學究型的台語文專家，卻是一位事實上具有認真研究精神與學術修養的台灣語文工作者。

　　她完成了相當成功的工作：第一、台灣第一個以台語文書寫的專欄自立晚報的「台語點心擔」，吳秀麗女士擔任主筆與主編，其文章清新雋永，主題深入社會現象，關懷國家脈動，並寓以上各樣主題及目標於流暢的台灣語文書寫之中。第二、和鄭良偉教授等人合著「親子台語」並錄製「生活台語」、「親子台語」教學錄音帶，並獨力編寫「商用台語」一書及錄製教學錄音帶。第三、開設了ＹＭＣＡ台語班、台語師資班。第四、擔任中華航空公司空服員台語課程講師，並曾編譯台灣第一套「飛機上的台語廣播詞」書面語。第五、擔任台視「五燈獎」節目中「你講台語嘛會通」主講。第六、參與華視「日日春」節目裡的「日日春學堂」編劇。第七、擔任台灣語文促進會會刊「台語風」雜誌主筆、編輯。第八、擔任台北縣市中小學台語師資班講師，並編寫台北縣台語教材七冊、錄製教學錄音帶七捲、錄影帶四捲，以及台語教師輔助教材「痛苦王及如意君」。第九、參與交通部電信研究所台語語音電腦研究計劃，擔任顧問之職，負責台語語料收集、語音錄製的工作。第十、吳秀麗女士製作、主持台北廣播電台「寶島台語風」台語廣播教學節目。總之，吳女士以自己對台語文的理想，走在前面做無怨無悔的台語文工作的開拓者。更難得的是吳女士是八十四年度台北市西區扶輪社第一屆「台灣文化獎母語推廣類」的得獎人，實在是實至名歸。如同吳女士自己說的，她是以「嘴講父母話，手寫台灣文」爲職志，以講台語、教台語、思考、書寫都用台語的「台語人」，並深深引以爲榮。

　　因爲教學的方便與需要，吳女士編著「實用漢字台語讀音」一書，內容包括漢字文言讀、白話音、破音。本書有學習台語羅馬字的課程。有漢字台語讀音課程，一一將漢字一字多音的用法以羅馬字標出讀音，並列出例句，解決讀者會看不會讀的困擾。本書且附有「台灣話書面語漢字用字參考表」，此表收集書面語的用字、字例、羅馬字音、華文解釋，便於有志於書寫台文人士使用，及供想寫台文卻不知如何下筆者作

爲參考，另有台灣火車站名台語讀音、台灣郵遞區號台語讀音、台北市主要路名台語讀音，都是非常實用性的内容。

　　寫會語文的四種步驟是聽、説、讀、寫，唯有精通這四部份，才能使用語文自如，在台語文標準化之前，吳女士的這套教材與教法，可以將台語的種子散布於社會大衆的心中，假以時日的努力和醞釀，將開出一朵屬於台灣這塊土地，台語文這種語言的燦麗花朵，這是比任何學者專家，任何語文論著，更爲有效，更爲實際的成果。以吳女士的此著爲舟，讀者的用心及經營爲槳，我們終將進入台語文的另一個桃花源。於其中，我們恣任成長，群芳夾道，落英繽紛，又有誰能毀得了我們的母語呢？

　　於「實用漢字台語讀音」修訂版出版之際，筆者幸得先睹爲快，並樂於爲之序。

　　　　　　　　　　　　　　　　　劉峰松

　　　　　　　　　　　　　　　　　　一九九六年十一月

張　序

　　台灣話在台灣，目前只能以「殘破不全」來形容。我説「殘破不全」指的是兩種現象。其一是詞彙的逐漸喪失，其二是當今的青年、少年，要不是無法完整地用台語表達意思，就是無法正確的發音。導致這種現象的原因當然是政治壓迫。一是日據時代的「國語政策」，二是國民黨政府的「國語政策」。

　　這幾年，由於政治、社會的變化，對於台灣話的重視有逐漸恢復的現象。但也因此一時之間群雄並起，人人稱主流，個個爭正統。在這中間，默默地從事台語教學，從實用的觀點編教材者不是沒有，但極爲少數。本書的作者吳秀麗女士就是其中之一。

　　吳秀麗女士這本「實用漢字台語讀音」，我覺得它仍延續她的風格。意思是，它不是一本高談闊論的理論文字，而是一本「實際從事台語教材編寫，台語文寫作」以及累積「台語教學經驗」者，所編寫的一本實用教材。本書共分三個單元。第一單元：台語羅馬字課程。從基礎的台語聲調入門，設計二十課的台語羅馬字課程。第二單元：漢字台語讀音課程。本單元列出常用漢字的文言讀音、白話讀音、破音，並蒐錄常用詞句。第三單元則是台語書面文用字課程。除列台語漢字，並加註台語羅馬字及華文解説。書末並有附錄四種：①台語的輕聲、變音、合音、方音差異。②台灣火車站名台語讀音。③台灣郵遞區號台語讀音。④台北市主要路名台語讀音。全書體例完整，清楚易學。是一本難得一見的研讀台語的書籍。

　　吳女士編寫台北縣台語教材後，我有幸參與了事後錄音帶、錄影帶的審訂工作。得知她以台語教學爲職志，她對台語教學所花費的時間與精力是非常人所能想像的。今天她再次出版「實用漢字台語讀音」修訂本，我有幸受她之邀，説出我的讀後心得。因此贅言數語，並向讀者推介。

張　德　麟

一九九六除夕於台北芝山岩

代序：

論台語及台語教育

連橫先生在《台灣語典》序言中曾提到：「余台灣人也，能操台灣之語而不能書台語之字，且不明台語之義，余深自愧；……夫台灣之語……豈眞南蠻鴃舌之音……；余既整理台語，復懼其日就消滅，悠然以思，惕然以儆，愴然以言……。」這就是在半世紀以前連先生寫《台灣語典》的理由。

文化包涵廣泛，處處可見，語言是文化之一，更是表達文化的工具，本土文化能使用本身的語言與文字來傳承，更加的貼切、傳神。然而今日身爲台灣人在台語的使用、研究上，不但沒有突破與進展，甚至連日常會話都成了問題，更遑論「書台語之字，明台語之義」！台語一直停留於以口相傳階段，使用者差不多個個都是「只聞其音，不明其字」變成「在地人不懂在地語言」，縱使身住台灣，但心卻在他鄉，失去認同本土的意識。

台語衰微的原因

⑴不當的語言政策

連先生當年的感嘆與今日台語的式微，不當的語言政策是其中的最大原因。1995年爲馬關條約簽署一百年，在台灣近代大約一百年的歷史中，台灣歷經兩個政權統治。一八九五年清朝與日本簽訂馬關條約，使台灣變成日本政府的殖民地。一九四五年中國國民黨由大陸撤退來台，成爲執政黨。前者以台灣爲殖民地，未將台語列入學校教育中，而是將其「國語」（日語）列入，強迫民眾學習，甚至鼓勵民眾以成爲「國語家庭」爲榮。雖然台灣當時苦爲日本殖民地，其採取殖民統治，似乎是合情合理，但是仍然引起民眾相當程度的反彈。然而，令人百思不解的是後者向民眾宣稱台灣回祖國懷抱，其他政策方面不談，在語言政策上不但沒有讓語言權回歸於民，爲著統一語言的政策，矯枉過正的承襲日治時代的「傳統」，強迫民眾學習另一種「國語」（華語），並且藉著學校處罰的方式來達到目的，執政者在政策上扮演了誘導民眾「自我否定」的角色。

⑵台語被矮化、醜化、扭曲

就像人類生而平等，語言與人權一樣不應該被分優劣，每一種語言都是

完美的，也都足夠表達一切生活所需，相對的，每一種語言也都有不文雅，甚至不堪入耳的粗話。然而台語因著政治因素而處於不平等的地位，經常有人高歌「國語頌」，貶台語爲「方言」，提倡「國語」比方言更優越，「國語」的地位應高於「方言」的「神話」，而且主觀的散播台語語彙不足，不能成爲通用語言的錯誤觀念，更有人有意無意之間將台語視爲不文雅、粗俗的語言。

台語向來是台灣民間的主流語言，但一百年來在政策上卻一直是被禁止、鄙視、扭曲、矮化。新聞局電廣法曾經明令規定台語廣播時數，強迫以華語演布袋戲；媒體也經年的醜化，電視上的流氓、壞人、下女等等角色持用的語言都是台語。我的學生（外省籍不懂台語）曾經問我，爲甚麼電視上出現的台灣人幾乎都不是坐辦公桌的？審查台語節目的單位採取放任，任憑髒話、粗俗的廣告出現在節目中。其至學生在學校說台語都要受處罰，在孩子幼小的心靈烙下以說母語爲恥的傷痕，因而形成使用此語言者的自卑。這些當年因爲說台語而受罰的孩子，如今已經爲人父母，潛在的意識影響著，不知不覺的不教自己的孩子台語，導致生長於本地的孩子不懂在地語言的現象。

台語必須有書面文字

放眼世界，有文明就有語言亦有文字。語言、文字都需要透過教育來學習是衆所皆知的。台灣經濟發達聲名遠播，號稱世界奇蹟，台灣已躋身已開發國家之林，然而台灣的在地語言卻幾乎停留以口相傳階段，是一大諷刺，所以台語必須趕快推廣書面文字，而政府必須參考現有的文獻書籍，扮演積極主導的角色。

台語一般停留於以口相傳，「萬般皆下品，惟有讀書高」的士大夫觀念影響相當大，但是所謂的「讀書」是「讀中文經書」。科舉時代的文人以「一舉成名天下知」爲志向，奮力追求功名，一心想光宗耀祖、蔭庇子孫，而甘心「十年寒窗無人問」。他們所讀的是文言文，所研究的學問深入而無淺出，科舉所考的八股文和一般的實際生活有相當的距離，而文人對民間的口語文學、戲劇等均持不屑一顧的態度，再加上不當的語言政策，因此民間所使用的口語，除了台灣基督教長老會的羅馬字（白話字）聖經、聖詩、宗教書籍，以及一些文獻、工具書籍、和少數的民間劇本外，而未能有書面文字記載，也因此造成一些書寫台文時用字上的困擾。

俗云：「話是風，字是蹤」。語言不注重文字，就有失傳以及訛誤的危

機，台語正是此種情況。舉例而言，有句俗諺「先生賢，主人福」其中的「賢」眾說紛云，一說為「賢 [hiân]」，一說為「緣 [iân]」，到底原本是先生『賢』，主人福」，或者是「先生『緣』，主人福」有誰能查證？另外有一句「去土州賣鴨卵」，其意為「死亡」。其爭議點為「蘇 [so˙] 州」或者「土 [thô˙] 州」，國內某電視台曾遠至蘇州報導其淵源，然而筆者曾聽民間長者傳述應為「土」州，到底前者正確或是後者，也已難查明。諸如此類的例子與爭議不勝枚舉。再者，台語文用字上的困難，也在在突顯台語書面文工作的腳步如再不加快，台語將會變成「話無真𣍐曉講，字一字攏𣍐曉寫」。

台語必須列入正規教育

每個國家或者族群都有其母語。語言既然是表達文化的工具，那麼在一個多族群的社會國家裏，擁有多種不同的文化、語言是自然而然的現象。消滅語言，就是滅絕文化，置其放群無立身之地。如果因為語言文化的隔閡，而導致族群文化、自尊受損，引起族群對立，失去和諧，將使社會付出昂貴的代價。因此，在二十世紀的今日，世界各民主先進國家大多已經實施多語政策。

筆者是台灣語文工作者，工作的內容大致有二：一為將口傳語言書寫為書面文字，一為台語教學。教學對象又可分為二：一為台語是其母語的在職教師或社會人士；二為生長於台灣但不懂台語的社會人士，主要是一般所謂的外省人第二代。前者僅止於會聽、會講台語；後者則聽講都有困難。前者尚未上課以前，觀念上和大多數的人一樣是不正確，他們認為會聽、說台語的人，還要再學習台語真是「多此一舉」；後者卻是想學習而苦無門路。兩種不同背景的人，在語言學習的觀念上形成了強烈的對比，到底問題出在哪裡？依筆者之見應該是缺乏台語教育的原因。

台語教育實施的方向

(1)學　校

筆者曾擔任中華航空公司空服員台語訓練課程的企劃及教學工作，在工作中深深體會我們的教育與社會脫節的現象。一個接受完整大學教育的青年，竟然到工作崗位時，才又重新學習這個社會所使用的主流語言——台語。這

種怪現象可能會成爲世界級的笑話，要掃除它，學校必須有雙語課程。

再者，使台語受到重創的地方是學校，從學校開始爲台語「療傷」有其重大的意義與功效。但是，台灣的教育政策一直沒有給予台語教育合法的地位，從小學到大學，始終棄台語教學於編制外。最近才勉強允許從八十五學年開始每週可以有一小時的課外活動做鄉土教學，實際上這並非眞正的雙語教學。台北縣有部分小學從八十二學年九月開始，利用週六兩個小時的課外活動時間實施本土語言教學，幾年下來從實際參與教學老師的反應證實，這種硬擠出來的教學時間根本不足。

根本之道是教育部應該明定本土語言教學爲正規教學的一部份，比照華文課程從小學到高中規定學生必修，在師範教育加強培訓師資；在大學開設本土語言科系，讓學生專修、選修；在統籌教材編寫方面，教育部應責無旁貸的負起編寫的責任，全面提供相關資源。

學校台語教育的成功能提升整體的台語水平，傳承台語，使台語成爲「活的語言」，創作出台語的文學作品，恢復台灣人因爲台語被貶而失去的尊嚴，促進社會族群的和諧，加強紮根台灣，認同本土的意識。

⑵家　庭

家庭是塑造人的心智、思想的地方，家庭教育對個人影響深遠。過去因爲不當的語言政策誤導大眾以爲說台語是沒水準的。今日不分族群人人皆當以身爲台灣人爲榮，然而當省思：身爲台灣人，不懂台語，不能書寫台文，不明白字義，實在枉爲台灣人！但是，孩子不懂、不會，是因爲父母親沒有教導的緣故。有些因爲自己不懂台語而受苦的朋友，爲了要讓他們的孩子會說台語，設法爲孩子尋找懂台語的褓姆。讓孩子會多學一種語言，等於爲他們多開啓一扇窗戶，何況是讓孩子學習自己生長的在地語言！爲人父母者應該在家庭中多教導孩子，讓他們長大以後有更大的生活空間。

⑶社　會

一般社會大眾對台語的誤解甚深，在觀念上把台語當成會話、消遣罵人的用語，台語被誤貶爲次等語言。其實，台語不應該被限制於會話戲劇上，以台語來談、寫天文、地理、文學、歷史、數學、經濟、法律、政治、醫學、藝術……等等，無一不可。猶記得每當逢年過節或者有政令宣導、政治活動時，政府官員都知道一定要使用台語，這對民眾來說是非常可笑、可悲的事情。

媒體除了娛樂大眾以外，也應該負起教育的責任。今日在媒體上的台語

節目水準不高，特別是某些歌廳秀，不僅沒水準，簡直可用「髒」字來形容，盡在有損女性尊嚴的性話題上做文章，眞叫人痛心。罵人的話、粗話，毫無遮欄的成串出口，還美其言的謂之爲「鄉土味」。另外一種現象則是有些人因爲不懂得台語而濫用，或者不能辨分其俗、雅而誤用。語言代表民族的尊嚴，今日人人皆以身爲台灣人爲榮，但是我們看到自己的語言被醜化、扭曲，我們能以此種語言爲榮嗎？

社會教育是多元的，在大衆媒體、娛樂、戲劇、報章、雜誌上，應該要有些積極的、富教育性的台語教育、娛樂節目、有深度、正面的報導台語文章，特別是政府單位應該有誠意的率先製作沒有政治意味的好節目，民間企業也要回饋社會來參與。因爲台語的水準提升是所有台灣人的共同的驕傲，是大家樂於見到的，而且社會教育是必須全民一起參與的。

感謝的話（台文）

這本「實用漢字台語讀音」的初版，一九九二年五月佇自立晚報文化出版社出版。這遍經過修訂、增補交由學生書局出版，在修訂版出版的時陣，筆者有眞多感謝的話欲講，也欲將這本冊的成果及諸位好朋友分享。

感謝台北縣文化中心劉峰松主任爲這本冊寫序言。筆者好膽用一個譬喻來講，設使筆者是「千里馬」，劉主任就是「伯樂」。劉主任贊同筆者對台語文教育的理想，全力支持對台語教育的工作計劃，所以台北縣才有這套包含學生課本、教師指引、教學錄音帶及教學錄影帶，相當齊全的台語教材。劉主任疼惜台灣的心，及支持本土文化的精神，值得大家尊敬。

感謝國立台灣大學張裕宏教授爲這本冊寫序言。張教授誠有學者的素養，閣繪激教授的派頭，伊一直義務做筆者的工作顧問，提供眞多寶貴的建議，是筆者的良師益友。

感謝國立中央大學張德麟教授爲這本冊寫序言。張教授眞努鼓勵工作者，因爲伊的鼓勵及肯定，予筆者有信心繼續從事台語文化的工作。

感謝民間學者蔡澄甫先生不但是筆者的顧問兼好同工，閣撥寶貴的時間，入錄音間幫忙錄製台語羅馬字教學示範錄音教材。

感謝參與校對工作及提供寶貴建議的諸位好朋友。佘榮森先生提供眞好的意見。任冠樹先生鬥做電腦索引。佇台北縣的國小擔任教職的林淑貞老師、吳素絹老師、李慧貞老師鬥做校對，因爲有個熱誠的幫助，這本冊的錯誤才會當減少。

最後，感謝學生書局以及台灣基督長老教會總會協助本冊的出版。

台語文工作對筆者來講，是理想、是挑戰、是學習。這本冊也是筆者學習的成果，有無周全的所在，祈望先進指正。

一九九六年十二月

實用漢字台語讀音

目　錄

編寫說明

一、編寫目的：1.為使讀者學習台語羅馬字的課程，學習台語聲調、變聲規則，掌握台語入門的基本工具。

2.為使讀者認識漢字台語讀音，學習台語漢字一字多音的課程，而應用之。

3.為使讀者學習、認識台語書面文用字，學習台語文漢字用字，以期能達到《嘴講台灣話，手寫台灣文》的目標。

二、課程編排：課程的設計分三個單元。

第一單元：台語羅馬字課程。從基礎的台語聲調入門，設計二十課台語羅馬字課程。

第二單元：漢字台語讀音課程。本單元列出常用漢字文言讀音、白話讀音、破音，並蒐錄常用的詞句，以台語羅馬字標出其讀音。

第三單元：台灣話書面文漢字用字課程。本單元列出常用台語漢字參考表，並列舉例句，標註台語羅馬字及華文解說。

三、編寫特色：1.課程單元設計是累積編者於實際從事台語教材編寫、台語文寫作、台語教學經驗所設計的，是一本實用的工具書。

2.本書中的每一課程從蒐集資料到完成，皆經編者再三斟酌才定稿，並由編著者親自打字完稿。

3.本書後面附錄有四。

①台語變音、輕聲、合音、方音差異。

②台灣火車站名台語讀音。(漢字採用華文書寫方式，台語讀音則大抵按照當地人實際讀音為準)。

③台灣郵遞區號台語讀音。

④台北市主要路名台語讀音。

四、符號説明：1.本書中 ◎ 此符號詞句後面爲台文。

2 本書中 { }此符號中的詞句爲華文。

3.本書中 （ ）此符號中的詞句爲附加説明。

4.本書中／號表同義詞，有兩種情況：一種爲方音差，前者爲漳州口音後者爲泉州口音；另一種則爲可選用的語彙。

五、使用對象：對象有二：母語爲台語，要進一步學習台語文的人士；母語爲華語，願意下工夫學習台語文的國內外人士。

六、錄音教材：本書另錄製第一單元的台語羅馬字課程，附教學錄音示範帶兩種(漳州口音與泉州口音)；供學習者自行選擇使用。

七、使用方法：最好以教師上課的方式進行，方能得到實際指導與開口練習的機會。如果是自習者，編者建議，熟練第一部分台語羅馬字課程，然後藉著台語羅馬字，學習漢字台語讀音的課程、台文書面字課程。

八、本書交由學生書局以及台灣基督長老教會總會共同出版。

台語羅馬字課程

台語羅馬字的來源及發展

　　本書所使用的台語羅馬字是台灣基督教長老教會所使用的羅馬字，學術界慣稱「教會羅馬字」或簡稱「教羅」，教會界慣稱「白話字」，一般又稱「台語白話羅馬字」，但因它實際的應用早已超越宗教領域，現在已經成爲大衆公產、公器。

　　台語白話羅馬字來源甚早。一八一七年英籍宣教師麥都思(Walter Henry Medhurst，1796-1857)初抵麻六甲，後在新加坡、馬來、爪哇、上海等各地從事傳教；因與閩系華僑多所接觸，對福建話逐感興趣，於一八三七年在澳門刊行《福建方音字典》(A Dictionary of the Hokkien Dialect of the Chinese Language)該書序論六四頁，本文八六〇頁，所收藏字數大約一萬二千，是歐人研究福建語言的開拓先鋒，也是羅馬拼音表記閩南語最首者。

　　最早編纂的台語音漢字典爲一八九三年偕叡理(Rev.George Leslie Mackay 1844-1901)所編的《中西字典》(Chinese Romanized Dictionary of the Formosan Vernacular)該書共二百二十六頁，所收字數有九千四百五十一；每字以羅馬字註台灣的讀音並解釋其義。

　　杜嘉德(Carstairs Douglas, 1830-1877)和其夥伴編纂第一部廈門音白話漢英辭典《廈門音漢英大詞典》(Chinese English Dictionary of the Vernacular or Spoken Language of Amoy)一八七三年由倫敦 Trubner & Co. 出版；序文、緒言及説明共一九頁，本文六一二頁，該書特色是全書無一漢字，全部使用羅馬字編纂。書一出版立即成爲所有想要學習閩南語者：宣教師、商人、旅行者、船員、翻譯人員、學生等之必要工具。

　　將羅馬字拼音法推行於實際應用者，其功歸於十八世紀來中國廈門的宣教師門，特別是打馬字(John Van Nest Talmage，1819-1892)。他是美國歸正教會的宣教師，一八四七年受派遣到廈門，曾協助杜嘉德編纂《廈門音漢英大詞典》。一八五二年在廈門刊行廈門音羅馬拼音初學指南。一八九四年編纂《廈門音的字典》(E-mn̂g Im ê Jī-tián)廈門鼓浪嶼萃經堂印行。該書是用羅馬拼音白話字寫成，共四六九頁，字典部分佔三八五頁，依字音Ａ Ｂ Ｃ 編排，有義解及用例，是甘爲霖編《廈門音新字典》的藍本。

　　將羅馬字傳入台灣者爲早期來台的宣教師。一八六五年五月英籍宣教師馬雅各醫生(Dr.James Laidlaw Maxwell，1836-1921)受派遣來台灣傳教，同時把羅馬字傳入台灣。一八八五年七月使用羅馬白話字印刷的《台灣府城教會報》月刊，英文名是 Taiwan Prefectural Church News，在巴克禮(Dr. Thomas Barclay，1849-1935)主持下，使用羅馬白話字出刊。該報曾在第二次世界大戰中短暫停刊(1942年4月～1945年11月)，其間曾數度變更名稱，1932年起名爲《台灣教會公報》，1973年起改爲週刊發行至今。就文字的形式，該《教會報》除了一九四０年曾被迫使用日文，一九七０年起使用華文以外，全部採用羅馬白話字書寫。目前這份這份《教會報》原版合訂本現藏於「台灣教會公報社」與「台南神學院」，是台語書面出版品中最豐富、最完整的一套資料，是研究台灣歷史、語言、文化不可少的寶貴文獻，也是台灣寶貴的文化遺產。

　　首在台灣編纂的字典爲一九一三年宣教師甘爲霖 (Rev William Campbell D.D.1871-1921)編著的《廈門音新字典》(A Doctionary of the Amoy Vernacular)，該書大約收錄一萬五千字，教會人士慣稱「甘字典」。該字典所使用羅馬字表記法，後來被應用甚廣；從日治時代至今，除了宗教性的應用以外，非宗教性的應用也十分廣泛，使用台語白話羅馬字書寫的出版品，除了長老教會有相當數量的出版品以外，在民間也有相當多的數量，是學習者、研究者最好的工具。

參考資料：

　　1965 鄭連明主編《台灣基督長老教會百年史》
　　　　　台灣基督長老教會出版
　　1990 賴永祥編著《教會史話》第一輯
　　　　　台灣教會公報出版

第一課　台語聲調介紹

聲調名稱	傳統術語	調值	調值描寫	標調符號	舉例	備註
第一聲	陰平	55	高平	無記號	kun 君	
第二聲	上聲	53	高降	／	kún 滾	
第三聲	陰去	21	低降	＼	kùn 棍	
第四聲	陰入	<u>32</u>	低短	無記號	kut 骨	字尾必是 p t k h
第五聲	陽平	13	昇	＾	kûn 群	
第七聲	陽去	33	中平	─	kūn 郡	
第八聲	陽入	<u>55</u>	高短	｜	ku̍t 滑	字尾必是 p t k h

口訣：

衫	短	褲	闊	人	矮	鼻	直
獅	虎	豹	鱉	猴	馬	象	鹿
甜	苦	脆	澀	鹹	軟	韌	滑

第二課　台語聲調練習

第一聲 陰　平	第二聲 上　聲	第三聲 陰　去	第四聲 陰　入	第五聲 陽　平	第七聲 陽　去	第八聲 陽　入
cheng 精	chéng 整	chèng 政	chek 責	chêng 情	chēng 靜	che̍k 籍
keng 經	kéng 景	kèng 敬	kek 激	kêng 窮	kēng 競	ke̍k 極
teng 登	téng 等	tèng 釘	tek 竹	têng 亭	tēng 定	te̍k 敵
tong 東	tóng 黨	tòng 棟	tok 督	tông 同	tōng 洞	to̍k 毒
kun 君	kún 滾	kùn 棍	kut 骨	kûn 群	kūn 郡	ku̍t 滑
hun 分	hún 粉	hùn 訓	hut 忽	hûn 雲	hūn 份	hu̍t 佛
hoan 翻	hoán 反	hoàn 販	hoat 法	hoân 繁	hoān 範	hoa̍t 罰
chim 斟	chím 嬸	chìm 浸	chip 執	chîm 蟳	chīm □	chi̍p 集
si 詩	sí 始	sì 四	sih 薛	sî 時	sī 是	si̍h 蝕
ui 威	úi 委	ùi 慰	uih □	ûi 圍	ūi 位	ui̍h 劃

第三課　台語連續變調介紹

　　「連讀變調」在台語佔有極重要之地位。大部分初學台語者，或能讀出每個單字的正確字音，卻無法流暢地表達一個句詞，使人聽起來總覺得有一點點不對勁，一般人以爲是「外省腔」，其實關鍵處即在「連讀變調」。至於台語即爲自己母語的人，雖然大部分的人無法說出連讀變調的理論，但他們已在不知不覺中運用了其法則。

　　我們現在使用的華語，除去輕聲外，共有陰上、陽上、去聲四個聲調，華語也有變聲調的現象，例如我們唸「總統」原來應唸 ㄗㄨㄥˇ ㄊㄨㄥˇ 可是我們會變聲調唸爲 ㄗㄨㄥˊ ㄊㄨㄥˇ。在台語什麼時候要變調？就是凡是詞組(片語或小句)的最後一個音節(或字)，如爲輕聲則其前一字不需要變調以外，其他各字都要變調，所謂詞組包含名詞組、動詞組、形容詞組、副詞組和介詞組。以下列出台語幾種連讀變調規則(輕聲、疊音除外)，供讀者參考。

一聲變七聲(1 → 7)　　　　　　　(開始)khai-sí　　→ khāi-sí

二聲變一聲(2 → 1)　　　　　　　(體諒)thé-liōng　→ the-liōng

三聲變二聲(3 → 2)　　　　　　　(種菜)chèng-chhài→ chéng-chhài

四聲變八聲(4 → 8)字尾 "p t k"　(結婚)kiat-hun　→ kiȧt-hun

四聲變二聲(4 → 2)字尾 "h"　　(客廳)kheh-thia^n　→ khé-thia^n

五聲變七聲(5 → 7)漳州方音　　(台北)Tâi-pak　→ Tāi-pak

五聲變三聲(5 → 3)泉州方音　　(台北)Tâi-pak　→ Tài-pak

七聲變三聲(7 → 3)　　　　　　　(老師)lāu-su　　→ làu-su

八聲變四聲(8 → 3)字尾 "p t k"　(納稅)lȧp-sòe　→ làp-sòe

八聲變三聲(8 → 3)字尾 " h "　(葯局)iȯh-kiȯk　→ iò-kiȯk

第四課　母音、鼻音、聲調練習

a	á	à	ah	â	ā	a̍h
aⁿ	áⁿ	àⁿ	ahⁿ	âⁿ	āⁿ	a̍hⁿ
i	í	ì	ih	î	ī	i̍h
iⁿ	íⁿ	ìⁿ	ihⁿ	îⁿ	īⁿ	i̍hⁿ
u	ú	ù	uh	û	ū	u̍h
e	é	è	eh	ê	ē	e̍h
eⁿ	éⁿ	èⁿ	ehⁿ	êⁿ	ēⁿ	e̍hⁿ
o	ó	ò	oh	ô	ō	o̍h
o͘	ó͘	ò͘	o͘h	ô͘	ō͘	o̍͘h
o͘ⁿ	ó͘ⁿ	ò͘ⁿ	o͘hⁿ	ô͘ⁿ	ō͘ⁿ	o̍͘hⁿ

第五課 複合音、鼻音、聲調練習

ia	iá	ià	iah	iâ	iā	ia̍h
ia^n	iá^n	ià^n	iah^n	iâ^n	iā^n	ia̍h^n
oa	óa	òa	oah	ôa	ōa	o̍ah
oe	óe	òe	oeh	ôe	ōa	oe̍h
ui	úi	ùi	uih	ûi	ūi	ui̍h
ui^n	úi^n	ùi^n	uih^n	ûi^n	ūi^n	ui̍h^n
iu	iú	iù	iuh	iû	iū	iu̍h
iu^n	iú^n	iù^n	iuh^n	iû^n	iū^n	iu̍h^n
io	ió	iò	ioh	iô	iō	io̍h
ai	ái	ài	aih	âi	āi	ai̍h
ai^n	ái^n	ài^n	aih^n	âi^n	āi^n	ai̍h^n
oai	oái	oài	oaih	oâi	oāi	oai̍h
oai^n	oái^n	oài^n	oaih^n	oâi^n	oāi^n	oai̍h^n
au	áu	àu	auh	âu	āu	au̍h
iau	iáu	iàu	iauh	iâu	iāu	iau̍h
iau^n	iáu^n	iàu^n	iauh^n	iâu^n	iāu^n	iau̍h^n

第六課　複合音、聲調練習

am	ám	àm	ap	âm	ām	a̍p
iam	iám	iàm	iap	iâm	iām	ia̍p
im	ìm	ím	ip	îm	ī m	i̍ p
om	óm	òm	op	ôm	ōm	o̍p
an	án	àn	at	ân	ān	a̍t
oan	oán	oàn	oat	oân	oān	oa̍t
ian	ián	iàn	iat	iân	iān	ia̍t
in	ín	ìn	it	în	īn	i̍t
un	ún	ùn	ut	ûn	ūn	u̍t
ang	áng	àng	ak	âng	āng	a̍k
iang	iáng	iàng	iak	iâng	iāng	ia̍k
oang	oáng	oàng	oak	oâng	oāng	oa̍k
eng	éng	èng	ek	êng	ēng	e̍k
ong	óng	òng	ok	ông	ōng	o̍k
iong	ióng	iòng	iok	iông	iōng	io̍k

第七課 Ch·Chh 組合練習

cha 查	chài 再	cháu 走	cham 沾
chha 差	chhài 菜	chháu 草	chham 參
chēng 靜	chiá洪	chiau 招	chiam 尖
chhēng 穿	chhiá請	chhiau 超	chhiam 簽
chiú 酒	chim 斟	chin 眞	chòng 壯
chhiú 手	chhim 深	chhin 親	chhòng 創
choan 專	chōe／chē 罪　坐	chú 主	chun 尊
chhoan 川	chhōe／chhē 尋	chhú 取	chhun 春
che 劑	chiò 照	chan 曾	chó· 祖
chhe 妻	chhiò 笑	chhan 餐	chhó· 礎
chang 棕	chiòng／chiàng 將	chōa 迣	chò／chòe 做
chhang 蔥	chhiòng／chhiàng 倡	chhōa 娶	chhò／chhòe 錯　粞

連讀變調練習

cheng-cheng, chheng-chheng, chin-chu , chu-ióng。
精　精　，清　清　，眞　珠，滋　養　。

oai-oai, chhim-chhim, Au-chiu, iu-iu。
歪　歪，深　深　，歐　洲，幽　幽。

chai-iáⁿ, chhim-chêng, a-î , o·-ê／ôe , o·-chheⁿ／chhiⁿ。
知　影，深　情　，阿姨，烏　鞋　，烏　青　　。

choan-chè, cheng-chhú, cho·-chhù, chiu-ûi。
專　制，爭　取　，租　厝，周　圍。

第八課　P·Ph組合練習

pa 巴	pài 拜	pau 包	pan 扳
pha 葩	phài 派	phau 拋	phan 攀
pang 邦	pêng 平	piau 標	pian 鞭
phang 蜂	phêng 評	phiau 飄	phian 偏
piàn 變	pín 稟	po 褒	pò 報
phiàn 騙	phín 品	pho 波	phò 剖
pó͘ 補	poàn 半	pôe／pê 賠	pû 枹
phó͘ 普	phoàn 判	phôe／phê 皮	phû 浮
pông 旁	pûn 歕	poe 杯	pî 脾
phông 蓬	phûn 盆	phoe 批	phî 疲

連讀變調練習

phoe-phêng，chi-phiò，chho͘-ióng，pau-chong。
批　評　，支　票，粗　勇　，包　裝　。

pó-pòe，pó-chèng，phó͘-phiàn，pháu-cháu，pún-chîⁿ。
寶貝，保證　，普　遍　，跑　走，本　錢　。

pài-pài，　pò-chóa，pò-èng，chèng-chhài。
拜拜，報紙　，報應，種　菜　。

piàn-chhian，pàng-phàu，chìn-pō͘，chhiò-ōe。
變　遷　，放　炮，進　步，笑　話　。

第九課 T・Th 組合練習

taⁿ 擔	tai 呆	tàu 鬥	tâm 談
thaⁿ 他	thai 篩	thàu 透	thâm 潭
tán 等	táng 董	têng 澄	tiàu 吊
thán 坦	tháng 桶	thêng 停	thiàu 跳
tiám 點	tian 顛	tiò 釣	tióng 長
thiám 忝	thian 天	thiò 糶	thióng 寵
tiu 丟	tò 倒	tóng 黨	toaⁿ 單
thiu 抽	thò 套	thóng 統	thoaⁿ 攤
toàn 斷	té 短	tng 當	tun 敦
thoàn 鍛	thé 體	thng 湯	thun 吞

連讀變調練習

thiam-châi，thiⁿ-téng，thian-chin。
添　財　，天　頂　，天　眞　。

thóng-tī，tóng-phài，chóng-thóng，tán-thāi。
統　治，黨　派　，總　統　，等　待　。

thàn-chîⁿ，thiò-bí，thàm-thiaⁿ，tǹg-tiàm。
趁　錢　，糶　米，探　聽　，當　店　。

thoân-tō，têng-chheng，thô·-tāu，chîⁿ-châi。
傳　道，澄　清　，土　豆，錢　財　。

tiōng-tiám，tōa-táⁿ，tāng-tàⁿ，tiū-chháu。
重　點　，大　膽，重　擔　，稻　草　。

第十課　K·Kh組合練習

kài 誠	kàu 到	kàm 鑒	kan 間
khài 概	khàu 哭	khàm 勘	khan 牽
kang 工	kau 郊	kiáu 繳	kiàm 劍
khang 空	khau 摳	khiáu 巧	khiàm 欠
kian 堅	kò· 顧	kióng 強	kiú 久
khian 牽	khò· 褲	khióng 恐	khiú 摸
koa 歌	kim 金	kui 歸	koài 怪
khoa 誇	khim 欽	khui 開	khoài 快
koe 瓜	kū 舊	kun 君	kùn 棍
khoe 盔	khū 具	khun 坤	khùn 困

連讀變調練習

ti-kí，kan-khó·，kin／kun-pún，kam-chià，kau-kài。
知己，艱苦，根　本，甘蔗，交界。

khí-thâu，kún-chúi，kái-piàn，khún-kiû。
起頭，滾水，改變，懇求。

chiù-khí，chiàu-kò·，kìm-chí，kiàn-kái。
蛀齒，照顧，禁止，見解。

kôaⁿ-thiⁿ，kiông-chè，kî-koài，khiân-khun。
寒天，強制，奇怪，乾坤。

kū-kong，kīm-pô，kūi-pài，kiān-khong。
舅公，妗婆，跪拜，健康。

第十一課　S・J・H組合練習

sái 駛	sàu 掃	sam 杉	sán 產
hái 海	hàu 孝	ham 蚶	hán 罕
sang 鬆	sêng 承	siá 寫	sī 示
hang 烘	hêng 刑	jiá 惹	jī 字
sîn 神	siân 禪	sóng 爽	sûn 純
hîn 眩	hiân 賢	hóng 訪	hûn 雲
siō 邵	siông 詳	sîm 尋	siû 仇
jiō 尿	jiông 絨	jîm 壬	jiû 柔
hiō 後	hiông 雄	hîm 熊	hiû 裘
sî 時	sû 詞	siáu 痟	siám 閃
jî 兒	hû 符	jiáu 擾	jiám 染
hî 魚	jû 儒	hiáu 曉	hiám 險

連讀變調練習

un-jiû，sio-chúi，chham-siông，him-sióng。
溫柔，燒水，參詳，欣賞。

kiáu-jiáu，sóng-khoài，hián-bêng，sún-siong。
攪擾，爽快，顯明，損傷。

hàu-sūn，sià-bián，sàn-pō·，hàn-jī。
孝順，赦免，散步，漢字。

chân-jím，thoân-jiám，khiân-sêng，sî-kan。
殘忍，傳染，虔誠，時間。

jīn-chin，siōng-téng，hiān-chāi，hōng-hiàn。
認真，上等，現在，奉獻。

第十二課　G・Ng・L・N組合練習

loân	loān	lōa	lān
戀	亂	賴	難
goân	goān	gōa	gān
原	願	外	諺

liáu	lāi	lōa	liú
了	內	賴	柳
niáu	nāi	nōa	niú
鳥	耐	爛	兩

ná	niâ	nō˙	nāu
娜	娘	儒	鬧
ngá	ngiâ	ngō˙	ngāu
雅	迎	悟	藕

lû	lō˙	lûn／lîn	lūi
驢	路	輪　鄰	累
gû	gō˙	gûn／gîn	gūi
牛	誤	銀	魏

lí	lāi	lâu	lê
理	利	留	螺
gí	gāi	gâu	gê
擬	礙	勢	衙
ní	nāi	nâu	nê
染	耐	鐃	拎

連讀變調練習

o˙-niau，hoan-gêng，kiau-ngō˙，cho-gū。
烏　貓，歡　迎，驕　傲，遭　遇。

gián-kiù，lé-māu，lú-hêng，láu-liān。
研　究，禮　貌，旅　行，老　練。

chhàn-lān，kài-siāu，chhò-gō˙，chèng-tī。
燦　爛，介　紹，錯　誤，政　治。

lûn-liû，liân-lūi，hoâi-gî，gûi-hiám，goân-gōe。
輪　流，連　累，懷　疑，危　險，員　外。

ngē-sim，nng-niú，chū-ngó˙，lāi-loān，nāi-sim。
硬　心，兩　兩，自　我，內　亂，耐　心。

第十三課　B・M組合練習

bī 味	bô· 謀	bôa 磨	bî 微
mī 麵	mô· 魔	môa 瞞	mî 棉
bâ 貓	bā 碼	bāi 覓	bō· 茂
mâ 麻	mā 罵	māi 邁	mō· 冒
béng 猛	bín 敏	bú 武	bán 挽
bêng 明	bîn 眠	bû 誣	bān 慢
bián 免	biô 描	biáu 渺	bûn 文
biān 面	biō 廟	biāu 妙	būn 悶
mâu 茅	miā 命	mn̂g 門	moa 幔
māu 貌	miâ 名	mn̄g 問	móa 滿

連讀變調練習

bí-biāu，bí-māu，bán-bīn，móa-móa，boán-ì。
美妙　，美貌，挽 面，滿 滿，滿意。

bâ-pì，bûn-chiu^n，môa-phiàn，mn̂g-kháu，n̂g-sa^n。
麻痺，文 章　，瞞 騙　，門 口，黃 衫 。

miā-ūn，bū-bū，bān-bān，pī-bián，bīn-chú。
命 運，霧霧，慢 慢，避免　，面 子。

biō-sī，bī-sò·，mī-sòa^n，bēng-lēng。
廟 寺，味素，麵線　，命 令。

第十四課　鼻音組合練習

pē^n／pī^n 病	tá^n 打	thi^n 添	kiâ^n 行
phê^n／phî^n 澎	tē^n／tī^n 鄭	thia^n 聽	kiu^n 薑
phāi^n 揹	ti^n 甜	thòa^n 炭	khiu^n 腔
piá^n 餅	tiù^n 脹	kha^n 坩	koai^n 關
phiâ^n 坪	tiû^n 場	tiū^n 丈	ke^n／ki^n 庚
pôa^n 盤	toa^n 單	khe^n／khi^n 坑	hia^n 兄
phoa^n 潘	tôa^n 彈	kì^n 見	kia^n 驚
hoa^n 歡	hoâi^n 橫	hò·^{n} 好	kià^n 鏡
î^n 圓	ā^n 餡	ò·^{n} 惡	kiā^n 件
iâ^n 贏	iû^n 楊	óa^n 碗	iá^n 影
chôa^n 泉	chhe^n／chhi^n 青	chhé^n／chhí^n 醒	chhiá^n 請
che^n／chi^n 爭	sa^n 衫	siâ^n 城	sòa^n 線

連讀變調練習

su-iâ^n, sio-chhiú^n, ko·-toa^n, thau-khòa^n, o·-iá^n。
輸贏，相搶 ，孤單，偷看 ，烏影。

sin-sa^n, ku-chia^n, sin-chia^n, sim-koa^n, chhun-thi^n。
新衫，龜精，新正，心肝，春天。

hái-iû^n, hó-phái^n, pì^n-bīn, thàn-chî^n, mîg-chhòa^n。
海洋，好歹 ，變面，趁錢，門閂 。

sî-kiâ^n, hō·-sòa^n, hāu-tiú^n, tiū^n-lâng, hāu-se^n／si^n。
時行 ，雨傘，校長，丈人，後生 。

第十五課　入聲練習（字尾 P・T・K）

khip 吸	khit 乞	gák 岳	gėk 玉
giáp 業	giók 玉	goát 月	háp 合
hat 轄	hák 學	hok 福	hiat 血
hiok 旭	hoát 罰	ap 壓	ak 沃
ek 益	ok 惡	iáp 葉	chíp 集
chit 質	iók 育	oát 越	cháp 雜
chat 節	chek 責	chok 作	chhok 簇
chhiap 妾	thiat 澈	liát 列	kiát 傑
giát 孽	hiát 穴	iat 謁	chiat 折
chhiat 切	siat 設	jiát 熱	siak 摔
tiok 築	thiok 畜	liók 陸	kiok 菊
chiok 足	chhiok 促	siók 屬	jiók 弱

連讀變調練習

khut-hók，khih-kak，kiók-sè，chiok-hok。
屈　服，缺　角，局　勢，祝　福。

kak-tō˙，chek-kėk，kiat-sok，pak-phôe／phê，hip-siōng。
角　度，積　極，結　束，剝　皮　　　，翕　像　。

háp-chok，pát-lâng，lút-hoat，jiók-thé。
合　作，別　人，律　法，肉　體。

giát-chú，gėk-thiⁿ，láp-chîⁿ，lėk-sú。
孽　子，逆　天，納　錢，歷　史。

tit-chiap，hiáp-chō˙，jit-thâu，jiát-sêng。
直　接　，協　助，日　頭，熱　誠。

第十六課　入聲練習（字尾 H）

pah 百	phah 拍	bah 肉	ta̍h 踏
thah 塔	la̍h 臘	kah 甲	ha̍h 合
ah 鴨	cha̍h 截	chhah 插	sa̍h 煠
peh 伯	pe̍h 白	be̍h 麥	toh 卓
the̍h 宅	neh／nih 躡	keh 格	kheh 客
che̍h 絕	chheh 冊	seh 雪	pih 鱉
bih 匿	mi̍h 物	tih 滴	thih 鐵
li̍h 裂	khih 缺	chi̍h 舌	si̍h 蝕
phiah 癖	tiah 摘	thiah 拆	lia̍h 掠
koh 閣	khoah 闊	soah 煞	hoah 喝
o̍h 學	choh 作	po̍h 薄	to̍h 熻

連讀變調練習

kheh-thia^n，chioh-chî^n，toh-kha，bah-oân，keh-piah。
客　廳　，借　錢　，桌　腳，肉　丸，隔　壁　。

ah-kha，boah-hún，hoah-kûn，peh-kong，tih-chúi。
鴨　腳　抹　粉　喝　拳，伯　公　，滴　水　。

thih-khí，kheh-lâng，chheh-tiàm，soeh／seh-bêng。
鐵　齒，客　人　，冊　店　，說　　　明　。

io̍h-pâng，be̍h-phì^n，chio̍h-thâu，si̍h-pún，chia̍h-pn̄g。
葯　房　，麥　片　，石　頭　，蝕　本，食　飯　。

lo̍h-hō͘，joa̍h-thi^n，pe̍h-chhài，mi̍h-kiā^n，o̍h-tn̂g。
落　雨　熱　天　，白　菜　，物　件　，學　堂　。

第十七課　入聲練習（陰入、陽入）

iok 約	pek 百	tak 觸	tok 督
io̍k 育	pe̍k 白	ta̍k 逐	to̍k 毒
phak 覆	pak 剝	bat 識	tek 竹
pha̍k 曝	pa̍k 縛	ba̍t 密	te̍k 敵
thiap 貼	kip 級	kut 骨	hok 福
thia̍p 疊	ki̍p 及	ku̍t 滑	ho̍k 服
chat 節	chhat 漆	sip 溼	siok 淑
cha̍t 實	chha̍t 賊	si̍p 習	sio̍k 俗
chek 叔	sek 色	chit 職	sit 失
che̍k 籍	se̍k 熟	chi̍t 一	si̍t 實
tah 搭	peh 伯	chih 接	chioh 借
ta̍h 踏	pe̍h 白	chi̍h 舌	chio̍h 石

連讀變聲練習

kut-thâu，ku̍t-ku̍t，sit-pāi，si̍t-le̍k。
骨　頭　，滑　滑　，失　敗　，實　力　。

siok-lú，sio̍k-hòe／hè，hok-khì，ho̍k-bū。
淑　女，俗　貨　　，福　氣　，服　務　。

chioh-chî^n，chio̍h-thâu，sek-chóa，se̍k-liān。
借　錢　，石　頭　，色　紙　，熟　練　。

pak-phôe／phê，pa̍k-chàng，pe̍h-chhat，pe̍h-chha̍t。
剝　皮　　　，縛　粽　，白　漆　，白　賊　。

第十八課　形容詞變調練習㈠

ti^n	ti^n-ti^n	ti^n-ti^n-ti^n
甜	甜甜	甜甜甜
khang	khang-khang	khang-khang-khang
空	空空	空空空
chho·	chho·-chho·	chho·-chho·-chho·
粗	粗粗	粗粗粗
sin	sin-sin	sin-sin-sin
新	新新	新新新
oan	oan-oan	oan-oan-oan
彎	彎彎	彎彎彎
kú	kú-kú	kú-kú-kú
久	久久	久久久
pí^n	pí^n-pí^n	pí^n-pí^n-pí^n
扁	扁扁	扁扁扁
khó·	khó·-khó·	khó·-khó·-khó·
苦	苦苦	苦苦苦
té	té-té	té-té-té
短	短短	短短短
nńg	nńg-nńg	nńg-nńg-nńg
軟	軟軟	軟軟軟
chhàu	chhàu-chhàu	chhàu-chhàu-chhàu
臭	臭臭	臭臭臭
iù	iù-iù	iù-iù-iù
幼	幼幼	幼幼幼
chhè	chhè-chhè	chhè-chhè-chhè
脆	脆脆	脆脆脆
chhùi	chhùi-chhùi	chhùi-chhùi-chhùi
碎	碎碎	碎碎碎
àm	àm-àm	àm-àm-àm
暗	暗暗	暗暗暗

第十九課　形容詞變調練習(二)

âng 紅	âng-âng 紅紅	âng-âng-âng 紅紅紅

kiâm
鹹

kiâm-kiâm
鹹鹹

kiâm-kiâm-kiâm
鹹鹹鹹

jiâu
皺

jiâu-jiâu
皺皺

jiâu-jiâu-jiâu
皺皺皺

$\hat{i}^n$
圓

$\hat{i}^n$-$\hat{i}^n$
圓圓

$\hat{i}^n$-$\hat{i}^n$-$\hat{i}^n$
圓圓圓

tn̂g
長

tn̂g-tn̂g
長長

tn̂g-tn̂g-tn̂g
長長長

kū
舊

kū-kū
舊舊

kū-kū-kū
舊舊舊

chēng
靜

chēng-chēng
靜靜

chēng-chēng-chēng
靜靜靜

tāng
重

tāng-tāng
重重

tāng-tāng-tāng
重重重

lāu
老

lāu-lāu
老老

lāu-lāu-lāu
老老老

nōa
爛

nōa-nōa
爛爛

nōa-nōa-nōa
爛爛爛

kāu
厚

kāu-kāu
厚厚

kāu-kāu-kāu
厚厚厚

khoah
闊

khoah-khoah
闊闊

khoah-khoah-khoah
闊闊闊

sip
溼

sip-sip
溼溼

sip-sip-sip
溼溼溼

peh
白

peh-peh
白白

peh-peh-peh
白白白

bat
密

bat-bat
密密

bat-bat-bat
密密密

poh
薄

poh-poh
薄薄

poh-poh-poh
薄薄薄

第二十課　綜合練習

Sio mē／hīn／bô ōe，sio phah　bô chat la̍t.
相罵無揀話，相拍無節力。
{吵架時出口傷人，打架時使力不知節制。}

Thiah lâng ê lî-pa，tio̍h-ài khí chhiûⁿ-á pôe／pê lâng.
拆人的籬笆，著愛起牆仔賠人。
{人要為所做的錯事，付出加倍的代價。}

Lí khòaⁿ lâng　phú-phú，lâng khòaⁿ lí bū-bū.
你看人殕殕，人看你霧霧。
{你瞧不起別人，別人也同樣的瞧不起你。}

Chi̍t-lâng hoân-ló chi̍t-iūⁿ，ta̍k-lâng hoân-ló bô chhin-chhiūⁿ.
一人煩惱一樣，逐人煩惱無親像。
{人各為不同的事務而煩惱。}

Chia̍h beh hó，chò／chòe beh khin-khó.
食欲好，做欲輕可。
{好逸惡勞}

Chia̍h hō· pûi-pûi，kek　hō· thûi-thûi，
chhēng hō· súi-súi，tán niá sin-súi.
食予肥肥，激予椎椎，穿予媠媠，等領薪水。
{嘲諷白領階級毫無負擔。}

Chheng-kim bé／bóe chhù，bān-kim bé／bóe chhù-piⁿ.
千金買厝，萬金買厝邊。
{鄰居和環境比居住的建築物重要。}

Koan-tè-iâ bīn-chêng bú tōa-to.
關帝爺面前舞大刀。
{班門弄斧。}

Siàu-liân bē／bōe-hiáu　siūⁿ，chia̍h lāu m̄-chiâⁿ iūⁿ.
少年𣍐曉想，食老毋成樣。
{年輕時不懂規劃人生，老年的日子可悲。}

Phah-hó· lia̍h-chha̍t iā tio̍h chhin hiaⁿ-tī.
拍虎掠賊也著親兄弟。
{兄弟為至親，遇難能同心。}

漢字台語讀音

【一】

It ： it-seng， tē-it，choan-it，it-chhè，it-lu̍t，it-poaⁿ，
　　　一生 ，第一，專 一，一切 ，一律，一般 ，

　　　it-chiu，it-khài，it-koàn，it-liû，it-tàn，it-tì，
　　　一週 ，一概 ，一貫 ，一 流，一旦，一致，

　　　it-tēng， it-téng，it-ti̍t，it-tông，it-biān-chi-kau，
　　　一定 ， 一等 ，一直，一同 ，一面 之 交，

　　　it-biān-chi-sû，it-gō·-chài-gō·，it-bóng-táⁿ-chīn，
　　　一面 之 詞，一誤 再 誤，一網 打 盡，

　　　it-giân-ûi-tēng，it-ì- ko·-hêng，it-ji̍t-sam-chhiu，
　　　一言 爲 定，一意孤 行 ，一日 三 秋 ，

　　　it-kí-it-tōng，it-liām-chi-chha，it-chhiú-pau-pān，
　　　一舉一動 ，一念 之 差，一手 包辦，

　　　it-ti-poàn-kái，it-tiau it-se̍k，it-to-lióng-toān，
　　　一知半 解，一朝 一夕，一刀 兩 斷 ，

　　　it-tiû-bo̍k-tián，it-pún-bān-lī，it-bo̍k-liáu-jiân，
　　　一籌莫 展 ，一本 萬利，一目 了 然 ，

　　　it-phâng-hong-sūn，it-giân-lân-chīn，it-kiàn-chiong-
　　　一篷 風 順 ，一言 難盡 ，一見 鍾

　　　chêng，it-khek-chhian-kim，it-sī-tông-jîn，it-bōng-
　　　情 ，一刻 千 金，一視同 仁 ，一望

　　　bû-chè，it-bû-só·-iú，it-sim-it-ì 。
　　　無際 ，一 無所 有，一心 一意。

chit ： chit-lia̍p-bí，chit-sî，chit-ē，chit-pòaⁿ，chit-nî，
　　　一 粒 米，一 時，一 下 ，一 半 ，一 年，

　　　chit-sè-kí，chit-chhiú kau-chîⁿ，chit-chhiú kau-hòe。
　　　一 世紀，一 手 交 錢 ，一 手 交 貨。
◎　chit-ji̍t，chit-kóa，chit-sì-lâng。
　　　一 日 ，一 寡 ，一 世人 。
　　　{一天} {一些} 　{一輩子}

【丈】

<u>Tiōng</u> : tiōng-hu，ló-tiōng，tāi-tiōng-hu。
　　　　　丈　夫，老丈　，大丈　夫。

<u>tn̄g</u> : saⁿ-tn̄g-pò·，nn̄g-tn̄g-hn̄g。
　　　　三　丈布，兩丈　遠。

<u>tiūⁿ</u> : ko·-tiūⁿ，î-tiūⁿ。
　　　　姑丈　，姨丈　。

◎ tiūⁿ-lâng，tiūⁿ-ḿ。
　　丈　人　，丈　姆。
　　{岳父}　　{岳母}

【三】

<u>Sam</u> : sam-châi，sam-goân，sam-iú，sam-kong，sam-chhiu，
　　　　三　才　，三元　，三有，三光　，三秋　，

sam-kun，　Sam-kiap，sam-pat，Sam-jī-keng，Sam-kok-
三　軍，　三　峽　，三　八，三字　經　，三　國

ián-gī，sam-chiông-sù-tek，sam-sim-lióng-ì，sam-
演　義，三從　　四德　，三心　兩　意，三

seng-iú-hēng，sam-kàu-kiú-liû，sam-hoan-lióng-chhù，
生　有幸　，三　教九　流，三　番　兩　次，

sam-tiông-lióng-toán，Sam-bîn-chú-gī，sam-ūi-it-thé，
三　長　兩　短　，三　民主　義，三一位一體，

sam-sip-jî-lip，sam-chhit-ngó· kiám-cho·。
三　十而立，三　七　五　減　租。

<u>Sàm</u> : sàm-su-jî-hêng。
　　　　三　思而行　。

<u>saⁿ</u> : saⁿ-kak-hêng，saⁿ-keⁿ poàⁿ-mê，saⁿ-ki pit，chhe-saⁿ，
　　　　三　角型　，三　更半　暝，三枝筆，初　三　，

saⁿ-kak-loân-ài，saⁿ-kak-koan-hē，saⁿ-tn̂g-nn̄g-té。
三　角戀愛，三　角關　係，三　長　兩　短。

◎ saⁿ-lián-chhia，saⁿ-kak-bah，saⁿ-kak-bak。
　　三　輦　車　，三　角肉，三　角目。
　　{三輪車}　　　{喪家筵}　　　{怒目}

【下】

<u>Hā</u>　: hā-má-ui， siōng-hā， hā-chiān， thian-hā，hā-sū，
　　　下 馬 威， 上　 下， 下 賤　 ， 天　 下，下 士，

　　　hā-pan，hā-hoân， hā-tâi，hā-hiong，hā-téng，
　　　下 班 ，下 凡　 ， 下 台 ，下 鄉　 ，下 等　 ，

　　　hā-lēng，hā-khò，hā-hong，hā-kàng，hā-kip，
　　　下 令　 ，下 課 ，下 風　 ，下 降　 ，下 級　 ，

　　　hā-liû，hā-ngó͘ 。
　　　下 流 ，下 午　 。

<u>Hà</u>　: Khiân-liông-kun hà-kang-lâm。
　　　乾　 隆　 君　 下 江　 南 。

<u>hē</u>　: hē-lȯh，hē chhiú，hē kang-hu，hē pún-chîⁿ。
　　　下 落 ，下 手　 ，下 工　 夫 ，下 本　 錢　 。

　　◎ hē-goān，hē mȧh-kiāⁿ。
　　　下 願　 ，下 物 件　 。
　　　{許願}　 　{擱置物品}

<u>ē</u>　: chhiú-ē，thiⁿ-ē。
　　　手　 下，天　 下。
　　◎ téng-ē，ē-té，ē-kha。
　　　頂　 下，下 底，下 腳 。
　　　{上下} {底下} {下面}

【上】

<u>Siōng／Siāng</u>　: siōng-téng，siōng-sū，siōng-tāi-hu，
　　　　　　　　　 上　 等　 ，上　 士 ，上　 大　 夫 ，

　　　　　　　　　 siōng-liû，siōng-si，Siōng-tè， Siōng-hái，
　　　　　　　　　 上　 流 ，上　 司 ，上　 帝 ，上　 海 ，

　　　　　　　　　 siōng-chìn，siōng-pan，Siōng-sò͘ ，siōng-ùi，
　　　　　　　　　 上　 進 ，上　 班 ，上　 訴　 ，上　 尉 ，

　　　　　　　　　 siōng-goân，siōng-chhek，siōng-chiòng，
　　　　　　　　　 上　 元 ，上　 策　 ，上　 將　 ，

siōng-hong，siōng-kip，siōng-kó͘，siōng-pin，
上　風　，上　級　，上　古　，上　賓　，

siōng-thian。
上　天　。

◎ siōng-hó，siōng-kài-hó。
上　好，上　　蓋　好。
　　{最好／最好的}

Sióng／Siáng ：sióng-siaⁿ。
上　聲　。

chiūⁿ／chiō͘ⁿ：chiūⁿ-soaⁿ，chiūⁿ-kang，chiūⁿ-jīm，chiūⁿ-chûn，
上　山　，上　工　，上　任　，上　船　，

chiūⁿ-chhia，chiūⁿ-thiⁿ。
上　車　，上　天　。

◎ chiūⁿ-pak。
上　北　。
　　{北上／上行}

◎ chhiūⁿ／chhiō͘ⁿ：chhiūⁿ-chúi，chhiūⁿ chheⁿ-thî。
上　水　，上　青　苔。
　{汲水}　　　　　{長青苔}

【世】

Sè ：sè-kan，sè-kài，sè-tāi，sè-hē，sè-kí，sè-sū，
世　間　，世　界　，世　代　，世　系，世　紀，世　事，

sè-siók，sè-thài，sè-kau，sè-jîn，sè-kiok，chhut-sè。
世　俗　，世　態　，世　交，世　人，世　局　，出　世。

sì ：lâi-sì，āu-sì。
來　世，後　世。

◎ chhut-sì。
出　世。
　{出生}

【中】

Tiong : tiong-ng，Tiong-goân，Tiong-goân，tiong-kan，Tiong-san，
中 央，中 原，中 元，中 間，中 山，

tiong-ní，tiong-sûn，tiong-liân，tiong-sim，
中 耳，中 旬，中 年，中 心，

Tiong-chhiu，tiong-tô͘，tiong-kó͘，tiong-heng，
中 秋 ，中 途，中 古，中 興，

tiong-li̍p，tiong-chiòng，tiong-toān，tiong-iông，
中 立，中 將 ，中 斷，中 庸，

tiong-io̍h，tiong-pō͘，tiong-tō͘，tiong-téng-kàu-io̍k，
中 藥，中 部，中 度，中 等 教 育，

tiong-téng-kai-kip，tiong-téng-sin-châi，Tiong-iong
中 等 階 級，中 等 身 材，中 央

chèng-hú，Tiong-iong-ji̍t-pò，Tiong-iong sìn-thok-kio̍k，
政 府，中 央 日 報，中 央 信 託 局 ，

Tiong-iong thong-sìn-siā，Tiong-iong gián-kiù-īⁿ，
中 央 通 訊 社，中 央 研 究 院，

Tiong-iong kiān-khong pó-hiám-kio̍k，Tiong-iong soaⁿ-me̍h，
中 央 健 康 保 險 局，中 央 山 脈，

Tiong-Ji̍t chiàn-cheng。
中 日 戰 爭 。

◎ tiong-lâng，tiong-tàu。
中 人 ，中 晝。
{掮客} {中午}

Tiòng : tiòng-chióng，tiòng-to̍k，tiòng-kè，tiòng-hong，
中 獎 ，中 毒，中 計，中 風，

tiòng-siong。
中 傷 。

tèng : tèng-ì。
中 意。

【人】

<u>Jîn</u> : jîn-seng，jîn-lūi，jîn-kháu，jîn-chêng，jîn-keh，
人　生，人　類，人　口，人　情　，人　格，

jîn-koân，jîn-lūi，jîn-sèng，jîn-bút，jîn-bîn，
人　權　，人　類，人　性，人　物，人　民，

jîn-kan，jîn-chit，jîn-chèng，jîn-soán，jîn-bēng-
人　間，人　質，人　證　，人　選，人　命

koan-thian，jîn-biān-siù-sim，jîn-chīn-kî-châi，
關　天　，人　面　獸　心，人　盡　其　才　，

jîn-châi-lióng-khong，jîn-chō-ōe-seng，jîn-kang-
人　財　兩　空　，人　造　衛　星　，人　工

ho͘-khip，jîn-kiông-chì-toán，jîn-tēng-sèng-thian，
呼　吸，人　窮　志　短，人　定　勝　天　，

jîn-san-jîn-hái，jîn-bûn-chú-gī，jîn-seng-tiau-lō͘，
人　山　人　海，人　文　主　義，人　生　朝　露，

jîn-tē-chheⁿ-so͘，jîn-giân-khó-ùi。
人　地　生　疏，人　言　可　畏。

<u>lâng</u> : toā-lâng，lâng-iân，kiù-lâng，kang-lâng，lâng-miâ，
大　人　，人　緣，救　人，工　人　，人　名　，

lâng-sò͘。
人　數。

◎ thâi-lâng，lâng-kheh，Kheh-lâng。
刣　人　，人　客，客　人。
{殺人}　　{客人}　　{客家人}

【今】

<u>Kim</u> : hiān-kim，tong-kim，û-kim，kim-āu，kim-sek，kim-siau。
現　今，當　今，如　今，今　後，今　昔，今　宵　。

<u>kin</u> : kin-nî。
今　年。

◎ kin-á-jit。
今仔日。
{今天}

【代】

Tāi : lėk-tāi，āu-tāi，hiān-tāi，sè-tāi，tāi-thè，
歷代，後代，現代，世代，代替，

tāi-pān，tāi-piáu，tāi-sò˙，tāi-kè，tāi-su，tāi-siau，
代辦，代表，代數，代價，代書，代銷，

tāi-bêng-sû，tāi-giân-jîn，tāi-lí-siong，
代名詞，代言人，代理商，

tāi-khò kàu-oân，tāi-jîn-chok-kà。
代課教員，代人作嫁。

tē : tiâu-tē，āu-tē。
朝代，後代。

【伯】

Pek : pek-chiok，pek-tiōng。
伯爵，伯仲。

peh : tōa-peh，peh-hū。
大伯，伯父。

◎ toā-peh-á，peh-kong-chó˙，chek-peh hiaⁿ-tī，
大伯仔，伯公祖，叔伯兄弟，
{夫之兄}　{伯祖父}　　　{堂兄弟}

chek-peh chí-mōe。
叔伯姊妹。
{堂姊妹}

pit : pit-lô-chiáu。
伯勞鳥。

【伸】

Sin ：sin-oan，sin-sò͘，sin-tiong chèng-gī。
　　　伸 冤，伸 訴，伸 張　正　義。

chhun ：chhun-chhiú，chhun-kha，chhun-tit，chhun-khui。
　　　　伸　手 ，伸　腳 ，伸　直 ，伸　開 。

【作】

Chok ：chok-ûi，chok-lōng，chok-koài，chok-bûn，chok-iōng，
　　　　作 爲，作 弄 ，作 怪 ，作 文，作 用 ，

chok-phín，chok-ûi，chok-ka，chok-chiá，chok-giát，
作 品 ，作 爲，作 家，作 者 ，作 孽 ，

chok-loān。
作 亂 。

◎choh ：chèng-choh，choh-chhân。
　　　　種 作 ，作 田 。
　　　　 {耕田}　　　{耕田}

【使】

Sú ：siat-sú，ká-sú，so-sú，sú-iōng-koân，sú-iōng-chiá。
　　　設 使，假 使，唆 使，使 用 權 ，使 用　者 。

Sù ：sù-chiá，sù-tô͘，sù-bēng，sù-chiat。
　　　使 者 ，使 徒，使 命 ，使 節 。

sái ：chhe-sái，sái-la̍t。
　　　差 使，使 力。

◎ ē-sái-tit，bē-sái-tit，sái-chhùi。
　　會使 得，繪 使 得 ，使 嘴 。
　　{可以}　　　{不可以}　 {光説不練}

sài ：thiⁿ-sài，tāi-sài，chhe-sài，kong-sài。
　　　天　使，大　使 ，差 使，公　使。

【供】

Kiong ：kiong-kip，kiong-sû，kiong-jīn。
　　　供　給，供　詞，供　認。

Kiòng ：kiòng-ióng，kiòng-kiû，kiòng-hiàn，kiòng-èng。
　　　供　養，供　求，供　獻，供　應。

keng ：kháu-keng，jīn-keng，hoán-keng。
　　　口　供，認　供，反　供。

kèng ：pài-kèng，hiàn-kèng。
　　　拜　供，獻　供。

【侍】

SĪ ：sī-ōe-koaⁿ。
　　侍　衛　官。

sū ：hōng-sū，sū-hāu。
　　奉　侍，侍　候。

【便】

Piān ：piān-tong，piān-pn̄g，hong-piān，piān-lī，
　　　便　當，便　飯，方　便，便　利，

　　　piān-bîn，piān-i，piān-pì。
　　　便　民，便　衣，便　秘。

◎ piān-piān，piān-só͘，piān-lī。
　　便　便，便　所，便　利。
　　{現成的}　{廁所}　{方便}

pân ：pân-gî。
　　便　宜。

【促】

Chhiok ：chhiok-chìn，chhiok-sêng，tok-chhiok，tun-chhiok。
　　　　促　進，促　成，督　促，敦　促。

chhek ：chhui-chhek。
　　　催　促。

◎ chhek-oá，chhek-tn̂g，chhek-té。
　　促　倚，促　長，促　短。
　　{拉近}　{延長}　{縮短}

【倒】

Tó ：tó-koh，tó-ūn，tó-hōe，tó-tiàm。
　　倒閣，倒運，倒會，倒店。

　◎ tó-hoāi，poàh-tó，tó-tàⁿ。
　　倒　壞，跋　倒，倒擔。
　　{倒塌}　{跌倒}　{倒閉}

tò ：tò-tiāu，tò-thè，tò-kòa，tò-tiàu。
　　倒掉　，倒退，倒掛，倒吊　。

　◎ tò-chhiú，tò-tńg。
　　倒手　，倒轉。
　　{左手}　{背面／回來}

【倚】

í ：í-tiōng，í-nāi。
　　倚重　，倚賴。

óa ：óa-khò，óa-lōa，óa-kīn。
　　倚靠，倚賴，倚近。

【值】

Tit ：tit-pan，tong-tit。
　　值班，當　值。

tàt ：kè-tàt，tàt-chîⁿ，cheng-tàt-sòe。
　　價值，值　錢　，增　值稅。

【倩】

Chhiàn ：chhiàn-lú。
　　倩　女。

Chhèng ：hiân-chhèng。
　　賢　倩　。
　　{女婿}

◎chhià^n : chhià^n-lâng。
　　　　　倩　　人　。
　　　　{雇人}

【假】

Ká : ká-mō͘ , ká-tēng , ká-chhiong , ká-chong , ká-sú ,
　　　假冒 ，假定 ，假充 　 ，假裝 　，假使 ，

　　ká-siat , ká-sek , ká-sèng , ká-khàu-ah。
　　假設 　，假釋 ，假性 ，假扣 　押。

kà／kè : pàng-kà , kò-kà。
　　　　放　假，告假。

ké : ké-sí , ké-chō , ké-hòe , ké-ì , ké-miâ。
　　假死，假造 ，假 貨，假意，假名 。

◎ ké-iá^n , ké-sian , ké-siáu。
　　假影 ，假仙 ，假痟 。
　{虛假} {做假} {裝瘋}

【偏】

Phian : phian-su , phian-ài , phian-kiàn , phian-sim ,
　　　偏　私，偏 愛，偏 見 ，偏 心 ，

　　phian-tiōng , phian-hō͘ , phian-châi。
　　偏 重 ， 偏 護 ，偏 財 。

◎phe^n／phi^n : sio-phe^n , phe^n-lâng。
　　　　　　相偏 ， 偏人 。
　　　{互佔便宜}{佔人便宜}

thian : thian-thian。
　　　偏　偏　。

【健】

Kiān : kiān-khong，khong-kiān，kiān-bí，kiān-sin，
　　　　健　康　，康　健　，健　美，健　身，

　　　　kiān-choân，kiān-pó。
　　　　健　全　，健　保。

◎kiā^n : ióng-kiā^n。
　　　　勇　健　。
　　　　{健康}

【傅】

Hū : sai-hū。
　　　師　傅。

pò· : Pò· sin-se^n。
　　　傅　先　生。

【傳】

Toān : toān-kì，chū-toān，goā-toān，keng-toān，kó·-toān，
　　　　傳　記，自　傳　，外　傳　，經　傳　，古　傳　，

　　　　liát-toān。
　　　　列　傳。

Thoân : soan-thoân，thoân-thóng，thoân-soat，thoân-lēng，
　　　　宣　傳　，傳　統　，傳　說　，傳　令　，

　　　　thoân-phiò，thoân-toa^n，thoân-tát，thoân-tō，
　　　　傳　票　，傳　單　，傳　達，傳　道，

　　　　thoân-siū，thoân-jiám，thoân-chin，thoân-iông，
　　　　傳　授，傳　染　，傳　眞，傳　揚　，

　　　　thoân-toa^n，thoân-ka-pó。
　　　　傳　單　，傳　家　寶。

【傷】

__Siong／Siang__ : siong-hûn，siong-sim，siong-hāi，siong-hân，
傷　痕，傷　心，傷　害，傷　寒，

siong-chêng，pi-siong，lāi-siong，tāng-siong，
傷　情　，悲　傷　，內　傷　，重　傷　，

siū-siong，siong-bông，siong-thian-hāi-lí，
受　傷　，傷　亡　，傷　天　害　理，

siong-hong-pāi-siok。
傷　風　敗　俗　。

◎ siong-tiōng，siong-sit。
傷　重　，傷　食　。
{嚴重}　　　{吃過多}

◎__siu^n__ : siu^n-chió，siu^n-joah。
傷　少　，傷　熱　。
{太少}　　　{太熱}

【像】

__Siōng／Siāng__ : ngó·-siōng，hiān-siōng，chioh-siōng，
偶　像　，現　像　，石　像　，

ûi-siōng，sióng-siōng。
遺　像　，想　像　。

◎__chhiū^n__ : chhin-chhiū^n。
親　像　。
{好像}

【僥】

__Giâu__ : giâu-gî。
僥　疑。

__hiau__ : hiau-hēng。　◎ hiau-sim。
僥　倖　。　僥　心　。
　　　　　　　　{變心}

【儉】

Khiām : khîn-khiām。◎ khiām-chîⁿ。
　　　　勤　儉　。　儉　錢　。
　　　　　　　　　{存錢}

◎khiap : khiap-sái。
　　　　儉　屎。
　　　　　{吝嗇}

◎khiūⁿ : khiūⁿ-chhùi。
　　　　儉　嘴　。
　　　　　{忌口}

【兄】

Heng : heng-tióng，heng-tē，jîn-heng。
　　　兄　長　，兄　弟，仁　兄　。

hiaⁿ : hiaⁿ-tī，hiaⁿ-mōe。
　　　兄　弟，兄　妹。

【先】

Sian : sian-pòe，sian-hong，sian-thian，sian-jîn，
　　　先　輩，先　鋒，先　天　，先　人　，

　　　sian-hiân，sian-chìn，sian-chó˙，sian-ti，
　　　先　賢，先　進　，先　祖，先　知，

　　　sian-kak，sian-lē，sian-koat-tiâu-kiāⁿ，
　　　先　覺，先　例，先　決　條　件　，

　　　sian-kiàn-chi-bêng，sian-jip-ūi-chú，
　　　先　見　之　明　，先　入　爲　主，

　　　sian-lé-hō˙-peng。
　　　先　禮後　兵　。

seng : seng-lâi，seng-hē-chhiú ûi-kiông。
　　　先　來，先　下　手　爲　強　。

sin : sin-seⁿ。
　　　先　生。

【光】

Kong ：kong-im，kong-kéng，kong-hȯk，kong-êng，kong-hui，
　　　　光　陰，光　景　，光　復，光　榮，光　輝，

　　　　kong-lîm，kong-hôa，Kong-sū，kong-bêng chèng-tāi。
　　　　光　臨，光　華，光　緒，光　明　正　大。

kng ：goȧh-kng，êng-kng，hóe-kng，kng-kȕt，kng-sòaⁿ。
　　　月　光，榮　光，火　光，光　滑，光　線　。

　　　◎ thiⁿ-kng jȧt-chhut。
　　　　天　光　日　出　。
　　　　{天亮太陽出來了}

【內】

Lōe ：lōe-koh，lōe-chō͘，lōe-hâm，lōe-chāi，lōe-chōng，
　　　　內　閣，內　助　，內　含，內　在　，內　臟　，

　　　　lōe-iông，lōe-hiòng，lōe-chêng，Lōe-chèng-pō͘。
　　　　內　容，內　向　，內　情，內　政　部。

lāi ：lāi-châi，lāi-khò͘，lāi-siau，lāi-kho，lāi-siong，
　　　內　才　，內　褲　，內　銷，內　科，內　傷　，

　　　lāi-tī，lāi-pō͘，Lāi-chèng-pō͘。
　　　內　痔，內　部，內　政　部。

　　　◎lāi-bīn，lāi-soaⁿ，lāi-kong，pak-lāi。
　　　　內　面　，內　山，內　公　，腹　內。
　　　　{裡面}　　{內陸}　　{爺爺}　　{內臟}

【全】

Choân ：chê-choân，choân-pō͘，oân-choân，choân-kiȯk，
　　　　　齊　全　，全　部，完　全，全　局，

　　　　choân-châi，choân-koân，choân-lȧk，choân-lêng，
　　　　全　才　，全　權　，全　力，全　能　，

　　　　choân-sim，choân-thé，choân-thò͘，choân-hù，
　　　　全　心，全　體，全　套　，全　副，

choân-bīn，choân-pan，pó-choân， choân-chı̍p，
全　面，全　班，保　全　，全　　集　，

choân-jı̍t，choân-pan，choân-jiân，sı̍p-choân，
全　日，全　班，全　　然　，十　全　，

choân-pôaⁿ，choân-sim-choân-ì，choân-sîn-koàn-chù。
全　盤　，全　心　全　意，全　神　貫　注。

chn̂g　：chiâu-chn̂g，chn̂g-jiân，chա̍p-chn̂g。
　　　　齊　全　，全　然　，十　全　。

【兩】

Lióng／Liáng　：lióng-lân，lióng-chhin，lióng-choân，
　　　　　　　　兩　難　，兩　親　，兩　全　，

　　　　　　　　lióng-lı̍p，lióng-piān，lióng-iōng，
　　　　　　　　兩　立　，兩　便　，兩　用　，

　　　　　　　　lióng-pāi-kū-siong，it-kí-lióng-tek，
　　　　　　　　兩　敗　俱　傷　，一舉　兩　得　，

　　　　　　　　it-to-lióng-toān。
　　　　　　　　一刀兩　斷　。

niú　：chîⁿ-niú，kin-niú。
　　　　錢　兩　，斤　兩。

nn̄g　：nn̄g-pún-chu，nn̄g-iūⁿ-sim。
　　　　兩　本　書，兩　樣　心。

【八】

Pat　：pat-sian，pat-kòa，pat-tin，pat-im，pat-pó，
　　　　八　仙　，八　卦，八　珍，八　音，八　寶　，

　　　　pat-kó͘，sam-pat，sù-thong-pat-tat，pat-bīn-ui-hong。
　　　　八　股，三　八，四　通　八　達，八　面　威　風　。

peh／poeh　：peh-goeh，peh-jī，peh-siâⁿ，peh-kak-hêng。
　　　　　　　八　月　，八　字，八　成　，八　角　型　。

【公】

Kong ：kong-kiōng，kong-tō，kong-si，kong-chú，
　　　　公 共 ，公 道，公 司，公 子，

　　　 kong-goân，kong-bîn，kong-chhioh，kong-kin，
　　　　公 元 ，公 民，公 尺 ，公 斤，

　　　 kong-hun，kong-lí，kong-pêng，kong-chèng，
　　　　公 分，公 里，公 平，公 正 ，

　　　 kong-ek，kong-bū，kong-pò，kong-tō，kong-lō͘，
　　　　公 益，公 務，公 報，公 道，公 路，

　　　 kong-hōe，kong-jīn，kong-sū ，kong-khai，
　　　　公 會，公 認，公 事，公 開 ，

　　　 kong-tek，kong-koân，kong-pȯk，kong-ián，
　　　　公 德，公 權 ，公 僕，公 演，

　　　 kong-chèng，kong-ka，kong-chhe，kong-hn̂g，
　　　　公 證 ，公 家，公 差，公 園 ，

　　　 kong-jiân，kong-chit，kong-lūn ，kong-koan，
　　　　公 然 ，公 職，公 論 ，公 關 ，

　　　 kong-koán，kong-hùi，kong-sò͘ ，kong-gū。
　　　　公 館 ，公 費，公 訴 ，公 寓。

◎kang ：káu-kang，kang-bó，ke-kang，ah-kang。
　　　　狗 公 ，公 母，雞 公 ，鴨公 。
　　　　{公狗}　　{雄雌}　{公雞}　{公鴨}

【六】

Liȯk ：liȯk-thiok，liȯk-liȯk，liȯk-hȧp，liȯk-gē，
　　　　六 畜 ，六 六 ，六 合，六 藝，

　　　 liȯk-kin chheng-chēng，liȯk-hoat choân-su，
　　　　六 根 清 靜 ，六 法 全 書，

　　　 liȯk-sîn bû-chú。
　　　　六 神 無 主。

lȧk ：lȧk-chȧp，lȧk-goȧh，chhe-lȧk。
　　　　六 十 ，六 月 ，初 六。

【册】
　Chhek : chhek-hong。
　　　　 册　封。

◎ chheh : chheh-tiàm，thàk-chheh。
　　　　 册　店，讀　册　。
　　　　 {書店}　　{讀書}

【冠】
　Koan : i-koan，ông-koan。
　　　　 衣冠　，王　冠。

　Koàn : koàn-kun，jiòk-koàn，koàn-sû，koàn-kûn。
　　　　 冠　軍，弱　冠，冠　詞，冠　群。

【冬】
　Tong : tong-kùi，tong-chông，tong-biân，tong-hông。
　　　　 冬　季，冬　藏，冬　眠，冬　防。

　tang : siu-tang，tang-sún，jip-tang，kòe-tang，
　　　　 收　冬　，冬　筍，入　冬　，過　冬　，

　　　　 tang-koe。
　　　　 冬　瓜。

　◎ hó-nî-tang，san-tang-gō·-tang。
　　　　 好年冬　，三　冬　五　冬。
　　　　 {豐年}　　　{三年五載}

【凍】
　Tòng : léng-tòng，tòng-kiat。
　　　　 冷　凍，凍　結。

　tàng : bah-tàng。　◎ tàng-sng。
　　　　 肉　凍。　　凍　霜。
　　　　 　　　　　{吝嗇}

【凝】

Gêng : gêng-sī，gêng-kò͘，gêng-kiat，gêng-chū。
　　　凝　視，凝　固，凝　結，凝　聚。

　　◎ gêng-sim，gêng-hoeh。
　　　凝　心，凝　血。
　　　{積恨}　　{瘀血}

　　◎gîn : iōng ba̍k-chiu gîn。
　　　　用　目　睭　凝。
　　　　{以眼相瞪}

【分】

Hun : hun-pia̍t，hun-phài，hun-chhùn，hun-sò͘，hun-lī，
　　　分　別　，分　派，分　寸　，分　數，分　離，

　　　hun-bêng，hun-sim，hun-lia̍t，hun-lūi，hun-sek，
　　　分　明　，分　心，分　裂　，分　類，分　析，

　　　hun-chhe，hun-hōe，hun-iu，hun-khui，hun-kio̍k，
　　　分　叉　，分　會，分　憂，分　開　，分　局　，

　　　hun-koah，hun-phòe，hun-sòaⁿ，hun-tōaⁿ，hun-tam。
　　　分　割，分　配　，分　散　，分　段　，分　擔。

pun : pun-châi-sán，pun-khui。　◎ pun-chia̍h。
　　　分　財　產，分　開　。　　分　食　。
　　　　　　　　　　　　{分家／乞食}

【切】

Chhè : it-chhè。
　　　一　切。

chhiat : pek-chhiat，chhiat-sin，chhiat-im，chhiat-si̍t，
　　　　迫　切　，切　身，切　音，切　實，

　　　　chhiat-chhî，chhiat-kì，chhin-chhiat，
　　　　切　齒　，切　記，親　切　，

　　　　chhiat-chhài，khún-chhiat，chhiat-tn̄g，
　　　　切　菜　，懇　切　，切　斷　，

　　　　chhiat-phìⁿ，chhiat-khui，chhiat-kiat-su。
　　　　切　片，切　開　，切　結　書。

【初】

Chhơ˙ : chhơ˙-pō˙ , chhơ˙-hoān , chhơ˙-kî , chhơ˙-kó˙ ,
　　　　　初　步 ，初　犯 ，初　期 ，初　稿 ，

　　　　　chhơ˙-ha̍k , chhơ˙-kip , chhơ˙-pán , chhơ˙-loân ,
　　　　　初　學 ，初　級 ，初　版 ，初　戀 ，

　　　　　chhơ˙-téng , chhơ˙-chín , chhơ˙-sûn 。
　　　　　初　等 ，初　診 ，初　旬 。

chhe／chhoe : goe̍h-chhe , chhe-it 。
　　　　　　　月　初 ， 初　一 。

【別】

Pia̍t : hun-pia̍t , lī-pia̍t , pian-pia̍t , pia̍t-hō ,
　　　　分　別 ，離　別 ，辨　別 ，別　號 ，

　　　　te̍k-pia̍t , sàng-pia̍t , khu-pia̍t , kò-pia̍t 。
　　　　特　別 ，送　別 ，區　別 ，告別 。

pa̍t : pa̍t-lâng , pa̍t-chióng , pa̍t-phài 。
　　　別　人 ，別　種 ，別　派 。

　　◎ pa̍t-khoán , pa̍t-ūi 。
　　　別　款 ，別　位 。
　　　{別種樣式} {別的地方}

【利】

Lī : âng-lī , lī-ek , lī-iōng , lī-hāi , lī-sek , choan-lī ,
　　　紅　利 ，利益 ，利用　，利害 ，利息 ，專　利 ，

　　　chúi-lī , bêng-lī , sūn-lī , put-lī , lī-pè ,
　　　水　利 ，名　利 ，順　利 ，不　利 ，利弊 ，

　　　pian-lī , lī-kí-chú-gī , po̍h-lī-to-siau 。
　　　便　利 ，利己主義 ，薄利多銷　。

lāi : lāi-to , lāi-kiàm 。
　　　利　刀 ，利　劍 。

【刺】

Chhì ： chhì-kheh，chhì-thàm，chhì-kek，chhì-kut，
　　　　刺　客　，刺　探　，刺　激　，刺　骨，

　　　　chhì-sat，　chhì-to，hî-chhì。
　　　　刺　殺　，　刺　刀，魚　刺　。

chhiah ： chhiah-jī，chhiah-siù。
　　　　刺　字，刺　繡。

　　◎　chhiah phôe-ê，chhiah phòng-se。
　　　　刺　皮　鞋，刺　膨　紗。
　　　　　{製皮鞋}　　　　　{織毛線}

【前】

Chiân ： chiân-tô˙，chiân-têng，chiân-pòe，chiân-soàⁿ，
　　　　前　途，前　程　，前　輩，前　線　，

　　　　chiân-chìn，chiân-giân，chiân-kho，chiân-tiāu。
　　　　前　進　，前　言　，前　科，前　兆　。

◎ **chêng** ： thâu-chêng，chìn-chêng。
　　　　頭　前　，進　前　。
　　　　{前面}　　{以前}

chûn／chû ： chûn-nî。
　　　　前　年。

【力】

Lek ： lek-liōng，sè-lek，lek-hêng，lek-sū，lek-chiàn，
　　　　力　量　，勢力，力　行‧力　士，力　戰　，

　　　　ap-lek，hāu-lek，hiap-lek，lek-siú，
　　　　壓力，效　力，協　力，力　守，

　　　　lek-kiû siōng-chìn，lek-put chiông-sim。
　　　　力　求　上　進　，力　不　從　心。

lat ： khùi-lat，chhut-lat，chīn-lat。
　　　　氣　力，出　力，盡　力。

　　◎　chiah-lat。
　　　　食　力。
　　　　{嚴重}

【加】

Ka : ka-kang, ka-pōe, ka-kiông, ka-thiam, ka-jip,
　　加 工 ，加 倍，加 強 ，加 添 ，加 入 ，

　　ka-bián, ka-pan, ka-sok, ka-pian, chham-ka,
　　加 冕 ，加 班，加 速 ，加 鞭 ，參 加，

　　ka-iû, ka-kín, ka-chhan, ka-chhài。
　　加 油，加 緊 ，加 餐 ，加 菜 。

◎ke : ke-thiⁿ, ke-kiám, ke-lâng, ke-pò。
　　加 添 ，加 減 ，加 人 ，加 報。
　　{增加}　{多或少}　{增加人}　{多報}

【承】

Sêng : sêng-siū, sêng-chiap, sêng-tam, sêng-pau,
　　承 受 ，承 接 ，承 擔，承 包，

　　sêng-pān, sêng-siau。
　　承 辦 ，承 銷 。

◎sîn : sîn hō·-chúi, ēng chhiú sîn。
　　承 雨 水 ，用 手 承 。
　　{接雨水}　　{用手承接}

【九】

Kiú : sam-kàu kiú-liû, Kiú-liông。
　　三 教 九 流 ，九 龍 。

káu : káu-chap-káu。
　　九 十 九 。

◎ jī-káu-mê。
　　二 九 暝。
　　{除夕夜}

【動】

Tōng ：chū-tōng，hêng-tōng，hoat-tōng，kám-tōng，
　　　自　動，行　動，發　動，感　動，

　　　tōng-sán，tōng-sû，tōng-chêng，tōng-thài，
　　　動　產，動　詞，動　情，動　態，

　　　kí-tōng，lô-tōng，pho-tōng，ūn-tōng，tōng-bút，
　　　舉　動，勞　動，波　動，運　動，動　物，

　　　tōng-ki，tōng-iông，tōng-gī。
　　　動　機，動　容，動　議。

tāng ：tāng-chhiú，tāng-kang，oáh-tāng。
　　　動　手，動　工，活　動。

　◎　tē-tāng，tín-tāng。
　　　地　動，振　動。
　　　{地震}　{搖動}

【勸】

khoàn ：khoàn-kái，khoàn-siān，khoàn-bián，khoàn-hòa，
　　　　勸　解，勸　善，勸　勉，勸　化，

　　　　khoàn-kò，khoàn-tō，khoàn-ùi，khoàn-sè-koa。
　　　　勸　告，勸　導，勸　慰，勸　世　歌。

khǹg ：khó·-khǹg，khǹg-hô。
　　　苦　勸，勸　和。

【十】

Síp ：síp-jī-lō·，síp-jī-kun，síp-jī-kè，síp-chìn-hoat，
　　　十　字　路，十　字　軍，十　字　架，十　進　法，

　　　siang-síp-cheh，síp-choân-síp-bí，síp-ok-put-sià，
　　　雙　十　節，十　全　十　美，十　惡　不　赦，

　　　síp-liân sū-bók，peh-liân sū-jîn。
　　　十　年　樹木，百　年　樹　人。

cháp ：cháp-chiok，cháp-peh-lô-hàn，cháp-jī-chí-tn̂g。
　　　　十　足，十　八　羅　漢，十　二　指　腸。

◎ chȧp-jī seⁿ-siùⁿ, chȧp-chí-mōe。
十　二　生　相，十　姐　妹。
　{十二生肖}　　　　{鳥名}

【千】

Chhian : chhian-kó·, chhian-kim, chhian-bān, chhian-sòe,
千　古，千　金，千　萬，千　歲，

chhian-jit-hông, chhian-lí-má, chhian-lí-gán,
千　日紅，千　里馬，千　里眼，

chhian-jī-bûn, chhian-san bān-súi, chhian-hong-
千　字文，千　山萬水，千　方

pek-kè, chhian-giân-bān-gí, chhian-kun-bān-má,
百計，千　言萬語，千　軍萬馬，

chhian-kî-pek-koài, chhian-thô·-bān-sū, chhian-
千　奇百怪，千　頭萬緒，千

piàn-bān-hòa, chhian-phian-it-lȧt, chhian-sin-
變　萬化，千　篇　一　律，千　辛

bān-khó·, chhian-chin-bān-khak。
萬苦，千　眞萬確。

chheng : chit-chheng-bān, saⁿ-chheng gō·-chheng。
一　千　萬，三　千　五　千　。

【半】

Poàn : poàn-chú, poàn-sò·, poàn-tô·, poàn-tó,
半　子，半　數，半　途，半　島，

poàn-sin-put-sūi。
半　身不　遂。

◎piàn : piàn-sūi。
半　癱。
　{半身癱瘓}

pòaⁿ : pòaⁿ-lō· , pòaⁿ-nî , pòaⁿ-kin , pòaⁿ-phiò ,
　　　半　路 ，半　年 ，半　斤 ，半　票 ，

　　chit-pòaⁿ , pòaⁿ-sò· , pòaⁿ-sė̇k。
　　一　半　，半　數 ，半　熟。

◎ pòaⁿ-mê , pòaⁿ-po·。
　　半　暝，半　晡。
　　{半夜}　{半天}

【厚】

Hō· : hō·-seng , hō·-thāi , hō·-bōng , hō·-tō , hō·-chòng ,
　　　厚　生 ，厚　待 ，厚　望 ，厚　道，厚　葬 ，

　　hō·-sù , hō·-gî , hō·-gân , tiong-hō·。
　　厚　賜，厚　誼，厚　顏 ，忠　厚。

◎hò· : chhin-hò·-hò·。
　　親　厚　厚。
　　{非常親切}

◎kāu : kāu-ōe , kāu-saⁿ , kāu hō·-chúi。
　　厚　話，厚　衫 ，厚　雨　水。
　　{多嘴}　{厚衣服}　{多雨}

【厭】

Iàm : iàm-ò·ⁿ , iàm-hoân , iàm-sè , iàm-khì。
　　厭　惡 ，厭　煩 ，厭　世，厭　棄。

◎iàm-chiān。
　　厭　賤。
　　{嫌惡}

ià : ià-siān。
　　厭　倦。

◎ pá-ià。
　　飽　厭。
　　{飽而厭食}

【參】

Chham : chham-bô͘ ，chham-chhi，chham-ka，chham-khó，
　　　　參　謀，參　差，參　加，參　考，

　　　chham-sū ，chham-thian，chham-koan，chham-chèng，
　　　　參　事，參　天 ，參　觀，參　政 ，

　　　chham-cha̍p。
　　　　參　雜。

◎ chham-siông。
　　參　詳 。
　　{商量}

Som／Sim : jîn-som，hái-som。
　　　　　人　參，海　參。

【反】

Hoán : hoán-chhiat，hoán-chèng，hoán-séng，hoán-kng，
　　　　反　切 ，反　正 ，反　省，反　光，

　　　hoán-khòng，hoán-kong，hoán-poān，hoán-pok，
　　　　反　抗 ，反　攻 ，反　叛 ，反　駁 ，

　　　hoán-bīn，hoán-hóe，hoán-pō͘ ，hoán-siā，hoán-
　　　　反　面，反　悔，反　哺 ，反　射，反

　　　siông，hoán-tōng，hoán-tùi，hoán-èng，hoán-hok，
　　　　常 ，反　動 ，反　對 ，反　應 ，反　覆 ，

　　　hoán-chèng，hoán-bo̍k-sêng-siû，hoán-pāi-ûi-sèng。
　　　　反　證 ，反　目　成　仇，反　敗　爲　勝。

◎Péng : péng-bīn，tò-péng。
　　　　反　面，倒　反 。
　　　　{翻臉}　　{顚倒}

【口】

Khió／Khó͘ ： khió-kak，khió -sī-sim-hui，liông-ióh
　　　　　　　口 角，口 是 心 非，良 藥

　　　　　　khó͘ -khió。
　　　　　　苦 口。

kháu ： kháu-keng，kháu-châi，kháu-hók，kháu-bī，kháu-khì，
　　　　口 供，口 才，口 服，口 味，口 氣，

　　　　kháu-sút，kháu-siū，kháu-thâu，kháu-im，kháu-hō。
　　　　口 述，口 授，口 頭，口 音，口 號。

◎ hái-kháu，gōa-kháu，kháu-bīn。
　海 口 ，外 口 ，口 面。
　{沿海地區}{外面}　 {外面}

【司】

Su ： su-lēng，su-hoat，su-ki，su-tiún，Su-tô͘，Su-má，
　　　司 令，司 法 ，司 機，司 長 ，司 徒，司 馬，

　　su-gî，su-tók。
　　司 儀，司 鐸。

si ： kong-si，chè-si，koán-si。
　　 公 司，祭 司，官 司。

◎ téng-si，ē-si。
　頂 司，下 司。
　{上司} {部屬}

【合】

Háp ： háp-chhiùn，háp-chok，háp-lí，háp-hoat，sek-háp，
　　　 合 唱，合 作，合 理，合 法 ，適 合，

　　　háp-iok，háp-tông，háp-gî，háp-chàu，háp-keh，
　　　合 約，合 同，合 宜，合 奏 ，合 格，

　　　háp-kûn，háp-kè，háp-kó͘ ，liân-háp，chíp-háp。
　　　合 群，合 計，合 股，聯 合 ，集 合。

　　　hah　：hah-ì，hah-iōng。
　　　　　　合意，合用。

　　　◎ hah-su，bē-hah。
　　　　　合軀，繪合。
　　　　　{合身}{不合}

　　　kah　：kah-ì。
　　　　　　合意。

　　　◎ kah-khòaⁿ。
　　　　　合看。
　　　　　{中看}

　　◎Kap　：kap ioh-á。
　　　　　　合藥仔。
　　　　　　{配藥}

【同】

　　Tông　：tông-chhong，tông-chì，tông-chêng，tông-jîn，
　　　　　　同窗，同志，同情，同人，

　　　　　　tông-hâng，　tông-bêng，tông-sū，tông-pau，
　　　　　　同行，同盟，同事，同胞，

　　　　　　tông-hiong，tông-ì，tông-jîn，tông-sî。
　　　　　　同鄉，同意，同仁，同時。

　　tâng　：tâng-kiâⁿ，tâng-phōaⁿ，tâng-kang，saⁿ-tâng，
　　　　　　同行，同伴，同工，相同，

　　　　　　tâng-sim。
　　　　　　同心。

【名】

　　Bêng　：bêng-bōng，bêng-sû，bêng-i，bêng-jîn，bêng-hūn，
　　　　　　名望，名詞，名醫，名人，名份，

　　　　　　bêng-liû，bêng-sán，bêng-kùi，bêng-sèng，bêng-gī，
　　　　　　名流，名產，名貴，名勝，名義，

bêng-chheng，bêng-ū，bêng-put-hi-thoân，bêng-chèng-
名　稱　　，名　譽，名　不　虛　傳　，名　正

giân-sūn，bêng-lī-siang-siu，bêng-boán-thian-hā，
言　順　，名　利　雙　　收　，名　滿　天　下　，

bêng-lȯk Sun-san。
名　落　孫　山　。

miâ：miâ-siaⁿ，chhut-miâ，miâ-phìⁿ，miâ-sû，
名　　　名　聲　，出　　名　，名　片　，名　詞　，

miâ-chheng。
名　稱　　。

【吐】

Thò͘：áu-thò͘，thò͘-chhut，thò͘-lō͘。
嘔吐　，吐　　出　，吐　露　。

◎ thó͘：thó͘-khùi，thó͘ chhùi-chih。
吐　氣　，吐　嘴　舌　。
{嘆氣}　　　{吐舌頭}

【向】

Hiòng／Hiàng：hiòng-iông，hong-hiòng，hiòng-êng，
向　陽　，方　　向　，向　　榮　，

hiòng-hȧk，hiòng-siōng，hiòng-lâi，
向　學　，向　上　，向　　來　，

chhu-hiòng，ì-hiòng，lāi-hiòng，gōa-hiòng。
趨　向　，意向　，內　向　，外　向　。

ǹg：ǹg-pak，ǹg-lâm。　◎ ǹg-bāng。
向　北　，向　南　。　　向　望　。
　　　　　　　　　　　{盼望}

hiàⁿ：hiàⁿ-āu。
向　後　。
{往後傾}

【含】

<u>Hâm</u> : hâm-hūn，pau-hâm，hâm-oan，hâm-lūi，hâm-hūn，
含 恨，包 含，含 冤，含 淚，含 混，

hâm-hô·，hâm-nō·，hâm-pau。
含 糊，含 怒，含 苞。

◎<u>kâm</u> : kâm thñg-á，kâm lō·-chúi。
含 糖 仔，含 露 水。

◎<u>kâⁿ</u> : sàu kâⁿ hoeh。
嗽 含 血 。
{咳嗽帶血}

【吹】

<u>Chhui</u> : kó·-chhui pèh-ōe。
鼓 吹 白 話。

<u>chhoe／chhe</u> : chhoe-hong。
吹 風 。

◎ kó·-chhoe，hong-chhoe。
鼓 吹 ，風 吹
{喇叭}　　{風箏}

【告】

<u>Khok</u> : tiong-khok。
忠 告 。

<u>kò</u> : kò-sò·，kò-sī，kò-pèk，kò-piàt，kò-sî，kò-bit，
告 訴 ，告 示，告 白 ，告 別 ，告 辭，告 密 ，

kóng-kò，kò-hoat。
廣 告，告 發 。

【和】

Hô ：hô-hó，hô-pêng，hô-hâi，hô-khì，hô-siān，hô-bók，
　　　和 好， 和 平 ，和 諧 ，和 氣 ，和 善 ，和 睦 ，

　　　hô-kái，un-hô，hô-tâm。
　　　和 解 ，溫 和，和 談 。

Hō ：hù-hō，chhiàng-hō。
　　　附 和，唱　　和 。

hôe／hê ：hôe-siūn。
　　　　　和 尚 。

【哄】

◎hán ：hán-kian。
　　　哄 驚 。
　　　{恐嚇使驚嚇}

háng ：háng-phiàn。
　　　哄 騙 。

◎ háng-hoah。
　　　哄 喝 。
　　　{講話口氣差}

◎hōng ：hōng káu sio kā。
　　　哄 狗 相 咬。
　　　{唆使人吵架}

【唐】

Tông ：Tông-tiâu，Tông-si，hong-tông，Tông-jîn-ke。
　　　　唐 朝 ，唐 詩 ，荒 唐 ，唐 人 街 。

tñg ：Tñg-soan，Tñg-ōe，sèn-Tñg。
　　　唐 山 ，唐 話，姓 唐 。

pông ：pông-tút。
　　　唐 突 。

【唱】

Chhiòng : ko-chhiòng it-khek。
　　　　　高　唱　　一曲。

chhiàng : chhiàng-bêng，chhiàng-phiò。
　　　　　唱　明　，唱　票。

chhiùⁿ／chhiò·ⁿ : chhiùⁿ-koa，chhiùⁿ-khek。
　　　　　唱　歌，唱　曲。

【問】

Būn : būn-tê，būn-chōe，būn-sè，ha̍k-būn，kò·-būn，
　　　問題，問罪，問世，學問，顧問，

　　　būn-tap，būn-sim bû-khùi，būn-liú sîm-hoa。
　　　問答，問心無愧，問柳尋花。

mn̄g : mn̄g-lō·，sím-mn̄g，mn̄g-an，mn̄g-àn。
　　　問路，審問，問安，問案。

【單】

Siān : Siān sió-chiá。
　　　單　小　姐。

Tan : tan-goân，tan-hêng-tō，tan-im，tan-it，tan-jī，
　　　單元，單行道，單音，單一，單字，

　　　tan-kè，tan-loân，tan-kì，tan-sûn，tan-to̍k，tan-ūi，
　　　單價，單戀，單據，單純，單獨，單位，

　　　tan-sò·，tan-hêng-pún，tan-jîn-to̍k-má，tan-to-ti̍t-ji̍p。
　　　單數，單行本，單人獨馬，單刀直入。

toaⁿ : chhài-toaⁿ，phōe-toaⁿ，miâ-toaⁿ，ko·-toaⁿ，toaⁿ-sin。
　　　菜單，被單，名單，孤單，單身。

【喪】

Song ： song-sū，song-lé，song-ka，tiàu-song，
　　　　喪　事，喪　禮，喪　家，弔　喪　，

　　　　song-ho̍k，song-chú。
　　　　喪　服，喪　主。

sòng ： sòng-chì，sòng-sit，sòng-tám，sòng-bēng。
　　　　喪　志　，喪　失，喪　膽，喪　命　。

san ： khok-san-tiōng。
　　　　哭　喪　杖　。

sng ： sng-hà。
　　　喪　孝。

【噴】

Phùn ： phùn-chúi-tî，phùn-siā-ki，phùn-chhat。
　　　　噴　水　池，噴　射　機，噴　漆。

◎ pûn ： pûn-hong，pûn-lê。
　　　　噴　風　，噴　螺。
　　　　{以口吹氣}　{吹號}

bū／phū ： bū-chúi。
　　　　噴　水　。

【四】

Sù ： Sù-chhoan，sù-kùi，sù-su，sù-chhù，sù-tek，sù-hong，
　　　四川　　　，四季，四書，四處　，四德，四方　，

　　　sù-hái-ûi-ka，sù-thong-pat-ta̍t。
　　　四海爲家，四通　八達。

sì ： sì-ke^n，sì-lâu，sì-sia^n，sì-bīn，sì-ûi，
　　　四更　，四樓，四聲　，四面，四圍，

　　　sì-kak，sì-hòe。
　　　四角，四歲。

【園】

oân ： oân-gē，oân-teng。
　　　 園 藝，園 丁 。

hn̂g ： hoe-hn̂g，kong-hn̂g，chhài-hn̂g，chhân-hn̂g，
　　　 花 園，公 園，菜　 園，田　 園，

　　　 tōng-bu̍t-hn̂g，kam-chià-hn̂g。
　　　 動 物 園，甘 蔗 園。

◎ kóe-chí-hn̂g。
　　 果 子 園。
　　　{果園}

【圓】

oân ： oân-boán，oân-bú-khek，oân-kèng，Oân-thong-sī。
　　　 圓 滿，圓 舞 曲 ，圓 徑 ，圓 通 寺。

în ： în-în，în-kui，în-hêng，în-toh，
　　　 圓圓 ，圓 規 ，圓 形 ，圓 桌 ，

　　　 thoân-în，goe̍h-în。
　　　 團 圓，月 圓。

【土】

Thó· ： thó·-tē，thó·-sán，thó·-ōe，thó·-bo̍k，thó·-húi，
　　　 土 地，土 產 ，土 話，土 木，土 匪 ，

　　　 thó·-hong-bú。
　　　 土 風 舞。

◎ thó·-lâng。
　　 土 人 。
　　{土人／粗人}

thô· ： thô·-chit，thô·-khì。
　　　 土 質 ，土 氣。

◎ thô·-kha，thô·-soa，thô·-tāu，thô·-hún。
　　 土 腳 ，土 沙，土 豆，土 粉。
　　{地上}　　{泥土}　　{花生}　　{塵土}

【在】

<u>Chāi</u> : chū-chāi，chāi-hā，chāi-chō，chāi-iá，chûn-chāi，
自 在，在 下，在 座，在 野，存 在，

hiān-chāi，chāi-ūi，chāi-chit，chāi-gōa。
現 在，在 位，在 職 ，在 外。

◎ chāi-lâi，só·-chāi。
在 來，所 在。
{向來} {地方}

◎<u>chhāi</u> : chhāi sîn-bêng，chhāi tē-ki。
在 神 明 ，在 地 基。
{置神像} {立地基}

【地】

<u>Tē／tōe</u> : thiⁿ-tē，tē-bīn，tē-ki，tē-chí，tē-hng，tē-chú，
天 地，地面，地基，地址，地方，地主，

tē-hėk，tē-tài，tē-tô·，tē-kiû，tē-lí，tē-miâ，
地域 ，地帶，地圖 ，地球，地理，地名，

tē-pôaⁿ，tē-gėk，tē-thán，tē-sè，tē-khè，tē-ūi。
地盤 ，地獄，地毯 ，地勢，地契，地位。

<u>tè</u> : sàu-tè。
掃 地。

◎ tìn-tè。
鎮 地。
{空佔地方}

<u>tī</u> : Thó·-tī-kong，Thó·-tī-pô。
土 地公 ，土 地 婆。

【垂】

<u>Sûi</u> : sûi-thô·，sûi-sêng，sûi-chhat，sûi-gûi，sûi-liām，
垂 頭 ，垂 成，垂 察，垂 危，垂 念，

sûi-ài，sûi-liú，hā-sûi，sûi-sûn，sûi-ló。
垂 愛，垂 柳，下 垂，垂 詢 ，垂 老。

<u>sôe／sê</u> : sôe-sôe。
　　　　　　垂　垂 。

<u>sōe／sē</u> : sōe-sōe，lak-sōe。
　　　　　　垂　垂 ，落　垂。

【坦】

<u>Thán</u> : thán-jiân，thán-tô˙，thán-pėk，thán-tô˙，thán-sut。
　　　　坦　然 ，坦　途 ，坦　白，坦　途 ，坦　率。

◎ thán-hoâiⁿ，thán-tı̍t，thán-khi，thán-phak，
　　坦　横 　，坦　直，坦　敧 ，坦　覆 ，
　　{横向}　　{直向}　{傾斜}　　{面向下}

　　thán-chhiò。
　　坦　笑 。
　　{面向上}

<u>tháⁿ</u> : pêⁿ-tháⁿ。
　　　　平　坦 。

【埋】

<u>Bâi</u> : bâi-oàn，bâi-chòng，bâi-hȯk，bâi-bêng，bâi-chông。
　　　　埋　怨 ，埋　葬 ，埋　伏 ，埋　名 ，埋　藏 。

<u>tâi</u> : tâi tē-lûi，tâi sí-lâng。
　　　　埋　地雷 ，埋　死 人 。

【城】

<u>Sêng</u> : Sêng-hông-iâ，sêng chhun chhó-bȯk chhim。
　　　　城　隍 爺 ，城　春　草　木　深 。

<u>siâⁿ</u> : kiaⁿ-siâⁿ，siâⁿ-chhī，siâⁿ-tî，siâⁿ-mn̂g，
　　　　京　城 　，城　市 ，城　池，城　門 ，

　　　　siâⁿ-chhiûⁿ，siâⁿ-lāi。
　　　　城　牆 　，城　内 。

【塊】

 Khoài : khoài-chōng，khoài-jiân tòk-chhú。
     塊　狀　，塊　然　獨　處。

 tè : nn̄g-tè óaⁿ，chi̍t-tè tē。

 tè : nn̄g-tè óa^n，chi̍t-tè tē。
     兩塊碗，一　塊地。

【塞】

 Sài : iàu-sài，chhut-sài，pian-sài，Sài-ong sit-má。
     要　塞，出　塞，邊　塞，塞翁　失　馬。

 Sek : pì-sek，chó·-sek，
     閉　塞，阻　塞。

 seh／soeh : seh-phāng。
     塞　縫　。

 that : that-ba̍t，that-chhia。
     塞　密，塞　車　。

  ◎ that-lō·
   塞　路
   {擋路}

【塡】

 Thiân : thiân-sû，thiân-chhiong，thiân-hoat，thiân-siá。
     塡　詞，塡　充　，塡　發，塡　寫。

 thūn : thūn-thô·，thūn-hái，thūn-hōaⁿ。

 thūn : thūn-thô·，thūn-hái，thūn-hōa^n。
     塡　土　，塡　海，塡　岸　。

【壅】

 Ióng : ióng-sek。
     壅　塞。

 ◎èng : èng-pûi，èng-chhân。
     壅　肥，壅　田　。
     {施肥}　{施肥於田}

【壓】

Ap : ap-lėk，ap-pek，ap-chè，ap-ek，hoeh-ap。
　　壓力，壓迫，壓制，壓抑，血　壓。

ah : ah-tó。◎ ah-pà。
　　壓倒。　壓霸。
　　　　　　{蠻橫不講理}

teh : teh-sí，teh-kiaⁿ。
　　壓死，壓驚 。

　　◎ teh-nî-chîⁿ
　　　壓 年 錢
　　　{壓歲錢}

【夏】

Hā : Hā-tiâu，hā-lēng-iâⁿ，hā-kùi。
　　夏 朝，夏 令 營，夏季。

hē : hē-thiⁿ，hē-jit。
　　夏天 ，夏 日。

【外】

Gōe : goân-gōe，gōe-seng。
　　　員 外，外 甥。

gōa : gōa-kho，gōa-hâng，gōa-kau，gōa-piáu，gōa-kài，
　　　外 科，外 行 ，外 交，外 表 ，外 界，

　　　gōa-kok，gōa-chè，gōa-pin，gōa-koan，gōa-māu，
　　　外 國，外 債，外 賓，外 觀 ，外 貌，

　　　gōa-séng，gōa-siong，gōa-lâng，gōa-kok，gōa-kho，
　　　外 省 ，外 傷 ，外 人 ，外 國，外 科，

　　　gōa-hiòng，gōa-bīn，gōa-hō，giȧh-gōa，chhut-gōa。
　　　外 向 ，外 面，外 號，額 外，出 外。

　　◎ gōa-ke，gōa-má，gōa-kong，gōa-lō·。
　　　外 家，外 媽，外 公 ，外 路。
　　　{娘家} {外祖母} {外祖父} {外快}

【夢】

<u>Bōng</u> : bōng-hoàn，bōng-sióng，bōng-iû-chèng。
　　　夢　幻　，夢　想　，夢　遊　症　。

<u>bāng</u> : thok-bāng，hó-bāng，bí-bāng。
　　　託　夢　，好　夢　，美　夢　。

◎ bîn-bāng。
　眠　夢　。
　{作夢}

【大】

<u>Tāi</u> : tāi-tông，tāi-iok，tāi-sîn，tāi-kiat，tāi-kiók，
　　　大　同　，大　約　，大　臣　，大　吉　，大　局　，

　　　tāi-kun，tāi-sū，tāi-liók，tāi-hí，tāi-sè，tāi-ì，
　　　大　軍　，大　事　，大　陸　，大　喜　，大　勢　，大　意　，

　　　tāi-sià，tāi-liók，tāi-giáp，tāi-hák，tāi-hong，
　　　大　赦　，大　略　，大　業　，大　學　，大　方　，

　　　tāi-khài，tāi-chiòng，tāi-hu，tāi-ông，tāi-piān，
　　　大　概　，大　衆　　，大　夫　，大　王　，大　便　，

　　　tāi-tián-hông-tô͘，tāi-lān-lîm-thô͘，tāi-kong-bû-su，
　　　大　展　鴻　圖，大　難　臨　頭　，大　公　　無　私，

　　　tāi-bêng-téng-téng。
　　　大　名　鼎　鼎　。

<u>Thài</u> : keng-sêng thài-siok。
　　　京　城　大　叔　。

<u>tōa</u> : tōa-lâng，tōa-ko，tōa-béh，tōa-tn̂g，tōa-kò，
　　　大　人　，大　哥　，大　麥　，大　腸　，大　過　，

　　　tōa-tá^n，tōa-hō͘，tōa-ōe，tōa-sia^n，tōa-i，
　　　大　膽　，大　雨　，大　話　，大　聲　　，大　衣　，

　　　tōa-lō͘，tōa-mn̂g，tōa-pō͘-hūn，tōa-kia^n sió-koài。
　　　大　路　，大　門　，大　部　份　，大　驚　　小　怪　。

◎ tōa-goe̍h，sió-goe̍h，tōa-sè，tōa-ūi，tōa-kiáⁿ，
　大　月　，小　月　，大　細，大　位，大　子　，
　{旺季}　　{淡季}　　{大小}　{上位}　{長子}

　tōa-sun，tōa-chi̍h，tōa-sè-sim。
　大　孫，大　舌　，大　細心。
　{長孫}　　{口吃}　　　{偏心}

【天】

Thian : thian-bûn，thian-kok，thian-ki，thian-liông，
　　　天　文，天　國，天　機，天　良　，

　　　thian-châi，thian-hūn，thain-chú，thian-sian，
　　　天　才，天　份，天　主，天　仙　，

　　　thian-chai，thian-chin，thian-gâi，thian-tông，
　　　天　災，天　眞，天　涯　，天　堂　，

　　　thian-chú，thian-jiân，thian-su，thian-kiô，
　　　天　子，天　然　，天　書，天　橋　，

　　　thian-sèng，thian-pêng，thian-lûn，thian-sî-tē-lī，
　　　天　性　，天　平　，天　倫　，天　時地利，

　　　thian-hā-thài-pêng，thian-chok-chi-ha̍p，thian-seng
　　　天　下太　平　，天　作　之　合　，天　生

　　　chū-jiân，thian-tiông-tē-kiú，thian-tu-tē-bia̍t。
　　　自　然　，天　長　地久，天　誅地滅　。

thiⁿ : thiⁿ-khì，thiⁿ-thang，thiⁿ-kong，thiⁿ-tē，thiⁿ-sài，
　　　天　氣，天　窗　，天　公，天　地，天　使　，

　　　thiⁿ-lí，thiⁿ-ē，thiⁿ-piⁿ，chhun-thiⁿ，chhiu-thiⁿ。
　　　天　理，天　下，天　邊　，春　天　，秋　天　。

◎ thiⁿ-téng，lo̍h-hō͘-thiⁿ，o͘-im-thiⁿ。
　天　頂　，落　雨　天　，烏　陰天　。
　{天上}　　{下雨天}　　{陰天}

【央】

Iong／Iang ：iong-chhéng，iong-kiû，tiong-iong chèng-hú。
央　請　，央　求，中　央　政　府。

ng ：tiong-ng。
中　央。

【奇】

Ki ：ki-sò͘。
奇　數。

kî ：kî-koài，kî-biāu，kî-chek，kî-ī^n，kî-koan，
奇　怪，奇　妙，奇　跡，奇異，奇　觀，

hò͘^{n}-kî。
好　奇。

◎ kî-khá。
奇　巧。
{稀奇}

khia ：toa^n-khia，khia-sò͘。
單　奇，奇　數。

◎ ko͘-khia。
孤　奇。
{單獨}

【好】

Hò͘^{n}／hàu^n ：hò͘^{n}-sū，hò͘^{n}-ha̍k，hò͘^{n}-sek，hò͘^{n}-chiú，
好　事，好　學，好　色，好　酒，

hò͘^{n}-kî，hò͘^{n}-piān，hò͘^{n}-seng-chi-tek。
好　奇，好　辯，好　生　之　德。

◎ hò͘^{n}-hiân。
好　玄。
{好奇／愛管事}

hó ：hó-pháiⁿ，hó-hàn，hó-hoe，hó-miā，hó-chhù，hó-lâng，
　　　好歹 ，好漢 ，好花 ，好命 ，好處 ，好人 ，

　　　hó-ì，hó-sim，hó-sū，hó-kám，hó-ūn，hó-thiaⁿ。
　　　好意，好心 ，好事，好感 ，好運，好聽 。

　　◎ hó-jit，hó kì-tî。
　　　好日 ，好記持。
　　　{吉日} {記性好}

【妝】

Chong ：hông-chong，chong-pān。
　　　　紅妝 ，妝扮 。

chng ：se-chng，kè-chng。
　　　梳妝，嫁妝 。

【姓】

Sèng ：kok-sèng-iâ。
　　　國姓爺。

sèⁿ／sìⁿ ：peh-sèⁿ，sèⁿ-miâ。
　　　　百姓，姓名 。

【娘】

Liông／Liâng ：liông-chú-kun。
　　　　　　娘子軍。

◎niâ ：a-niâ。
　　　阿娘。
　　　{母親}

niû／niô͘ ：ko͘-niû，Chù-seⁿ-niû-niû，sin-niû。
　　　　姑娘，註生娘娘 ，新娘。

　　◎ thâu-ke-niû，sin-seⁿ-niû。
　　　頭家娘 ，先生娘 。
　　　{老闆娘} {師母}

【婦】

Hū ：hu-hū，hū-lú，hū-tek，hū-tō，hū-kho。
夫婦，婦女，婦德，婦道，婦科。

◎pū ：sin-pū。
新婦。
{媳婦}

【娶】

Chhù ：siok-chhù，chhù-chhe。
續娶，娶妻。

chhōa ：chhōa sin-niû，kè-chhōa。
娶新娘，嫁娶。

◎ chhōa-bó·。
娶某。
{娶太太}

【媒】

Mûi／Môe／Bôe ：mûi-chiok，mûi-thé，mûi-kài，mûi-pô。
媒妁，媒體，媒介，媒婆。

hm̂ ／moâi ：hm̂ -lâng。
媒人。

【嫁】

Kà ：kà-hō，kà-chiap。
嫁禍，嫁接。

kè ：kè-chhōa，kè-chng。
嫁娶，嫁妝。

【嫉】

Chek ：chek-ok-jû-siû。
嫉惡如仇。

chit ：chit-tò·。
嫉妒。

【嬰】

Eng ： eng-jî，eng-hâi。
　　　嬰　兒，嬰　孩 。

e^n／i^n ： iù-e^n。
　　　　幼嬰 。

◎ âng-e^n-á。
　　紅嬰仔。
　　{嬰兒}

【子】

Chú ： chú-tē，chú-kiong，chú-im，hu-chú，lâm-chú，
　　　子　弟，子　宮　，子　音，夫　子，男　子，

　　　lú-chú，Khóng-chú，Bēng-chú，kun-chú，hàu-chú，
　　　女　子，孔　　子，孟　子，君　子，孝　子，

　　　tông-chú，chú-sî。
　　　童　子，子　時。

chí ： kah-chí，chéng-chí，liân-chí，o·-hî-chí，koe-chí，
　　　甲　子，種　子，蓮　子，烏魚子，瓜　子，

　　　la̍t-chí。
　　　栗　子。

◎ kóe-chí。
　　果　子。
　　{水果}

kiá^n ： kiá^n-sun。
　　　　子　孫 。

◎ kiá^n-jî，kiá^n-sài。
　　子　兒，子　婿。
　　{兒子}　{女婿}

【存】

<u>Chûn</u>：chûn-bông，chûn-chāi，chûn-khoán，chûn-sim。
存　亡，存　在，存　款，存　心。

<u>chhûn</u>：chhûn liông-sim，chun-chhûn。
存　良　心，尊　存。

【孝】

<u>Hàu</u>：put-hàu，hàu-lâm，Hàu-kèng，hàu-keng，hàu-chú，
不　孝，孝　男，孝　敬，孝　經，孝　子，

hàu-sūn，hàu-tō。
孝　順，孝　道。

<u>hà</u>：tòa-hà，sng-hà，hà-hòk。
帶　孝，喪　孝，孝　服。

【學】

<u>Hàk</u>：hàk-seng，hàk-chiá，hàk-sek，hàk-būn，hàk-hun，
學　生　，學　者，學　識，學　問，學　分，

hàk-$\bar{\text{i}}^n$，hàk-sìp，hàk-sùt，hàk-hùi，hàk-hōe，
學　院，學　習，學　術，學　費，學　會，

hàk-soat，hàk-ūi，hàk-sià，hàk-tióng，hàk-gē，
學　說　，學　位，學　舍，學　長　，學　藝，

hàk-kî，hàk-kài，hàk-lèk，hàk-hāu，hàk-giàp，
學　期，學　界，學　歷，學　校，學　業　，

tāi-hàk，tiong-hàk，sió-hàk。
大　學，中　　學，小　學。

<u>òh</u>：òh-tñg，jìp-òh，tōa-òh，tiong-òh，sió-òh。
學　堂，入　學，大　學，中　　學，小　學。

◎ òh kóng-ōe，òh-ōe。
學　講　　話，學　話。
{學習說話}　{打小報告}

【守】

Siú ： kò·-siú，siú-hoat，khàn-siú，pó-siú，pé-siú，
　　　　顧 守，守 法，看　守，保守，把守，

　　　　siú-chiat，siú-ōe，siú-châi-lô·，siú pún-hūn。
　　　　守 節　，守 衛，守 財　奴，守 本 份。

Siù ： sûn-siù。
　　　　巡 守。

chiú ： chiú-keⁿ，chiú-kóaⁿ，chiú khang-pâng。
　　　　守 更，守 寡　，守 空　房　。

　　　◎ chiú-nî。
　　　　守　年。
　　　　{守歲}

【官】

Koan ： ngó·-koan，koan-lêng，kám-koan，koan-liâu-
　　　　五 官，官 能　，感 官，官 僚

　　　　chú-gī，koan-koan-siong-hō·。
　　　　主 義，官 官 相　護　。

koaⁿ ： koaⁿ-thiaⁿ，koaⁿ-tiúⁿ，koaⁿ-hong，koaⁿ-si，
　　　　官 廳　，官 長　，官 方，官 司，

　　　　koaⁿ-ōe，koaⁿ-oân，koaⁿ-hú，phòaⁿ-koaⁿ，sûn-koaⁿ，
　　　　官 話，官 員，官 府，判　官　，巡 官　，

　　　　kheh-koaⁿ，kéng-koaⁿ。
　　　　客 官，警 官。

【定】

Tēng ： tēng-chōe，tēng-kî，tēng-lùt，tēng-lèk，tēng-kiòk，
　　　　定 罪　，定 期，定　律，定 力，定 局，

　　　　tēng-lē，tēng-gī，tēng-toàt，tēng-kè，tēng-lūn。
　　　　定 例，定 義，定 奪　，定 價，定　論。

tiāⁿ ： hān-tiāⁿ。◎ tiāⁿ-tiāⁿ，sàng-tiāⁿ。
　　　　限 定。　定 定，送 定。
　　　　　　　　{經常}　　{文定}

【客】

Khek : khek-koan，khek-ki，khek-thé。
客 觀 ，客 居，客 體 。

kheh : kheh-khì，kheh-hō·，chèng-kheh，kheh-ūn，kheh-chō，
客 氣 ，客 戶，政 客 ，客 運，客 座 ，

kheh-tiàm，kheh-thò，lú-kheh，kheh-móa，kheh-chhoàn，
客 店 ，客 套，旅 客 ，客 滿，客 串 ，

kheh-thia^n，soeh-khek，kheh-koan。
客 廳 ，説 客 ，客 觀 。

◎ lâng-kheh，Kheh-lâng，Kheh-ōe。
人 客 ，客 人 ，客 話 。
{客人}　　{客家人}　　{客家話}

【宮】

Kiong : hông-kiong，kiong-lú，kiong-tiān。
皇 宮 ，宮 女，宮 殿 。

keng : léng-keng，Má-chó·-keng，chià^n-keng。
冷 宮 ，媽 祖 宮 ，正 宮 。

【家】

Ka : ka-chòk，ka-kéng，ka-sè，kong-ka，ka-hū，ka-khū，
家 族 ，家 境 ，家 世，公 家 ，家 父，家 具 ，

ka-tiú^n，ka-chèng，ka-sū，ka-bū，ka-lūi，ka-kàu，
家 長 ，家 政 ，家 事，家 務，家 累，家 教 ，

ka-chè，ka-phó·，ka-siòk，ka-hiong，ka-têng，
家 祭 ，家 譜 ，家 屬 ，家 鄉 ，家 庭 ，

ka-koàn。
家 眷 。

ke ：tāi-ke，ke-têng，oan-ke，chhin-ke，ke-koàn。
　　　　大　家，家庭　，冤　家，親　　家，家眷。

　　◎ thâu-ke，　kong-ke。
　　　頭　家，公　家。
　　{老闆／丈夫} {公用}

【宿】

Siok ：siok-sià，siok-oàn，siok-chì，siok-iân，siok-goān，
　　　　宿　舍，宿　怨，宿　志，宿　緣，宿　願，

　　　siok-bēng。
　　　宿　命　。

siù ：chhe^n-siù。
　　　星　宿。

【寄】

Kì ：kì-gí，kì-ióng，kì-bió。
　　　寄　語，寄　養，寄　母。

kià ：kià-thok，kià-se^n，kià-chek，kià-mih，kià-miâ，
　　　寄　託　，寄　生，寄　籍　，寄　物，寄　名，

　　　kià-bē，kià-ki。
　　　寄　賣，寄　居。

　　◎ kià-kha，kià-phoe。
　　　寄　腳，寄　批　。
　　{暫居} 　{寄信}

【寂】

Chek ：chek-jiân。
　　　寂　然　。

chip ：chip-bók。
　　　寂　寞。

chat ：tiām-chat。
　　　恬　寂　。

【密】

Bit : pì-bit，bit-kò，bit-chhiat，bit-tō·，bit-iok，
　　　秘 密，密 告，密 切 ，密 度，密 約，

　　　chiu-bit，bit-iú，bit-tâm，bit-sek，bit-chip，
　　　周 密 ，密 友，密 談，密 室，密 集 ，

　　　ki-bit，bit-má。
　　　機 密，密 碼。

bat : ún-bat，chhàng-bat，khàm-bat，iám-bat。
　　　隱密 ，藏 密，蓋 密，掩 密。

◎bā : chin-bā。
　　　眞 密。
　　　{緊密}

【富】

Hù : hù-chiok，hù-kiông，hù-jū，hù-ong，hù-kùi，hù-lē，
　　　富足 ，富強 ，富裕，富翁，富貴，富麗，

　　　hù-iú，hù-goân，hong-hù，châi-hù。
　　　富有，富源 ，豐 富，財 富。

pù : pù-ū，pù-lâng。
　　　富有，富人 。

【寐】

Bī : bōng-bī í-kiû。
　　　夢 寐 以 求。

◎bî : bak-chiu bî-bî，bî chit-ē-á。
　　　目 睭 寐寐，寐 一 下仔。
　　　·眼睛愛睡狀} 　{小睡一會兒}

【寒】

Hân ： hân-léng，hân-bûn，hân-sit，hân-sú，hân-liû，
　　　寒 冷 ，寒 門 ，寒 食 ，寒 暑，寒 流 ，

　　　sim-hân，hân-sià，hân-tài，hân-bî，hân-kà，
　　　心 寒 ，寒 舍 ，寒 帶 ，寒 微 ，寒 假 ，

　　　hân-sū，hân-i，hân-lō·，hân-soan，hân-hong，
　　　寒 士 ，寒 衣 ，寒 露 ，寒 酸 ，寒 風 ，

　　　tāi-hân。
　　　大 寒 。

◎kôaⁿ ： kôaⁿ-thiⁿ，kôaⁿ-joa̍h。
　　　　寒 天 ，寒 熱 。
　　　　{冬天}　　　{冷熱}

【寡】

Kóaⁿ ： kóaⁿ-jîn，kóaⁿ-hū，ko·-kóaⁿ，chiú-kóaⁿ。
　　　寡 人 ，寡 婦 ，孤 寡 ，守 寡 。

◎kóa ： chi̍t-kóa chîⁿ。
　　　　一 寡 錢 。
　　　　{一些錢}

【實】

Si̍t ： sêng-si̍t，si̍t-chiān，si̍t-giām，si̍t-chāi，si̍t-le̍k，
　　　誠 實 ，實 踐 ，實 驗 ，實 在 ，實 力 ，

　　　si̍t-tē，si̍t-hêng，si̍t-chêng，si̍t-hiān，si̍t-si̍p，
　　　實 地 ，實 行 ，實 情 ，實 現 ，實 習 ，

　　　si̍t-hūi，si̍t-gia̍p，si̍t-chè，si̍t-chit，si̍t-thé，
　　　實 惠 ，實 業 ，實 際 ，實 質 ，實 體 ，

　　　si̍t-iōng，sū-si̍t，kiat-si̍t，chin-si̍t，si̍t-si。
　　　實 用 ，事 實 ，結 實 ，眞 實 ，實 施 。

◎cha̍t ： cha̍t-pak，sim-kôaⁿ cha̍t。
　　　　實 腹 ，心 肝 實 。
　　　　{物實心}　　{心煩如物堆積}

【寬】

<u>Khoan</u> : khoan-iông，khoan-hō·，khoan-tōa，khoan-koah，
　　　　　寬　容　，寬　厚　，寬　大　，寬　闊　，

　　　　　khoan-sim，khoan-jím，khoan-thāi，khoan-sù，
　　　　　寬　心　，寬　忍　，寬　待　，寬　恕，

　　　　　khoan-jū，khoan-hān，khoan-oān，khoan-bián，
　　　　　寬　裕　，寬　限　，寬　緩　，寬　勉，

　　　　　khoan-tāi-ûi-hoâi，khoan-hông-tāi-liōng。
　　　　　寬　大　爲　懷　，寬　宏　大　量　。

◎<u>khoaⁿ</u> : khoaⁿ-khoaⁿ-kiâⁿ，khoaⁿ-khoaⁿ-sī。
　　　　　寬　寬　行　，寬　寬　是。
　　　　　{慢慢走}　　　　　{慢慢來}

【將】

<u>Chiong／Chiang</u> : chiong-lâi，chiong-kun，chiong-kīn，
　　　　　　　　將　來　，將　軍　，將　近，

　　　　　　　　chiong-pún-chiū-lī，chiong-kè-chiū-kè，
　　　　　　　　將　本　就　利，將　計就　計，

　　　　　　　　chiong-chhò-chiū-chhò，chiong-kong-siók-chōe，
　　　　　　　　將　錯　就　錯，將　功　贖　罪，

<u>Chiòng／Chiàng</u> : tāi-chiòng，chiòng-léng，chiòng-sòe，
　　　　　　　　大　將　，將　領　，將　帥，

　　　　　　　　chiòng-lēng，chiòng-koaⁿ，béng-chiòng。
　　　　　　　　將　令　，將　官　，猛　將　。

【導】

<u>Tō</u> : tō-ián，chí-tō，tō-su，léng-tō，pò-tō。
　　　導　演　，指　導，導　師，領　導，報　導。

◎<u>thōa</u> : thōa seng-lí，thōa-hó。
　　　　導　生　理，導　好。
　　　　{學做生意}　{跟著學好}

【 小 】

Siáu ： siáu-jîn，siáu-khián，siáu-soat，siáu-ngó͘，
小 人 ， 小 犬 ， 小 説 ， 小 我 ，

siáu-thiú，siáu-hân，siáu-jî-kho，siáu-khong，
小 丑 ， 小 寒 ，小 兒 科 ， 小 康 ，

siáu-sú，siáu-lú，siáu-khì，siáu-sò͘-tiám。
小 暑，小 女，小 氣，小 數 點 。

sió ： sió-kiáⁿ，sió-seng，sió-tòaⁿ，sió-ko͘，
小 子 ， 小 生 ， 小 旦 ， 小 姑 ，

sió-hêng，sió-chiá，sió-cho͘，sió-hùi，sió-kang，
小 型 ， 小 姐 ， 小 組 ， 小 費，小 工 ，

sió-sim，sió-kong，sió-tī，sió-mōe，sió-pòe，
小 心，小 功 ， 小 弟，小 妹，小 輩 ，

sió-miâ，sió-ka-têng，sió-jî-kho。
小 名，小 家 庭 ，小 兒 科 。

◎ sió-tī，sió-mōe。
小 弟，小 妹 。
{弟弟} {妹妹}

【 少 】

Siáu ： to-siáu，khoat-siáu，siáu-iú，siáu-kiàn to-koài。
多少，缺 少 ，少 有，少 見 多 怪 。

siàu ： siàu-liân，Siàu-lîm-sī，siàu-iâ，siàu-lú，
少 年 ，少 林 寺，少 爺，少 女，

siàu-pāng，siàu-hū，siàu-chiòng，siàu-chòng，
少 棒，少 婦，少 將 ，少 壯，

siàu-ùi，siàu-nái-nái。
少 尉，少 奶 奶 。

◎ siàu-liân。
少 年 。
{年輕}

chió ：chió-sò͘ ，kiám-chió，chió-chîⁿ。
　　　少　數　，減　少，少　錢　。

◎ chió-lâng，chió-hòe。
　　少　人　，少　歲。
　　{人少}　　{年紀小}

【尺】

Chhek ：chhek-tòk，chhek-thó͘ chi-hong。
　　　　尺　牘　，尺　土　之　封　。

chhioh ：chhùn-chhioh，pò͘-chhioh，kong-chhioh，
　　　　　寸　尺　，布　尺　，公　尺　，

　　　　thih-chhioh，khut-chhioh。
　　　　鐵　尺　，屈　尺　。

【屈】

Khut ：khut-hòk，khut-chiū，khut-sin，khut-jiòk，
　　　　屈　服，屈　就　，屈　身，屈　辱　，

　　　khut-chhek，úi-khut，khut-chí，khut-chiông。
　　　屈　膝　，委　屈，屈　指，屈　從　。

◎ óng-khut。
　　枉　屈　。
　　{冤屈}

◎ut ：ut teh chē，ut hō͘ oan。
　　　屈 在　坐，屈 予　彎　。
　　　{屈坐}　　{使之彎曲}

【屏】

Péng ：péng-khì，péng-choàt，péng-tî。
　　　　屏　棄，屏　絕　，屏　除。

pîn ：Pîn-tong，keh-pîn，pîn-hong。
　　　屏　東　，隔　屏，屏　風　。

pín　：chȧh-pín，tek-pín。
　　　　截　屏　，竹　屏　。

【展】

Tián　：hoat-tián，tián-bōng，tián-lám。
　　　　發　展　，展　望　，展　覽。

thián／thí　：thián-khui，thián-sit。
　　　　展　　開　，展　翅。

【屑】

Siat　：put-siat it-kò˙。
　　　　不　屑　一　顧　。

sap　：piáⁿ-sap。
　　　　餅　屑。

◎　kāu soa-sap。
　　　厚　沙　屑。
　　　{毛病多}

◎sut　：kù-sut-hu，chit-sut-á　。
　　　　鋸　屑　灰　，一　　屑　仔
　　　　{木屑}　　　{一點兒}

◎seh　：iù-seh-seh。
　　　　幼　屑　屑。
　　　　{細末狀}

【山】

San　：san-jîn，san-chong，Giȯk-san，san-súi，san-ko，
　　　　山　人，山　莊　，玉　　山，山　水，山　歌，

　　　　san-hô，　san-lîm，san-chhoan，san-hông，san-bêng-
　　　　山　河，山　林，山　川　，山　洪　，山　盟

　　　　hái-sè，san-kiông-súi-chīn，san-tin-hái-bī。
　　　　海　誓，山　窮　水　盡，山　珍　海　味。

soa^n : soa^n-téng，soa^n-iá，soa^n-iû^n，Soa^n-tang，
　　　　山　頂　，山　野，山　羊，山　東，

soa^n-chē，soa^n-niau，soa^n-ti，soa^n-io，chiū^n-soa^n，
山　寨，山　貓，山　豬，山　腰，上　山　，

soa^n-pang-tē-lih。
山　崩　地　裂。

【岸】

Gān : gān-jiân，úi-gān。
　　　岸　然　，偉　岸。

hōa^n : hái-hōa^n，hô-hōa^n，khò-hōa^n。
　　　　海　岸，河　岸，靠　岸。

【崩】

Pheng／Peng : tè-peng，peng-hùi。
　　　　　　　帝　崩，崩　潰。

pang : soa^n-pang，hōa^n-pang。
　　　　山　崩，岸　崩。

【嶺】

Léng : Léng-lâm，Léng-pak。
　　　嶺　南，嶺　北。

niá : soa^n-niá，niá-thâu，koân-soa^n chùn-niá。
　　　山　嶺，嶺　頭，高　山　峻　嶺。

【巡】

Sûn : sûn-lô，sûn-sī，sûn-cha，sûn-hôe。
　　　巡　邏，巡　視，巡　查，巡　迴。

◎ûn : ûn-ke，sì-kè ûn。
　　　巡　街，四　界　巡。
　　　　{過街招搖}

【工】

Kong : kong-pún-hùi，kong-pit-ōe，kong-thȯk-seng。
工 本 費 ， 工 筆 畫 ，工 讀 生 。

kang : kang-chîⁿ，kang-giȧp，kang-gē，kang-hu，
工 錢 ， 工 業 ， 工 藝 ， 工 夫 ，

kang-khū，kang-lâng，kang-sū，kang-thêng，kang-iú，
工 具 ， 工 人 ，工 事 ，工 程 ，工 友 ，

kang-chok，kang-thâu，kang-siong-kài。
工 作 ，工 頭 ，工 商 界 。

【巧】

khá : kî-khá，khá-hȧp，khá-piān，khá-kè，koai-khá，
奇 巧 ，巧 合 ，巧 辯 ，巧 計，乖 巧 ，

khá-biāu，kī-khá，hoa-giân-khá-gí，khá-toȧt-
巧 妙 ，技 巧，花 言 巧 語，巧 奪

thian-kong，khá-chhú-hô-toȧt。
天 工 ，巧 取 豪 奪 。

khiáu : khiáu-khì，kan-khiáu，khiáu-chhú-hô-toȧt，
巧 氣 ，奸 巧 ，巧 取 豪 奪 ，

khiáu-toȧt-thian-kong。
巧 奪 天 工 。

【差】

Chha : chha-chhò,chha-piȧt，chha-giȧh，chha-īⁿ，
差 錯 ，差 別 ，差 額 ，差 異 ，

chha-put-to，gō·-chha，sî-chha。
差 不 多 ，誤 差 ，時 差 。

Chhi／chhu : chham-chhi-put-chê。
參 差 不 齊 。

chhe : chhe-khián，chhe-sài，chhe-iȧh，iû-chhe，
差 遣 ，差 使 ，差 役 ，郵 差 ，

chhut-chhe。
出 差 。

【師】
Su : kun-su，su-hū，su-piáu，su-chu，su-hoān，su-tióng，
　　　軍 師，師 父，師 表 ，師 資，師 範 ，師 長 ，

　　　su-sêng，su-tô͘，su-bûn，su-iú，lāu-su，su-hiaⁿ，
　　　師 承 ，師 徒 ，師 門 ，師 友，老 師，師 兄 ，

　　　su-bó。
　　　師 母。

sai : sai-hiaⁿ，sai-hū。
　　　師 兄 ，師 傅。

◎ ba̍k-sai，thô͘-chúi-sai，thâu-chhiú-sai，sai-á。
　　木 師，土 水 師 ，頭 手 師 ，師 仔。
　　{木匠}　　{泥水匠}　　{藝精的師傅}　　{學徒}

【席】
Se̍k : chú-se̍k，khoat-se̍k，chhut-se̍k。
　　　主 席，缺 席，出 席。

sia̍h : iân-sia̍h，chiú-sia̍h。
　　　筵 席 ，酒 席。

【帶】
Tài : tài-tōng，hū-tài，tài-lūi，tài-hun-sò͘，
　　　帶 動 ，附帶，帶 累，帶 分 數 ，

　　　hân-tài，jia̍t-tài。
　　　寒 帶 ，熱 帶 。

◎ tài-liām，tài-soe。
　　帶 念，帶 衰。
　　{顧念}　{帶來霉運}

tòa : tòa-chîⁿ，io-tòa，tòa-hà，phôe-tòa，ê-tòa，
　　　帶 錢 ，腰 帶，帶 孝，皮 帶，鞋帶，

　　　tiàu-tòa，khò͘-tòa，an-choân-tòa。
　　　吊 帶 ，褲 帶 ，安 全 帶 。

【平】

Pêng : Pak-pêng，pêng-an，pêng-siông，pêng-kiȯk，
　　　北平，平安，平常，平劇，

　　　pêng-sò·，pêng-téng，pêng-hoán，pêng-hoân，
　　　平素，平等，平反，平凡，

　　　pêng-hêng，pêng-ún，pêng-chēng，pêng-bîn，
　　　平衡，平穩，平靜，平民，

　　　pêng-kè，pêng-kin，pêng-hêng，pêng-hong，
　　　平價，平均，平行，平方，

　　　pêng-sìn。
　　　平信。

pê^n／pî^n : pê^n-thá^n，pê^n-pòe，pê^n-pê^n，kong-pê^n，
　　　平坦，平輩，平平，公平，

　　　pê^n-tē，pê^n-pun，Pê^n-po·-chȯk，pê^n-khí pê^n-chē。
　　　平地，平分，平埔族，平起平坐。

　　◎ pê^n-kè，　pê^n-tōa，pê^n-tı̍t。
　　　平價，　平大，平直。
　　{同樣價錢}{同樣大小}{同樣筆直}

piâ^n : piâ^n-sia^n，piâ^n-cheh。
　　　平聲，平仄。

phê^n／phî^n : phê^n-thô·。
　　　平土。
　　　{整地}

【年】

Liân : chheng-liân，liân-hôa，siàu-liân，liân-heng，
　　　青年，年華，少年，年兄，

　　　liân-lêng，sêng-liân，chòng-liân，hong-liân，
　　　年齡，成年，壯年，豐年，

　　　liân-ko-tek-siāu，liân-kheng-lȯk-chòng。
　　　年高德劭，年輕力壯。

nî : nî-tang，nî-tō·，nî-kō，nî-thâu，nî-hòe，nî-hān，
年冬 ，年度 ，年號，年 頭 ，年歲 年限，

nî-kip，nî-pió，kòe-nî，nî-té，mê-nî，nî-tāi，
年級 ，年表 ，過 年，年底，明年 ，年代，

nî-kí，lūn-nî，nî-chu，nî-kú-goeh-chhim。
年紀 ，閏 年，年資 ，年久月 深 。

【度】

Tō· : tō·-liōng，hoat-tō·，chè-tō·，tō·-sò·。
度量 ，法度，制度，度數。

◎ tō·-chiam。
度 針 。
{溫度計}

tok : chhek-tok，chhúi-tok。
測 度，揣 度。

【康】

Khong : khong-lok，khong-kiān，khong-chong，khong-hok，
康 樂，康 健，康 莊 ，康 復，

khong-lêng。
康 寧 。

khng : Khng sin-se[n]。
康 先 生 。

【廚】

Tû : tû-pâng。
廚房 。

tô· : tô·-chí。
廚 子。

【廣】

Kóng : kóng-kò, kóng-gī, kóng-khoah, kóng-tiûⁿ, khóng-pò,
   廣　告，廣　義，廣　闊　，廣　場　，廣　播　，

   Kóng-hân-kiong。
   廣　寒　宮　。

kńg : Kńg-tang, Kńg-chiu。
   廣　東　，廣　州　。

【延】

Iân : iân-kî, iân-tî, iân-tn̂g, iân-phèng, iân-siok,
   延　期，延　遲，延　長　，延　聘　，延　續　，

   iân-gō·, iân-lám, iân-i, iân-oān, biân-iân, bān-iân,
   延　誤　，延　攬　，延　醫，延　緩　，綿　延，蔓　延，

   iân-nî-ek-siū。
   延　年　益　壽。

chhiân : chhiân sî-kan。
   延　　時　間　。

 ◎ iân-chhiân。
   延　延　。
   {遲延}

【弄】

Lōng : oán-lōng, lōng-koân, lōng-ké-sêng-chin。
   玩　弄，弄　權　，弄　假　成　眞　。

 ◎ sái-lōng。
   使　弄　。
   {挑唆}

lāng : hì-lāng。
   戲　弄　。

 ◎ pìⁿ-lāng, lāng-lêng-lāng-sai。
   變　弄，弄　龍　弄　獅
   {搞鬼}　　　{舞龍舞獅}

【式】

Sek : gî-sek，hêng-sek，sek-bî，Se-sek，Tiong-sek，
儀式，形式，式微，西式，中式，

thêng-sek，hong-sek，iūⁿ-sek，sin-sek，kū-sek。
程式，方式，樣式，新式，舊式。

sit : khoán-sit。
款式。

【弓】

Kiong : poe-kiong-siâ-éng。
杯弓蛇影。

keng : keng-chìⁿ。
弓箭。

◎ saⁿ-á-keng。
衫仔弓。
{衣架}

【弟】

Tē／tōe : tē-chú，heng-tē。
弟子，兄弟。

tī : sió-tī，hiaⁿ-tī。
小弟，兄弟。

【張】

Tiong／Tiang : tiong-hông，tiong-iông，khai-tiong，
張惶，張揚，開張，

tiong-lėk。
張力。

tiuⁿ／tioˑ ⁿ : Tiuⁿ sin-seⁿ。
張先生。

◎ tiuⁿ ki-koan。
張機關。
{安置陷阱}

【強】

Kióng／Kiáng ：bián-kióng。
　　　　　　　　勉　強　。

Kiông／Kiâng ：kiông-béng，kiông-koân，kiông-pek，
　　　　　　　　強　猛，強　權，強　迫，

　　　　　　　　kiông-kan，kiông-ngē，kiông-tō，
　　　　　　　　強　姦，強　硬，強　盜，

　　　　　　　　kiông-sēng，kiông-tiāu，kiông-piān，
　　　　　　　　強　盛，強　調，強　辯，

　　　　　　　　kiông-pō，kiông-chè，kiông-sim-che。
　　　　　　　　強　暴，強　制，強　心　劑。

【彈】

Tân ：tân-hek，tân-sèng，tân-chí，tân-hông，tân-lėk。
　　　彈　劾，彈　性，彈　指，彈　簧，彈　力。

tôa^n ：tôa^n-khîm。
　　　　彈　琴　。

◎tōa^n ：tōa^n chhèng，tōa^n chiáu-á。
　　　　　彈　銃　，彈　鳥　仔。
　　　　　{開槍}　　　　{射鳥}

【影】

Eńg ：éng-hióng。
　　　影　響　。

iá^n ：tiān-iá^n，iá^n-siōng，iá^n-phì^n，iá^n-ìn，iá^n-pún，
　　　電　影，影　像，影　片，影　印，影　本，

　　　jit-iá^n，liap-iá^n。
　　　日　影，攝　影。

◎ o͘-iá^n，chai-iá^n。
　　烏　影，知　影。
　　{黑影}　{知道}

<u>kéng</u> ：thok-kéng-hì，phôe-kéng-hì。
　　　　托　影　戲，皮　影　戲。

<u>ńg</u>　：ìm-ńg，chhiū-ńg。
　　　　蔭　影，樹　影。

【後】

<u>Hō͘</u>／<u>hiō</u>：hō͘-è，hō͘-hoān，hō͘-thian，hō͘-hóe，
　　　　　後　裔，後　患，後　天　，後　悔，

　　　　　hō͘-oān，hō͘-chìn，hō͘-pòe，hō͘-kó，
　　　　　後　援，後　進，後　輩，後　果，

　　　　　hō͘-seng-khó-ùi。
　　　　　後　生　可　畏。

<u>āu</u>　：āu-lâi，āu-bó，āu-tāi，āu-kî，āu-kha。
　　　　後　來，後　母，後　代，後　期，後　腳。

　　　　āu-tāi，āu-lō͘，āu-nî。
　　　　後　代，後　路，後　年。

◎ āu-piah。
　後　壁。
　{後面}

◎<u>hāu</u>：hāu-se^n。
　　　　後　生。
　　　　{兒子}

【得】

<u>Tek</u>：tek-ì，tek-sit，tek-sî，tek-chì，tek-sèng，tek-tòng，
　　　　得　意，得　失，得　時，得　志，得　勝　，得　當　，

　　　　tek-chōe，só͘-tek-sòe，tek-put-siông-sit，tek-chhùn-
　　　　得　罪　，所　得　稅，得　不　償　失，得　寸

　　　　chìn-chhioh，tek-thian-tȯk-hō͘。
　　　　進　尺　，得　天　獨　厚。

<u>tit</u> : tit-chhiú，tit-hun，tit-sè，tit-chióng。
　　　　得　手　，得　分　，得　勢，得　獎　。

【從】

<u>Chiông</u> : hok-chiông，chiông-chhú，chiông-hoān，chiông-sū，
　　　　　服　從　，從　此　，從　犯　，從　事，

　　　　　chiông-tiong-chhú-lī，chiông-it-jî-chiong，
　　　　　從　中　取　利，從　一　而終　，

　　　　　chiông-tiông-kè-gī，chiông-siān-jû-liû。
　　　　　從　長　計　議，從　善　如　流。

<u>chhiong</u> : chhiong-iông。
　　　　　　從　容　。

【微】

<u>Bî</u> : bî-biāu，bî-sè，soe-bî，bî-chiān，bî-sû，bî-giân，
　　　微　妙，微　細，衰　微，微　賤　，微　詞，微　言　，

　　　bî-chek-hun，bî-seng-bút，bî-put-chiok-tō，
　　　微　積　分　，微　生　物　，微　不　足　道　，

　　　bî-giân-tāi-gī。
　　　微　言　大　義。

<u>bi</u> : hong bi-bi，bi-bi chhiò。
　　　風　微　微　，微　微　笑　。

◎<u>bui</u> : bák-chiu bui-bui。
　　　　目　睭　微　微　。
　　　　{眯著眼睛}

【忍】

<u>Jím</u> : jím-nāi，chân-jím，jím-sim，jím-siū，jím-jiók，
　　　忍　耐，殘　忍，忍　心，忍　受，忍　辱　，

　　　iông-jím，jím-thòng，jím-bû-khó-jím。
　　　容　忍，忍　痛　，忍　無　可　忍。

<u>lún</u> ：thun-lún，kiông-lún，lún-khì-thun-siaⁿ。
　　　　吞　忍，強　忍，忍　氣　吞　聲。

【快】

<u>Khòai</u>　：sóng-khoài，khoài-lȯk，khîn-khoài，khoài-chhia，
　　　　爽　快　，快　樂，勤　快，快　車　，

　　　　khoài-ì，khoài-mn̂g，khoài-sok，khoài-chhan，
　　　　快　意，快　門，快　速，快　餐　，

　　　　khin-khoài，khoài-chiȧt，khoài-má-ka-pian，
　　　　輕　快　，快　捷　，快　馬　加　鞭，

　　　　khoài-jîn-khoài-gí。
　　　　快　人　快　語。

<u>khòaⁿ／khoàiⁿ／khùiⁿ</u>：khòaⁿ-oȧh。
　　　　　　　　　　快　活。

【怪】

<u>Koài</u>　：kî-koài，koài-jîn，koài-phiah，koài-bȧt，koài-tō，
　　　　奇　怪，怪　人，怪　癖　，怪　物，怪　道，

　　　　iau-môʿ kúi-koài，koài-bôʿ-koài-iūⁿ。
　　　　妖　魔　鬼　怪，怪　模　怪　樣。

　　◎ bȯk-koài。
　　　莫　怪。
　　　{難怪}

◎<u>Kài</u>　：hiông kài-kài。
　　　雄　怪　怪。
　　　{來勢兇兇}

　　<u>kòe</u>　：kiàn-kòe。
　　　　見　怪。

【思】

<u>Su</u> : su-sióng，su-liām，su-bō͘，su-niû，su-khó，su-bô͘，
　　　　思　想　，思　念，思慕，思量，思考，思謀，

　　　su-gī，su-kò，su-chhin，su-loân，su-lī。
　　　思議，思過，思親　，思戀　，思慮。

<u>sù</u> : ì-sù。
　　　意思。

<u>si</u> : siuⁿ-si-tāu，pēⁿ siuⁿ-si。
　　　相　思豆，病相思。

<u>sū</u> : hó sim-sū，tōa sim-sū。
　　　好心思，大心思。

【恬】

<u>Thiâm</u> : thiâm-chēng，thiâm-tām。
　　　　　恬　靜　，恬　淡。

<u>tiām</u> : tiām-chēng。
　　　　恬　靜　。

◎ tiām-tiām，tiām-hong。
　　恬　恬　，恬　風　。
　　{靜黙}　　{無風}

【息】

<u>Sek</u> : lī-sek，sek-nō͘，hiu-sek，sek-kim，
　　　利　息，息　怒，休　息，息　金，

　　　sek-sū-lêng-jîn，sek-sek-siong-koan。
　　　息事寧　人　，息　息相　關　。

<u>sit</u> : siau-sit，sìn-sit，iám-kî-sit-kó͘。
　　　消　息，訊　息，掩　旗息鼓。

【惜】

Sek ：chāi-só͘-put-sek，put-sek-kong-pún。
在　所不惜，不惜工　本。

sioh ：tin-sioh，sioh-chêng，sioh-piat，sioh-lat，
珍惜　，惜　情，惜別，惜　力，

sioh-hok，ài-sioh，thiàn-sioh。
惜　福，愛惜，疼　惜。

◎ sioh miā-miā。
惜　命命。
{非常疼惜}

【情】

Chêng ：ài-chêng，chêng-hêng，chêng-iok，chêng-pò，
愛情　，情　形，情　慾，情　報，

chêng-hūn，chêng-kéng，chêng-sè，chêng-sū，
情　分，情　景，情　勢，情　緒，

chêng-hoâi，chêng-goān，chêng-ì，chêng-jîn，
情　懷，情　願，情　意，情　人，

chhin-chêng，kám-chêng，lāi-chêng，chêng-gî，
親　情，感　情，內　情，情　誼，

sim-chêng，chêng-put-chū-kìm，chêng-tâu-ì-hap。
心　情，情　不　自禁，情　投　意合。

chiân ：sim-chiân。
心　情。

◎ chhin-chiân， ko͘-chiân。
親　情，姑　情。
{親戚}　　　{再三懇求}

【惡】

<u>Ok</u> : hiong-ok, ok-chit, ok sè-lėk, ok-pà, chōe-ok,
　　　兇　惡，惡　質，惡勢力，惡霸，罪　惡，

　　　ok-tȯk, ok-hòa, ok-môo, ok-ì, ok-kùn, ok-giân,
　　　惡毒，惡化，惡魔，惡意，惡棍，惡言，

　　　ok-tôo, ok-sèng。
　　　惡徒，惡性。

òo͘ⁿ/òo͘ : iàm-òo͘ⁿ。
　　　厭惡。

【惶】

<u>Hông</u> : hông-khióng, jîn-sim-hông-hông。
　　　惶恐　，人心惶惶。

hiâⁿ : kiaⁿ-hiâⁿ。
　　　驚惶。

【想】

<u>Sióng／Siáng</u> : su-sióng, liāu-sióng, siat-sióng, sióng-siōng,
　　　　　　思想，料想，設想，想像，

　　　　　liân-sióng, lí-sióng, kám-sióng, khong-su-
　　　　　聯想，理想，感想，空思

　　　　　bōng-sióng。
　　　　　妄想

siūⁿ : siūⁿ-hoat, àm-siūⁿ, siūⁿ-lâi-siūⁿ-khì,
　　　想法，暗想，想來想去，

　　　siūⁿ-tang-siūⁿ-sai。
　　　想東想西。

◎ gōng-siūⁿ, thó͘-siūⁿ, siūⁿ-thàu-thàu。
　　戇想，土想，想透透。
　　{妄想}　{簡單地想}　{想遍了}

【憨】

Ham : ham-hō·, ham-tit。
　　　憨厚，憨直。

◎khám : khám-sîn, khong-khám。
　　　　憨神，悾憨。
　　　　{傻里傻氣}

◎khàm : khàm-thâu-khàm-bīn。
　　　　憨頭憨面。
　　　　{笨頭笨腦}

【慣】

Koàn : koàn-lē, si̍p-koàn, koàn-sèng, koàn-siông,
　　　　慣例，習慣，慣性，慣常，

　　　　koàn-chha̍t, koàn-liān, koàn-ēng, kiau-seng-
　　　　慣賊，慣練，慣用，嬌生

　　　　koàn-ióng。
　　　　慣養。

◎ koàn-sì。
　　　慣勢。
　　　{習慣}

chhoàn : chhoàn-kóng-bô-hó-ōe。
　　　　　慣講無好話。
　　　　　{每次講，都不是好話}

【憚】

Tān : khī-tān, tān-hoân。
　　　忌憚，憚煩。

◎tōa^n : pîn-tōa^n。
　　　　貧憚。
　　　　{怠惰}

【應】

Eng ： eng-kai，eng-tong。
應　該，應　當。

èng ： èng-ún，èng-giām，pò-èng，èng-piàn，èng-siû，
應　允，應　驗，報　應，應　變　，應　酬，

èng-hù，èng-kéng，èng-iōng，èng-chhì，èng-iau，
應　付，應　景　，應　用　，應　試，應　邀，

èng-khó，èng-chiàn，tah-èng。
應　考，應　戰　，答　應。

ìn ： ìn-sia^n，ìn-tap。
應　聲　，應　答。

【懸】

Hiân ： hiân-liông，hiân-gâi，hiân-àn，hiân-sióng，
懸　樑　，懸　崖，懸　案，懸　賞　，

hiân-liām，hiân-sû，hiân-khong，hiân-sióng。
懸　念　，懸　殊，懸　空　，懸　想　。

◎hâu^n／hâ^n ： tāi-chì bô pān hâu^n teh。
代　誌　無　辦　懸　在。
{事情沒辦懸著}

【懷】

Hôai ： hôai-liām，hôai-gî，hôai-thai，hôai-hīn，
懷　念　，懷　疑，懷　胎，懷　恨，

hôai-chhun，hôai-kó͘，hôai-phāu，hôai-châi-put-gū。
懷　春　，懷　古，懷　抱，懷　才　不　遇

◎kûi ： thau kûi，kûi gîn-niú。
偷　懷，懷　銀　兩　。
{偷藏}　　{藏銀子}

【成】

Sêng : sêng-tióng，sêng-choân，sêng-kong，sêng-jîn，
　　　　 成　長　，成　全　，成　功，成　仁　，

　　　　 sêng-kau， sêng-kiàn，sêng-chiū，sêng-siók，
　　　　 成　交　，成　見　，成　就　，成　熟　，

　　　　 Sêng-to˙，sêng-chek， sêng-pún，sêng-kó，
　　　　 成　都　，成　績　，成　本　，成　果，

　　　　 sêng-lip，sêng-gí，sêng-chhin。
　　　　 成　立，成　語，成　親　。

◎ chiâⁿ : pún-chiâⁿ，chiâⁿ-mih。
　　　　 本　成　，成　物　。
　　　　 {本來}　　 {像樣}

◎ chhiâⁿ : chhiâⁿ-bóe ，chhiâⁿ-tî。
　　　　 成　尾　，成　持　。
　　　　 {完成、結尾} {養育}

siâⁿ : saⁿ-siâⁿ，káu-siâⁿ kim。
　　　 三　成　，九　成　金。

【我】

Ngó˙ : siáu-ngó˙，chū-ngó˙。
　　　　 小　我　，白　我　。

góa : lí góa。
　　　 你　我。

【截】

Chiat : chiat-chí，chiat-jiân。
　　　　 截　止，截　然　。

chàh : nôa-chàh。 ◎ chàh-hong，chàh-àm。
　　　 攔　截。 截　風　，截　暗。
　　　　　　　　 {擋風}　 {遮住光源}

Chèh／Chòeh : chám-teng-chèh-thih。
　　　　　　　 斬　釘　截　鐵　。

【戴】

Tài : ài-tài，ióng-tài，tài-thian-chi-siû。
愛戴，擁戴，戴天之仇。

tè : Tè sin-seⁿ。
戴先生。

tì : tì-bō。
戴帽。

【房】

Pông : pông-ló，pông-tióng，tōng-pông hoa-chiok。
房老，房長，洞房花燭。

pâng : pâng-keng，ió̍h-pâng，pâng-ok，pâng-tē-sán，
房間，藥房，房屋，房地產，

pâng-koan-sòe。
房捐稅。

【扁】

pian : Pian-chhiok。
扁鵲。

Pián : pián-si̍t。
扁食。

◎ pâi-pián。
牌扁。
{扁額}

phian : phian-chiu。
扁舟。

píⁿ : píⁿ-chǹg，píⁿ-pek。
扁鑽，扁柏。

pín : pín-taⁿ。
扁擔。

【才】

Chhâi : hong-chhâi。
方　才。

châi : châi-tì，châi-chêng，châi-hôa，châi-māu，
才　智，才　情，才　華，才　貌，

châi-lêng，châi-so͘-hȧk-chhián，châi-chú-ka-jîn。
才　能，才　疏　學　淺　，才　子　佳　人。

【手】

Siú : chúi-siú，hiong-siú，pȧk-siú-sêng-ka。
水　手，兇　手，白　手　成　家。

chhiú : chhiú-kang，chhiú-chheh，chhiú-chiok，chhiú-sút，
手　工，手　冊　，手　足　，手　術，

chhiú-oán，ko-chhiú，kok-chhiú，pàng-chhiú，
手　腕，高　手　，國　手　，放　手，

chhiú-gē，chhiú-ē，chhiú-siȯk，chhiú-cháiⁿ，
手　藝，手　下，手　續　，手　指　，

chhiú-sè，chhiú-khàu，chhiú-ìn，tāng-chhiú。
手　勢，手　銬　，手　印，動　手　。

◎ chhiú-chí，chhiú-khoân。
手　指，手　環　。
{戒指}　　　{手鐲}

【托】

Thok : thok-jî-só͘，thok-ko͘，thok-sin，thok-bāng。
托　兒　所，托　孤，托　身，托　夢。

◎thuh : thuh chhùi-ē-táu。
托　嘴　下　斗。
{托下巴}

【折】

Chiat : iau-chiat，chhit-chiat，chiat-thiong，chiat-hok，
　　　　 夭　折　，七　折　，折　衷，折　服，

　　　　 chiat-hap，chiat-kè，chiat-kū，chiat-khàu，
　　　　 折　合，折　價，折　舊，折　扣　，

　　　　 chiat-bôa，chiat-siū，chiat-sǹg，kut-chiat。
　　　　 折　磨，折　壽，折　算，骨　折　。

chih : kut-chih。
　　　　 骨　折　。

◎ at-chih。
　　 握折　。
　　 {折斷}

【把】

Pá : pá-chhî，pá-ak，pá-hì，pá-pèn，pá-oán，pá-lám。
　　 把　持，把握，把戲，把柄，把玩，把攬。

pé : pé-siú，hóe-pé。
　　 把　守，火　把。

【抛】

Phau : phau-khì，phau-siû，phau-hong，phau-thâu-
　　　　 抛　棄，抛　售，抛　荒，抛　頭

　　　　 lō·-biān，phau-choan-ín-giok。
　　　　 露　面，抛　磚　引　玉　。

◎pha : pha-hng，pha-bāng，pha-tiān，pha-pha-cháu。
　　　　 抛荒，抛　網，抛　錠，抛　抛　走　。
　　　　 {荒廢}　　{下網}　　　{下錠}　　{四處閒逛}

【招】

Chiau : chiau-thāi，chiau-siong-kiok，chiau-pâi，
　　　　 招　待，招　商　局，招　牌，

　　　　 chiau-keng，chiau-hong，chiau-iâu，chiau-tián，
　　　　 招　供，招　風，招　搖，招　展，

chiau-hûn，chiau-hâng，chiau-peng-mái-má。
招　魂，招　降，招　兵　買　馬。

chio ：chio-ho͘，chio-seng，chio-bō͘，chio-chhin，
　　　招　呼，招　生，招　募，招　親，

chio-peng-bé-bé。
招　兵　買　馬。

【抽】

Thiu ：thiu-koân，thiu-siōng，thiu-thâu，thiu-se，
　　　抽　高，抽　象，抽　頭，抽　紗，

thiu-sòe，thiu-chúi，thiu-iû，thiu-sūi，
抽　稅，抽　水，抽　油，抽　穗，

thiu-chhiam，thiu-cha。
抽　籤　，抽　查。

liu ：liu-chhiam。
　　　抽　籤　。

【拎】

◎Lêng ：lêng-koân，　lêng gû-phī[n]。
　　　　拎　高，　拎　牛　鼻。
　　　　{一起把物抬高} {揪牛鼻}

◎nê／nî：nê-sa[n]，nê phōe-toa[n]。
　　　　拎　衫，拎　被　單　。
　　　　{晾衣服} {晾被套}

【拈】

Liam ：liam-khau，liam-hiu[n]。
　　　　拈　鬮，拈　香。

◎ni ：ni-chhài，toh-táng-ni-kam。
　　　拈　菜，桌　頂　拈　柑。
　　　{以指頭取菜} {易如反掌}

【抱】

Phāu ： phāu-hīn，phāu-hū，phāu put-pêng，phāu-khiám。
　　　　 抱　恨　，抱　負　，抱　不　平　，抱　歉

phō ： phō put-kha，sio-phō。
　　　 抱　佛　腳，相　抱。

【拍】

Phek ： phek-àn，phek-im。
　　　　 拍　案，拍　音。

phah ： phah-bē，phah-phìⁿ。
　　　　 拍　賣，拍　片　。

◎ phah-m̄-kìⁿ，phah-bô-khì。
　 拍　毋見　，拍　無去。
　 {遺失}　　　 {弄丟了}

【抵】

Tí ： tí-ah，tí-khòng，tí-tek，tí-chōe，tí-nāi，tí-tòng。
　　　 抵押，抵　抗　，抵敵，抵罪　，抵賴，抵擋　。

té／tóe ： té-chè，té-chhiú，té-siông。
　　　　　 抵制　，抵　手，抵償　。

tú ： sio-tú。
　　　 相　抵。

◎ tú-tióh。
　 抵著　。
　 {相遇}

【指】

Chí ： chí-tēng，chí-lâm，chí-kàu，chí-miâ，chí-chèng，
　　　 指定　，指南，指教，指名，指正　，

　　　 chí-sī，chí-chek，chí-hui，chí-bōng，chí-sò͘。
　　　 指示，指責　，指揮，指望，指數　。

◎ chhiú-chí。
　 手　指。
　 {戒指}

kí : kí-thiⁿ kí-tē。
　　指 天 指 地。

◎ kí-cháiⁿ。
　指 指 。
　{食指}

cháiⁿ : chhiú-cháiⁿ，tiong-cháiⁿ。
　　　手 指 ，中 指 。

chéng／chńg : chéng-kah。
　　　　　　指 甲。

◎ chéng-thâu-á。
　指 頭 仔。
　　{指頭}

【持】

Chhî : pá-chhî，chú-chhî，kian-chhî，chhî-kiú，hû-chhî，
　　　把 持，主 持，堅 持，持 久，扶 持 ，

　　　pó-chhî，chhî-siòk，kiap-chhî，chhî-siú。
　　　保 持，持 續 ，劫 持，持 守。

◎ tî : chhiâⁿ-tî，kì-tî。
　　　成 持，記 持。
　　　{養育}　　{記性}

【拾】

Sîp : siu-sîp。
　　　收 拾。

◎khioh : khioh-sîp，khioh-chhâ。
　　　　拾 拾 ，拾 柴。
　　　　{節儉}　　　　{撿柴}

chàp : chàp-bān。
　　　拾 萬。

【挖】

Oat ： oat-pó·，oat-kái。
　　　　挖補，挖改。

iah／uih ： iah-khang，iah-thô·。
　　　　　挖空，挖土。

ó·／óe ： ó· han-chî，ó· chhut-lâi。
　　　　挖蕃薯，挖出　來。

【振】

Chín ： chín-chok，chín-heng，chín-hùn，chín-tōng。
　　　　振作，振興，振奮，振動。

◎tín ： tín-tāng。
　　　　振動。
　　　　{搖動}

【挨】

Ai ： ai-ka ai-hō·，ai-kīn，ai-chhù。
　　　挨家挨戶，挨近，挨次。

◎e／oe ： e-bō，e hiân-á。
　　　　挨磨，挨弦　仔。
　　　　{推磨} {拉胡琴}

【挀】

Loa̍t ： loa̍t-hó·-chhiu。
　　　　挀　虎　鬚。

　　　　{喻冒險}

◎loah ： loah-iâm。
　　　　挀鹽。
　　　　{抹鹽}

loa̍h ： loa̍h thâu-chang，loa̍h-bīn。
　　　　挀頭　鬃　，挀面。
　　　　{梳頭髮}　　　　{翻臉}

【掌】

Chióng／chiáng ： chióng-koán，chip-chióng，chióng-kūi，
　　　　　　　　掌　　管　，執　掌　，掌　　櫃　，

　　　　　　　　chióng-lí，chióng-ak，chióng-siōng
　　　　　　　　掌　　理，掌　　握，掌　　上

　　　　　　　　bêng-chu。
　　　　　　　　明　　珠。

chiúⁿ ： chhiú-chiúⁿ，tīng-chiúⁿ。
　　　　手　掌　，斷　掌　。

【捧】

phâng ： phâng-tiûⁿ。
　　　　捧　　場　。

　　◎ phâng-tê。
　　　　捧　　茶。
　　　　{端茶}

phóng ： phóng thô·-tāu。
　　　　捧　　土　豆。
　　　　{以手掌捧花生}

【掛】

Kòa ： kòa-hō，kòa-miâ，kòa-sit，kòa-lêng。
　　　掛　號，掛　名，掛　失，掛　零　。

khòa ： khòa-sim，khòa-liām，khòa-lī。
　　　掛　心　，掛　念　，掛　慮　。

【掠】

Liȯk ： liȯk-toȧt，liȯk-chhú，liȯk-jîn-chi-bí。
　　　掠　奪　，掠　取　，掠　人　之　美。

◎ liȧh ： liȧh-lāu，liȧh-lâng，liȧh-lêng。
　　　　掠　漏，掠　人　，掠　龍　。
　　　　{修補漏水} {捉人}　　　{按摩}

◎ lȧk ： khiú-khiú-lȧk-lȧk。
　　　　扭　扭　掠　掠。
　　　　{拉拉扯扯}

【推】

__Chhui／Thui__ : chhui-kóng，chhui-chiàn，thui-phài，
　　　　　　推　廣，推　薦，推　派，

　　　　　　chhui-soán，chhui-hoan，chhui-chhek，
　　　　　　推　選，推　翻，推　測，

　　　　　　chhui-lí，chhui-toàn，chhui-siau，
　　　　　　推　理，推　斷，推　銷，

　　　　　　chhui-chông，chhui-hêng，chhui-sū。
　　　　　　推　崇　，推　行，推　事。

__the__ : the-sî，the-thok。
　　　推　辭，推　託。

【接】

__Chiap__ : chiap-siū，chiap-chhiok，gêng-chiap，chiap-pan，
　　　　接　受，接　觸　，迎　接，接　班，

　　　　chiap-kut，chiap-kīn，chiap-la̍p，chiap-èng，
　　　　接　骨，接　近，接　納，接　應，

　　　　chiap-sòa，chiap-kiàn，chiap-koán，chiap-siu，
　　　　接　續，接　見，接　管　，接　收，

　　　　chiap-thâu。
　　　　接　頭　。

__chih__ : ngiâ-chih。
　　　迎　接　。

　　◎ chih-chiap。
　　　接　接　。
　　　{接洽}

【掩】

__Iám__ : iám-ba̍t，iám-hō͘，iám-pè，iám-sek，iám-thé，
　　　掩　密，掩　護，掩　蔽，掩　飾，掩　體，

　　　iám-chông。
　　　掩　藏　。

◎<u>iap</u> ：chhiú iap-āu。
　　　　手　掩　後。
　　{雙手往後藏}

<u>ng</u> ：ng-hīⁿ，ng-phīⁿ。
　　　掩耳，掩鼻。

【插】

<u>Chhap</u> ：chham-chhap，chhàp-chhap，chhap-chhùi。
　　　　　　參　插　，雜　插　，插　嘴　。

<u>chhah</u> ：chhah-hoe，chhah-tô·，chhah-pan，chhah-khek，
　　　　　插　花，插　圖，插　班，插　曲，

　　　　　chhah-thâu，　chhah-ōe，chhah-chō，chhah-sit，
　　　　　插　頭　，　插　畫，插　座，插　翅，

　　　　　an-chhah。
　　　　　安插　。

【撐】

◎<u>the</u> ：the-chûn，the-í。
　　　　撐　船　，撐　椅。
　　　{划船} {躺椅}

<u>thèⁿ</u>／<u>thìⁿ</u> ：thèⁿ-koân。
　　　　　　撐　高　。

【搬】

<u>Poan</u> ：poan-lōng sī-hui。
　　　　搬　弄　是非。

◎<u>poaⁿ</u> ：poaⁿ-sóa，poaⁿ-chhia，poaⁿ-chhiáⁿ。
　　　　　搬　徙，搬　車　，搬　請　。
　　　{遷徙}　　{換車}　　{恭請}

【搜】

So : so kng-kng。
　　搜 光 光。

So˙ : so˙-cha，so˙-chip，so˙-phiò，so˙-kiû，so˙-sîm。
　　搜 查，搜 集，搜 票，搜 求，搜 尋。

chhiau : chhiau seng-khu。
　　搜 身 軀。

【損】

Sún : sún-sit，sún-siong，sún-hāi，sún-hoāi。
　　損 失，損 傷，損 害，損 壞。

◎sńg : sńg sin-thé，sńg-ūi，phah-sńg。
　　損 身 體，損 胃，拍 損。
　　{傷身體}　　{傷胃} {浪費}

【撒】

Sat : Sat-tàn。
　　撒 旦。

soah : soah-iâm，soah bī-sò˙。
　　撒 鹽，撒 味 素。
　　{加鹽}　　{加味精}

【撞】

Tōng : tōng-kiû，sio-tōng。
　　撞 球，相 撞。

◎tńg : sio-tńg，tú-tńg。
　　相 撞，抵 撞。
　　{相遇}　 {恰巧}

【撼】

◎Hám ：hám-tioh。
　　　撼　著　。
　　　{被棍棒打到}

◎hián ：bô-chāi ē-hián。
　　　無 在　會 撼 。
　　　{不穩搖撼}

【擔】

Tam ：tam-tng，tam-sim，tam-jīm，sêng-tam，tam-iu，
　　　擔 當 ， 擔 心 ， 擔 任 ， 承 擔 ， 擔 憂 ，

　　　hū-tam，hun-tam。
　　　負 擔 ，分 擔 。

◎ta^n ：ta^n-ta^n，ta^n-chhài，ta^n-chúi，ta^n-chōe。
　　　擔 擔 ， 擔 菜 ， 擔 水 ， 擔 罪 。
　　　{挑擔子} {挑菜} 　　{挑水} 　　{頂罪}

ta^n ：tāng-ta^n。
　　　重 擔 。

◎ tó-ta^n。
　　　倒 擔 。
　　　{倒閉}

【撇】

phiat ·：phiat-khai，phiat-thoat。
　　　撇 開 ，撇 脱 。

◎phiat／phoat ：bô-pòa^n-phiat，nn̄g-phiat-chhiu。
　　　　　　無 半 撇 ，兩 撇 鬚 。
　　　　　　{沒有半點才能} 　　{八字鬚}

◎pih ：pih khò·-kha。
　　　撇 褲 腳 。
　　　{摺褲管}

【播】

  Pò : pò-iông，thoân-pò，pò-im，pò-sàng。
      播揚，傳　播，播音，播送 。

◎pò͘ : pò͘-chhân。
      播　田 。
      {插秧}

【操】

  Chho : chho-chhiòng，chho-chhî，chho-chhiat，
      操　縱　，操　持，操　切 ，

      chho-siú，chho-hēng。
      操　守，操　行 。

  chhò : chiat-chhò，chêng-chhò。
      節　操，情　操。

  chhau : chhau-liān，chhau-sim，chhau-chok，chhau-lô，
      操　練　，操　心，操　作，操　勞，

      chhau-ián，chhau-tiûⁿ，chhau-sîn。
      操　演，操　場，操　神 。

【擦】

  Chhat : chhat-siau，chhat-im。
      擦　消　，擦　音。

◎chhoah : chhài-chhoah，chhoah-peng。
      菜　擦　，擦　冰 。
      {刨絲器}　　　{刨冰}

【攤】

  Than : than-pâi，than-phài。
      攤　牌，攤　派 。

  thoaⁿ : thoaⁿ-hoàn，thoaⁿ-hêng，hun-thoaⁿ。
      攤　販，攤　還，分　攤 。

【放】

Hòng : hòng-tōng，hòng-jīm，hòng-khì，hòng-sim，
放　蕩　，放　任　，放　棄　，放　心　，

hòng-khoán，hòng-kà，hòng-siā，hòng-sàng，hòng-gán，
放　款　，放　假，放　射，放　送　，放　眼　，

hòng-èng，hòng-sù，hòng-tiȯk，hòng-pńg。
放　映，放　肆，放　逐　，放　榜　。

pàng : pàng-phùi，pàng-sia^n，pàng-chhiú，pàng-kang，
放　屁，放　聲　，放　手　，放　工　，

pàng-ȯh，pàng-khang，pàng-hóe，pàng-phàu，pàng-gû，
放　學，放　空　，放　火，放　炮　，放　牛　，

pàng-se^n，pàng-sang。
放　生，放　鬆　。

◎ pàng-sak，pàng hòng-hòng。
放　揀，放　放　放　。
{拋棄}　　{漫不經心}

【教】

Kàu : kàu-chhâi，kàu-liān，kàu-iȯk，kàu-àn，kàu-koa^n，
教　材　，教　練　，教　育，教　案，教　官　，

kàu-hōe，kàu-hông，kàu-phài，kàu-sū，kàu-sek，
教　會，教　皇　，教　派　，教　士，教　室　，

kàu-siū，kàu-bū，kàu-oân，kàu-gī，kàu-chú，kàu-tiâu，
教　授，教　務，教　員　，教　義，教　主，教　條　，

kàu-pian，kàu-hȧk。
教　鞭　，教　學。

◎kà : kà-sī，kà-chheh。
教　示，教　冊　。
{教導}　{教書}

kah : chhe-kah。
差　教　。
{差使}

【敢】

Kám : ióng-kám，khí-kám，put-kám，kám-sú-tūi。
　　　勇　敢，豈　敢，不　敢，敢　死　隊。

káⁿ : káⁿ-kóng，káⁿ-chò-káⁿ-tng。
　　　敢　講，敢　做　敢　當。

◎ káⁿ-sí。
　　敢　死。
　　{臉皮厚}

【散】

Sàn : sàn-pō͘，sàn-pò͘，sàn-bān，sàn-bûn，kái-sàn，
　　　散　步，散　佈，散　漫，散　文，解　散，

　　　sàn-sim，sàn-peng，sàn-loān，sàn-hoa。
　　　散　心，散　兵，散　亂，散　花。

Sán : ūi-sán，io̍h-sán。
　　　胃　散，葯　散。

sóaⁿ : sóaⁿ-kong，sóaⁿ-chng。
　　　散　光，散　裝。

◎ sóaⁿ-bé，sóaⁿ-bē。
　　散　買，散　賣。
　　{零買}　{零賣}

sòaⁿ : sì-sòaⁿ，thiah-sòaⁿ，hun-sòaⁿ。
　　　四　散，拆　散，分　散。

【數】

sò͘ : chhù-sò͘，chió-sò͘，thian-sò͘，kiap-sò͘，jîn-sò͘，
　　　次　數，少　數，天　數，劫　數，人　數，

　　　sò͘-jī，sò͘-ha̍k，sò͘-bo̍k，sò͘-liōng，sò͘-sû。
　　　數　字，數　學，數　目，數　量，數　詞。

siàu : siàu-gia̍h，siàu-ba̍k。
　　　數　額，數　目。

◎ siàu-liām。
　　數　念。
　　{思念}

【整】

Chéng ： chéng-chê，chéng-lí，chéng-tùn，chéng-iông，
整　齊，整　理，整　頓，整　容，

chéng-hêng，chéng-siu，oân-chéng，chéng-thé，
整　型，整　修，完　整，整　體，

chéng-sò͘，chéng-pian。
整　數，整　編。

◎ chéng-chhân。
整　田。
{購置田產}

◎ chán ： chê-chán。
齊　整。
{整齊}

【文】

Bûn ： bûn-bêng，bûn-hòa，bûn-giân，bûn-bú，bûn-bông，
文　明，文　化，文　言，文　武，文　盲，

bûn-khū，bûn-jîn，bûn-ha̍k，bûn-ngá，bûn-chiuⁿ，
文　具，文　人，文　學，文　雅，文　章，

bûn-jī，bûn-tàn，bûn-hoat，bûn-pîn，bûn-gē，
文　字，文　旦，文　法，文　憑，文　藝，

bûn-hiàn，bûn-su，bûn-chhiong，bûn-kho，bûn-khò͘。
文　獻，文　書，文　昌　　，文　科，文　庫。

Būn ： būn-kò-sek-hui。
文　過　飾　非。

【斗】

Tó͘ ： tó͘-tám，tó͘-sek。
斗　膽，斗　室。

táu ： Táu-la̍k。
斗　六。

◎ bí-táu。
米　斗。
{裝米的容器}

【斜】

Chhiâ／Siâ ： chhiâ-sī ，chhiâ-iông。
　　斜　視，斜　陽。

chhoà̍h ： oai-chhoà̍h ，chhoà̍h-kak ，chhoà̍h-pò͘。
　　歪　斜　，斜　角，斜　布。

【斟】

Chim ： chim-chiok。
　　斟　酌　。

thîn ： thîn-tê ，thîn-chiú。
　　斟　茶，斟　酒。

【斧】

Hú ： hú-chhèng ，Hú-san。
　　斧　正，斧　山。

pó͘ ： pó͘-thâu。
　　斧　頭。

【斬】

Chám ： chám-chháu tî-kin ，chám siú sī chiòng。
　　斬　草　除根，斬　首　示衆　。

chām ： chām-thâu ，chām-tn̄g。
　　斬　頭　，斬　斷。

【斷】

Toàn ： toàn-jiân ，phòaⁿ-toàn ，lūn-toàn ，toàn-tēng。
　　斷　然　，判　斷　，論　斷，斷　定　。

Toān ： toān-choa̍t ，toān-tiông ，toān-sàng ，tiong-toān ，
　　斷　絶　，斷　腸　，斷　送　，中　斷　，

　　toān-kau ，toān-chiong-chhú-gī。
　　斷　交，斷　章　取　義。

tn̄g ：tn̄g-khùi，tn̄g-chân，tn̄g-leng。
　　　斷　氣　，斷　層　，斷　奶　。

◎ tn̄g-lō·，tn̄g-chām。
　　斷　路　，斷　站　。
　　{絕交}　{不接續}

【方】

Hong ：hong-hiòng，hong-piān，hong-àn，hong-hoat，hong-bīn，
　　　　方　向　，方　便　，方　案，方　法　，方　面　，

　　　　hong-sek，hong-chiam，hong-giân，hong-ūi，sù-hong。
　　　　方　式　，方　針　，方　言　，方　位，四　方　。

hng ：io̍h-hng，sì-hng，tē-hng。
　　　藥　方　，四　方，地　方。

png ：Png sin-seⁿ。
　　　方　先　生　。

【施】

Si ：si-in，si-tián，siat-si，si-sià，si-chèng，
　　　施恩，施　展　，設　施，施　捨，施　政　，

　　　si-hêng，si-pûi。
　　　施　行　，施　肥。

Sì ：lo̍k-siān-hò·ⁿ-sì。
　　　樂　善　好　施。

◎ siá-sì。
　　捨　施。
　　{施捨}

【旋】

Soân ：khái-soân，chiu-soân，soân-lu̍t。
　　　　凱　旋　，周　旋　，旋　律。

Soān ：soān-hong。
　　　　旋　風　。

◎chûg : mài-chûg。
　　　　嫒　旋　。

　　　{不要糾纏}

◎chūg : thâu-khak-chūg。
　　　　頭　殼　旋　。
　　　{頭髮呈旋渦狀之處}

【旦】

Tàn : it-tàn，tàn-sèk。
　　　一旦，旦夕。

tòa^n : hì-tòa^n，khó·-tòa^n，hoe-tòa^n。
　　　　戲旦，苦旦，花旦。

【早】

Chó : chó-chhun，chó-bêng pit-chiat。
　　　早春　，早名　必折　。

chá : chá-hun，chá-kî，chá-pīg。
　　　早婚，早期，早飯。

◎kó·-chá，chá-àm。
　　古早，早暗。
　{從前}{早晚}

【旱】

Hān : hān-lō·，hān-tiân，hān-tē，hān-siōng。
　　　旱路，旱田　，旱地，旱象　。

ōa^n : khó-ōa^n。
　　　　洘旱。
　　　{缺水}

【昏】

Hun : hông-hun，hun-kun，hun-bê，hun-iông。
　　　黃昏，昏君，昏迷，昏庸。

◎hng ：cha-hng，ē-hng。
　　　　昨　昏　　，下　昏　。
　　　　{昨天}　　{晚上}

【易】

ėk ：î-ėk，kau-ėk，bō͘-ėk，
　　　移易，交　易，貿　易。

īⁿ／ī ：iông-īⁿ，īⁿ-jû-hoán-chióng。
　　　　容　易，易　如　反　　掌　。

iȧh ：Iȧh-keng。
　　　易　經　。

　　◎ ka-iȧh　　，iu-iȧh。
　　　交　易　　，優　易。
　　　{生意興隆}　{富裕}

kōe ：kōe-sèng，kōe-àm。
　　　易　姓，易　暗。

【明】

Bêng ：bêng-lí，bêng-chu，bêng-chhat，bêng-pėk，
　　　　明　理，明　珠，明　察　，明　白　，

　　　　bûn-bêng，bêng-chheⁿ，bêng-tek，bêng-tì，bêng-khak，
　　　　文　明　，明　星　，明　德，明　智，明　確　，

　　　　bêng-lóng，bêng-cheng-àm-tàu，bêng-chèng-giân-sūn，
　　　　明　朗，明　爭　暗鬥，明　正　言　順　，

　　　　bêng-ti-kò͘-hoān，bêng-ti-kò͘-būn。
　　　　明　知故犯　，明　知故　問　。

◎bîn／hân ：bîn-á-jit，bîn-á-chài。
　　　　　　明　仔日，明　仔載　。
　　　　　　{明天}　　{明天}

mê／môa ：mê-nî。
　　　　　明　年。

【星】

Seng : seng-kî，seng-hô，seng-chè，seng-siōng，seng-siù，
　　　　星　期，星　河，星　際，星　象　，星　宿　，

　　　　seng-chō，seng-î-tó·-choán。
　　　　星　座，星　移　斗　轉　。

chhe^n／chhi^n : chhe^n-sîn，khé-bêng-chhe^n，kiù-chhe^n。
　　　　　　　　星　辰，啓　明　星　，救　星　。

san : lân-san。
　　　　零　星。

【昨】

Chȯk : chȯk-sú-kim-seng。
　　　　昨　死　今　生　。

◎chā : chā-hng，chā-àm。
　　　　昨　昏，昨　暗。
　　　　{昨天}　{昨晚}

◎chȯh : chȯh-jit，lȯh-chȯh-jit。
　　　　昨　日，落　昨　日。
　　　　{前天}　　{大前天}

【晏】

Aǹ : thian-chheng-jit-àn，Aǹ-chú-chhun-chhiu。
　　　　天　清　日　晏，晏　子　春　秋。

◎ðª^n : ðª^n-khì，ðª^n-khùn。
　　　　晏　去，晏　睏。
　　　　{遲到}　{晚睏}

【晚】

Boán : boán-chhan，boán-pòe，boán-kéng，boán-hâ。
　　　　晚　餐　，晚　輩，晚　境，晚　霞。

mńg : mńg-pò。
　　　　晚　報。

ún : ún-tang，ún-kùi，ún-bí。
　　　　晚　冬　，晚　季，晚　米。

【景】

    <u>Kéng</u> : kéng-tì，kéng-hóng，kéng-khì，pōe-kéng，hong-kéng，
           景　緻，景　況，景　氣，背　景，風　景，

           kéng-bō͘，gōa-kéng，liông-sîn-bí-kéng。
           景　慕，外　景，良　辰　美　景。

    ◎éng : chhèng-éng。
          沖　景。
          {高興得志}

【晶】

    <u>Cheng</u> : cheng-cheng，cheng-êng。
           晶　晶，晶　瑩。

    <u>chi^n</u> : chúi-chi^n，chúi-chi^n-piá^n。
          水　晶，水　晶　餅。

【晴】

    <u>Chêng</u> : chêng-chhoan-koh，chêng-thian-phek-lek。
          晴　川　閣，晴　天　霹　靂。

    <u>chî^n</u> : hō͘-chî^n，thi^n-chî^n，pòa^n-im-pòa^n-chî^n。
          雨　晴，天　晴，半　陰　半　晴。

【暴】

    <u>Pō</u> : pō-gek，pō-sò，pō-jiok，pō-chèng，pō-loān，
          暴　逆，暴　躁，暴　辱，暴　政　，暴　亂，

          pō-lī，pō-tōng，pō-tô͘，kiông-pō，pō-hoat-hō͘，
          暴　利，暴　動　，暴　徒，強　暴，暴　發　戶，

          pō-thiàu-jû-lûi，chū-pō-chū-khì。
          暴　跳　如　雷，自　暴　自　棄。

    <u>pok</u> : pok chúi-phā。
          暴　水　皰。
          {長水皰}

pāu : pāu thâu-khak。
暴　頭　殼　。
{以手打頭}

pauh : pauh-gê。
暴　牙。

【曲】

Khiok : úi-khiok，khiok-chiat，khiok-kái，khiok-tit，
委曲　，曲　折　，曲　解，曲　直，

khiok-sòaⁿ，oan-khiok，khiok-tō˙，khiok-kùn-kiû。
曲　線　，彎　曲　，曲　度　，曲　棍　球　。

khek : koa-khek，khek-tiāu，chok-khek。
歌　曲，曲　調　，作　曲。

◎ khek-pôaⁿ。
曲　盤　。
{唱片}

【更】

Keng : piàn-keng，keng-chèng，keng-sin，keng-sèng，keng-i，
變　更，更　正　，更　新，更　姓　，更　衣，

keng-ōaⁿ，keng-soán，keng-hoan，keng-sū，keng-sí，
更　換，更　選　，更　番　，更　事，更　始，

keng-thè，keng-tiat。
更　退，更　迭　。

Kèng : kèng-ka，kèng-chìn。
更　加，更　進　。

keⁿ／kiⁿ : saⁿ-keⁿ pòaⁿ-mê，chiú-keⁿ，keⁿ-kó˙。
三　更　半　暝，守　更，更　鼓。

【曾】

Cheng ： Cheng-chú。
曾　子。

Chêng ： chêng-keng-chhong-hái。
曾　經　滄　海。

chan ： Chan sin-se[n]。
曾　先　生。

【會】

Hōe ： hōe-ōe，hōe-sím，ki-hōe，hōe-gī，hōe-khó，siā-hōe，
會　話，會　審，機　會，會　議，會　考，社　會，

hōe-oân，hōe-siong，hōe-pò，hōe-iú，hōe-koán，chip-hōe。
會　員，會　商　，會　報，會　友，會　館，集　會。

Kòe ： kòe-kè。
會　計。

ē／ōe ： ē-khì。
會　去。

◎ ē-hiáu，ē-tàng。
　會曉　，會　當。
　{會做}　{能夠}

【月】

Goa̍t ： goa̍t-tâi，goa̍t-ngô͘，bí-goa̍t，goa̍t-ló，goa̍t-hôa，
月　臺，月　娥，美　月，月　老，月　華，

goa̍t-iā，goa̍t-si̍t，goa̍t-sok，goa̍t-kùi，goa̍t-kiong。
月　夜，月　蝕，月　朔，月　桂，月　宮　。

goe̍h／ge̍h ： goe̍h-piá[n]，goe̍h-kip，goe̍h-thâu，goe̍h-khó，
月　餅　，月　給，月　頭，月　考，

goe̍h-keng，goe̍h-khan，goe̍h-kiû，goe̍h-sek，
月　經，月　刊，月　球，月　色，

goe̍h-tâi，goe̍h-phiò，goe̍h-sin，goe̍h-hōng，
月　台，月　票，月　薪，月　俸　，
goe̍h-khîm，goe̍h-kng，goe̍h-pòa[n]。
月　琴　，月　光　，月　半。

【有】

Iú : iú-chì，iú-ûi，iú-sò͘，iú-hān，iú-hêng，iú-sêng，
有志，有爲，有數，有限，有恆，有成，

iú-bêng-bû-sit，iú-chì-kèng-sêng，iú-kiû-pit-èng，
有名　無實，有志　竟　成，有求必應，

iú-lī，iú-sí-iú-chiong，iú-tiâu-iú-lí，iú-pī-
有利，有始有終　，有條　有理，有備

bû-hoān，iú-gán put-sek Thài-san。
無患　，有眼不識泰　山。

ū : ū-chêng，ū-chîⁿ，ū-hāu，ū-sî，ū- miâ，ū-sè，ū-bāng，
有情　，有錢，有效，有時，有名，有勢，有望　，

ū-iân，ū-pēⁿ，ū- sim。
有緣　，有病，有心。

【望】

Bōng : bêng-bōng，goān-bōng，bōng-chȯk，gióng-bōng，
名　望，願望，望族，仰　望，

khat-bōng，sit-bōng，bōng-iông-heng-thàn，
渴　望，失望，望洋興　歎，

bōng-gán-io̍k-chhoan。
望眼欲穿　。

bāng : hi-bāng，choa̍t-bāng，bāng chhun-hong，sit-bāng。
希望，絕　望，望春　風，失望。

【朝】

Tiau : tiau-lō͘，tiau-hōe，tiau-iông，tiau-khì，tiau-se̍k，
朝　露，朝　會，朝　陽，朝　氣，朝夕，

tiau-hâ，tiau-lēng-se̍k-kái。
朝　霞，朝　令夕改。

Tiâu : tiâu-kìⁿ，tiâu-tē，tiâu-têng，tiâu-kòng，tiâu-iá，
朝　見，朝　代，朝　廷，朝　貢，朝　野，

tiâu-chèng，tiâu-sèng。
朝　政　，朝　聖。

【木】

Bȯk : bȯk-chhâi，bȯk-koe，bȯk-khek，bȯk-jiân，bȯk-liāu，
木 材 ，木 瓜， 木 刻， 木 然 ， 木 料 ，

koan-bȯk，bȯk-ní，bȯk-nái- i，bȯk-í-sêng-chiu，
棺 木 木 耳，木 乃 伊，木 已 成 舟 ，

bȯk-thòaⁿ-ōe，bȯk-pún-súi-goân。
木 炭 畫，木 本 水 源 。

bȧk : bȧk-chhiūⁿ，bȧk-kiȧh，chhiū-bȧk，bȧk-sap。
木 匠 ，木 屐，樹 木 ，木 屑 。

【末】

Boȧt : boȧt-lō͘，boȧt-sè，boȧt-jit，boȧt-lī，boȧt-chō，
末 路，末 世，末 日，末 利，末 座，

boȧt-liû，boȧt-sȧk，boȧt-hȧk。
末 流，末 席，末 學 。

boȧh : hiuⁿ-boȧh，iȯh-boȧh。
香 末 ，藥 末 。

◎ iù-boȧh-boȧh。
幼 末 末 。
{物成細末狀}

【未】

Bī : bī-pit，bī-ti，bī-sî，bī-lâi，bī-pian，bī-sūi，
未 必，未 知，未 時，未 來 ，未 便 ，未 遂 ，

bī-hun，bī-oân，bī-pok-sian-ti。
未 婚，未 完，未 卜 先 知。

◎bōe／bē : iáu-bōe-khì，iáu-bōe-lâi。
猶 未 去 ，猶 未 來 。
{還没去} {還没來}

【杆】

Kan : lân-kan。
　　　欄　杆。

koa^n : kî-koa^n。
　　　旗杆　。

koai^n : í- koai^n，toh-koai^n，chhn̂g-koai^n。
　　　椅杆　，桌　杆　，床　杆　。

【林】

Lîm : hān-lîm，san-lîm，lîm-lip，sim-lîm，lîm-giap，
　　　翰林，山林，林立，森林，林業，

　　　lîm-sán，lîm-pan，lông-lîm，Sū-lîm，Tek-lîm-lō͘。
　　　林產，林班，農林，士林，竹林路。

nâ : nâ-tâu，chhiū-nâ，tek-nâ。
　　　林投，樹　林，竹林。

【松】

Siông : Siông-san，Siông-kang-lō͘，siông-chhiū，siông-ka，
　　　松山，松江路，松　樹，松　膠，

　　　siông tek mûi，siông-chhí。
　　　松竹梅，松鼠。

chhêng : chhêng-peh，chhêng-chhiū。
　　　松柏，松樹。

【東】

Tong : tong-chhông，tong-ka，kó͘-tong，oán-tong，
　　　東床　，東家，股東，遠東，

　　　Tong-hái，tong-keng，Tong-si-hāu-pîn，
　　　東海，東經，東施效顰，

　　　tong-chhong-sū-hoat，má-ní-tong-hong，
　　　東窗　事發，馬耳東風　，

　　　Tong-san-chài-khí。
　　　東山再起。

<u>tang</u> ：Tang-pak，Tang-kiaⁿ，tang-hng，Tang-lâm-a，
　　　　東　北，東　京　，東　方，東　南　亞，

　　　　tang-iûⁿ，tang-mn̂g，Soaⁿ-tang。
　　　　東　洋，東　門，山　東　。

【染】

<u>Jiám</u> ：u-jiám，thoân-jiám，jiám-chí，kám-jiám。
　　　　污染　，傳　染　，染指，感　染　。

<u>ní</u> ：ní-sek，ní-pò͘，ní-liāu。
　　　染色，染布，染料　。

【架】

<u>Kà</u> ：kà-cháu，kà-khang。
　　　架　走，架　空　。

<u>kè</u> ：si̍p-jī-kè，to-kè。
　　　十　字架，刀架。

【柯】

<u>Kho</u> ：ki-kho，chip-kho。
　　　枝柯，執　柯　。

<u>koa</u> ：Koa sin-seⁿ。
　　　柯　先　生　。

【柄】

<u>Pèng</u> ：koân-pèng，pèng-chèng。
　　　權　柄，柄　政　。

<u>pèⁿ／pìⁿ</u> ：to-pèⁿ，ōe-pèⁿ。
　　　　　刀柄，話　柄　。

【格】

<u>Kek</u> ：kek-sat，kek-bu̍t，kek-gōe，kek-giân，kek-lu̍t，
　　　格　殺，格　物，格　外，格　言　，格　律，

　　　　kek-tiāu，kek-tàu。
　　　　格　調　，格　鬥　。

keh ：jîn-keh，ha̍p-keh，chu-keh，hong-keh，kui-keh。
　　　人　格　，合　格　，資　格　，風　格　，規　格　。

【校】

Hāu ：ha̍k-hāu，hāu-tiúⁿ，hāu-sià，hāu-khan，hāu-hn̂g，
　　　學　校　，校　長　，校　舍　，校　刊　，校　園　，

　　　hāu-kui，hāu-hoe，hāu-hong，hāu-hùn，hāu-iú。
　　　校　規　，校　花　，校　風　，校　訓　，校　友　。

kàu ：kàu-tèng，kàu-tùi，kàu-chèng，kàu-ia̍t。
　　　校　訂　，校　對　，校　正　，校　閱　。

kà ：kà-tiûⁿ。
　　　校　場　。

◎ kà-chhia，kà-siàu。
　　校　車　，校　數　。
　　{試機器}　{核帳}

【案】

àn ：àn-kiāⁿ，àn-chêng，àn-iû，àn-giām。
　　　案　件　，案　情　，案　由，案　驗　。

òaⁿ ：hiuⁿ-òaⁿ，òaⁿ-toh。
　　　香　案　，案　桌　。

【桑】

Song ：song-tiân，song-giû，song-chî，song-kó。
　　　桑　田　，桑　牛　，桑　梓　，桑　果　。

◎sng ：sng-sûi，sng-châi。
　　　桑　垂，桑　才。
　　　{桑葚}

【條】

Tiâu : tiâu-kiāⁿ，tiâu-lē，tiâu-iok，tiau-khoán，
　　　條 件 ，條 例，條 約。條 款 ，

　　　thiâu-bûn，thiâu-tîn。
　　　條 文 ，條 陳 。

◎ tāi-chì tiâu-tit。
　代 誌 條 直 。
　　{事情完結}

liâu : í-liâu，chioh-liâu，chóa-liâu。
　　　椅 條 ，石 條 ，紙 條 。

【梨】

Lê : Lê-san，lê-hn̂g。
　　梨 山，梨 園。

lâi : chúi-lâi，chiáu-lâi。
　　水 梨 ，鳥 梨 。

【楊】

Iông : iông-hoa-chúi-sèng。
　　　楊 花 水 性 。

iûⁿ／iô·ⁿ : iûⁿ-thô，iûⁿ-liú，Iûⁿ-mûi，Iûⁿ sin-seⁿ。
　　　　　楊 桃，楊 柳，楊 梅，楊 先 生 。

【樂】

Ga̍k : im-ga̍k，ga̍k-lí，ga̍k-khì，ga̍k-tūi，ga̍k-phó·，
　　　音 樂 ，樂 理，樂 器，樂 隊，樂 譜 ，

　　　ga̍k-hú，ga̍k-khek，ga̍k-thoân，ga̍k-chiong，
　　　樂 府，樂 曲 ，樂 團 ，樂 章 ，

　　　ga̍k-im。
　　　樂 音。

Lȯk : iàn-lȯk，khòai-lȯk，lȯk-hn̂g，lȯk-koan，lȯk- ì，
　　　宴　樂，快　　樂，樂園，樂　觀　，樂　意，

　　　lȯk-chhù，lȯk-thian-ti-bēng，lȯk-kȧk-seng-pi，
　　　樂　趣　，樂　天　　知　命，樂　極　生　悲，

　　　lȯk-siān-hò͘ⁿ-sì。
　　　樂　善　好　施。

Ngāu : ngāu-san-ngāu-súi。
　　　樂　山　樂　水。

【標】

Phiau／piau : phiau-chún，phiau-tì，phiau-pún，phiau-tiám，
　　　　　　　標　準　，標　緻，標　本，標　點　，

　　　　　　　phiau-kan，phiau-kì，phiau-bêng，phiau-gí，
　　　　　　　標　杆，標　記，標　明　，標　語，

　　　　　　　phiau-tê，phiau-chhiam，phiau-pn̂g，phiau-chù，
　　　　　　　標　題，標　籤　，標　榜，標　註　，

　　　　　　　siong-phiau，bȯk-phiau，im-phiau。
　　　　　　　商　標　，目　標，音　標　。

pio : chhiúⁿ-pio，pio-siû，chio-pio，tit-pio，
　　　搶　　標，標　售，招　標，得　標

　　　pio-kim，pio-bē，chhah-pio，khui-pio，liû-pio。
　　　標　金，標　賣，插　　標，開　標，流　標。

【横】

Hêng : hêng-gȧk。
　　　横　逆。

hôaiⁿ／hûiⁿ : hôaiⁿ-tȧt，hôaiⁿ-châi，hôaiⁿ-hêng，
　　　　　　　横　直，横　財，横　行　，

　　　　　　　hôaiⁿ-chèng，hôaiⁿ-hō，hôaiⁿ-koàn，
　　　　　　　横　政　横　禍，横　貫　，

　　　　　　　hôaiⁿ-pà，hôaiⁿ-sí，hôaiⁿ-siá。
　　　　　　　横　霸，横　死，横　寫。

【橋】

Kiâu ： kiâu-pâi。
　　　　橋　牌。

kiô ： thih-kiô，Kiô-thâu，kiô-niû，kiô-tun。
　　　鐵　橋，橋　頭，橋　樑，橋　墩。

【樑】

Liông ： tòng-liông，liông-siōng-kun-chú。
　　　　棟　樑，樑　上　君　子。

niû ： tiong-niû，niû-thiāu。
　　　中　樑，樑柱　。

【樹】

Sū ： sū-jîn，sū-tek，sū-tek，sū-lip，sū-oàn，sū-in。
　　　樹人，樹敵，樹德，樹立，樹怨，樹恩。

chhiū ： chhiū-hió h，chhiū-bak，chhiū-nâ，chhiū-thâu。
　　　　樹　葉，樹　木，樹　林，樹　頭。

【歌】

Ko ： ko-siōng，Ngá-ko，ko-kong siōng-tek。
　　　歌　頌，雅　歌，歌功　頌　德。

koa ： chhiùⁿ-koa，koa-iâu，koa-phó͘，koa-kiok，
　　　　唱　歌，歌　謠，歌　譜，歌　劇，

　　　koa-sû，koa-bú，koa-chheⁿ，koa-thiaⁿ。
　　　歌　詞，歌　舞，歌　星　，歌　廳　。

【歡】

Hoan ： hoan-gêng，hoan-ho͘，hoan-sàng，hoan-lok，hoan-ùi，
　　　　歡　迎，歡　呼，歡　送，歡　樂，歡　慰，

　　　hoan-chū，hoan-sim，hoan-thêng，Hap-hoan-soaⁿ。
　　　歡　聚，歡　心，歡　騰，合　歡　山。

hoaⁿ ： hoaⁿ-hí。
　　　歡　喜。

【正】

Chèng : chèng-tit，chèng-keng，chèng-siông，chèng-thóng，
正　直，正　經，正　常，正　統，

chèng-phài，chèng-sek，chèng-chhú，chèng-khì，
正　派，正　式，正　取，正　氣，

chèng-khak，chèng-gī，chèng-chong，chèng-tô͘，
正　確，正　義，正　宗，正　途，

chèng-kui，chèng-tō，chèng-lūn，chèng-jîn-kun-chú，
正　規，正　道，正　論，正　人　君　子，

chèng-pún-chheng-goân，chèng-tiòng hā-hoâi。
正　本　清　源，正　中　下　懷。

chiaⁿ : chiaⁿ-goeh。
正　月。

◎ sin-chiaⁿ，pài-chiaⁿ。
新　正，拜　正。
{新年}　　{拜年}

chiàⁿ : chiàⁿ-hòe，chiàⁿ-lō͘，chiàⁿ-mn̂g，chiàⁿ-thiaⁿ，
正　貨，正　路，正　門，正　廳，

chiàⁿ-hō，chiàⁿ-miâ，chiàⁿ-pâi，chiàⁿ-bīn，
正　號，正　名，正　牌，正　面，

chiàⁿ-sek，chiàⁿ-sī，chiàⁿ-tiong-ng。
正　室，正　是，正　中　央。

◎ chiàⁿ-pêng，chiàⁿ-chhiú，chiàⁿ-káng，chiàⁿ-kim。
正　旁，正　手，正　港，正　金。
{右邊}　　{右手}　　{眞正的}　　{眞金}

【歲】

Sòe : bān-sòe，sòe-bō͘，sòe-goat，sòe-jip，sòe-siu，
萬　歲，歲　暮，歲　月，歲　入，歲　收，

sòe-chhut，sòe-siú，sòe-kè。
歲　出，歲　首，歲　計。

<u>hòe／hè</u> : nî-hòe。
　　　　　　年　歲　。

◎ hòe-thâu，hòe-siū。
　　歲　頭　，歲　壽。
　　{歲數}　　{壽命}

【死】

<u>Sú</u> : sú-seng iû-bēng，sú-hoe hȯk-jiân。
　　　死生　由命　，死灰　復　燃。

<u>sí</u> : sí-lō·，sí-sit，sí-oȧh，Sí-hái，sí-kat，sí-chúi，
　　　死路　，死失，死活，死海　，死結　，死水　，

　　　sí-bông，sí-kî，sí-sim，sí-hêng，sí-pán，sí-chėh。
　　　死亡　，死期，死心，死刑　，死板，死絕　。

【殘】

<u>Chân</u> : chân-jím，chân-khok，chân-hòe，chân-kiȯk，
　　　　殘　忍，殘　酷　，殘　廢，殘　局　，

　　　chân-khoat，chân-sat，chân-û，chân-hāi，
　　　殘　缺　，殘　殺，殘　餘，殘　害　，

　　　chân-hâi，chân-goȧt，chân-chhoán，chân-seng。
　　　殘　骸，殘　月　，殘　喘　　，殘　生　。

◎<u>chhân</u> : chho·-chhân，sim-koa^{n} chhân。
　　　　粗　殘　，心　肝　殘　。
　　　　{殘忍}　　　　{心狠}

◎<u>chôa^{n}</u> : chhùi-chôa^{n}。
　　　　嘴　殘　。
　　　　{嘴唇沾痕}

【段】

<u>Toān</u> : Toān sian-si^{n}，toān-lȯk。
　　　　段　先　生　，段　落。

<u>tōa^{n}</u> :chêng-tōa^{n}，āu-tōa^{n}，chhiú-tōa^{n}，hun-tōa^{n}，tōa^{n}-lȯh。
　　　　前　段　，後　段　，手　段　，分　段　，段　落。

【毒】

Tȯk ： ok-tȯk，tȯk-sò͘，tȯk-iȯh，tȯk-kè，tȯk-khì，
　　　 惡 毒，毒 素，毒 藥，毒 計，毒 氣，

　　　 tȯk-chiú，tȯk-hāi，tȯk-hêng，tȯk-thâng，
　　　 毒 酒，毒 害，毒 刑，毒 蟲 ，

　　　 tȯk-chhiú，tȯk-chôa。
　　　 毒 手 ，毒 蛇 。

◎ thāu ： thāu-iȯh， thāu-hî，thāu niáu-chhí，
　　　 毒 藥， 毒 魚，毒 鳥 鼠。
　　　 {以藥殺害} 　 {以藥殺魚、老鼠}

【毛】

Mô͘ ： mô͘-liāu，mô͘-thán，mô͘-kin，mô͘-phoe，
　　　 毛 料，毛 毯，毛 巾，毛 坏，

　　　 mô͘-tāng，mô͘-lī，mô͘-tek，mô͘-pháng，
　　　 毛 重，毛 利，毛 竹，毛 紡 ，

　　　 Mô͘-sūi chū-chiàn。
　　　 毛 遂 自 薦 。

mâu ： mâu-pit，mâu-lī，mâu-pēng，mâu-tāng。
　　　 毛 筆，毛 利，毛 病 ，毛 重 。

mn̂g ： iûⁿ-mn̂g。
　　　 羊 毛。

◎ mn̂g-kńg-khang，thâu-mn̂g，mn̂g-mn̂g-á-hō͘。
　　 毛 管 空 ，頭 毛，毛 毛 仔雨。
　　 {毛細孔} 　　 {頭髮} 　 {毛毛雨}

【氣】

Khì ： khì-bī，hiat-khì，hóe-khì，khì-chhoán，khì-liû，
　　　 氣 味，血 氣，火 氣，氣 喘 ，氣 流，

　　　 khì-phài，khì-sek，khì-sò͘，khì-sè，khì-hun，
　　　 氣 派 ，氣 色，氣 數 ，氣 勢，氣 氛，

khì-chit，khì-khài，khì-phek，khì-un，khì-siōng，
氣 質 ，氣 概 ，氣 魄 ，氣 溫，氣 象 ，

khì-ūn，khì-ap，khong-khì，chì-khì，khì-hāu，
氣 運，氣 壓，空 氣，志 氣，氣 候，

khì-kong。
氣 功 。

◎ siū-khì，ló·-khì，hùi-khì。
受 氣，擼 氣，費 氣。
{生氣} 　 {氣惱} 　 {麻煩}

khùi : chhoán-khùi，khùi-la̍t，thó·-khùi。
　　　 喘 　 氣，氣 力 ，吐 氣。
　　　 {呼吸} 　 {力氣} 　 {嘆氣}

【水】

Súi : koan-san oán-súi，súi-tih-se̍k-chhoan，
　　　 觀 山 玩 水，水 滴 石 穿 ，

súi-lo̍k-se̍k-chhut，súi-hó·ⁿ-bû-chêng，
水 落 石 出 ，水 火 無 情 ，

súi-tò-kû-sêng，hok-súi-lân-siu，
水 到 渠 成 ，覆 水 難 收 ，

kīn-súi-lô·-tâi，hong-súi lûn-liû-choán。
近 水 樓 台，風 水 輪 流 轉 。

◎ hó-chhùi-súi，it-liû-súi。
好 嘴 水 ，一 流 水。
{嘴甜} 　 　 {流利}

chúi : chúi-chai，chúi-kó，chúi-thó·，chúi-hoān，chúi-hûn，
　　　 水 災 ，水 果，水 土 ，水 患 ，水 痕 ，

chúi-gû，chúi-liōng，chúi-sán，chúi-chhia，chúi-chai，
水 牛，水 量 ，水 產 ，水 車 ，水 災 ，

chúi-lī，chúi-mn̂g，chúi-tiū，chúi-chiⁿ，chúi-liû，
水 利，水 門 ，水 稻 ，水 晶 ，水 流 ，

chúi-thah，chúi-liòk，chúi-goân，chúi-chún，chúi-sian，
水　塔　，水　陸　，水　源　，水　準　，水　仙　，

chúi-siú，chúi-sèng，chúi-hiám，chúi-pêng，
水　手　，水　性　，水　險　，水　平　，

chúi-lòh-chiòh-chhut，chúi-hóe-bô-chêng。
水　落　石　出　，水　火　無　情　。

◎ chúi-tō-chúi。
水　道　水　。
　{自來水}

【沉】

Tîm ：tîm-lûn，tîm-tāng，tîm-phû，tîm-bê，tîm-bèk，
　　　沉　淪，沉　重　，沉　浮　，沉　迷，沉　默　，

　　　tîm-thòng，tîm-chùi，tîm-su，chhim-tîm，im-tîm，
　　　沉　痛　，沉　醉　，沉　思，深　　沉　，陰　沉　，

　　　tîm-hiong，tîm-lèk，tîm-iu，tîm-oan，tîm-būn，
　　　沉　香　，沉　溺，沉　憂，沉　冤，沉　悶　，

　　　tîm-chēng，tîm-gû-lòk-gān。
　　　沉　靜　，沉　魚　落　雁　。

Tiâm ：tiâm-té，jit-tiâm lòh-hái。
　　　沉　底，日　沉　落　海　。

【汰】

Thài ：thài-kiū-ōaⁿ-sin。
　　　汰　舊　換　新　。

◎thài-khì，thài-khòaⁿ。
　汰　去，汰　看　。
　{不要去}　{不要看}

thōa ：sé-thōa，thōa-saⁿ。
　　　洗　汰　，汰　衫　。
　　　{洗滌}　{漂洗衣物}

【注】

<u>Chù</u> : chù-ì，chù-tiōng，chù-siā，chù-bàk，chù-tiāⁿ，
注意，注　重　，注　射，注目，注　定　，

chù-bêng，chù-sī，choân-sîn-koàn-chù。
注明　，注視，全　神灌　注。

◎ chù-sí，　　chù-sîn。
注死，　　注　神。
{注定完蛋}　　{專注}

<u>tù</u> : chit-tù bé-bē。
一　注買賣。

◎ tōa-tù-chîⁿ，sè-tù-chîⁿ。
大　注錢　，細注錢　。
{大筆錢}　　{小筆錢}

◎<u>tū</u> : tū-chúi，tū-iâm-chúi，tū-sí。
注　水，注鹽　水　，注死。
{浸水}　{泡鹽水}　　{溺死}

◎<u>chu</u> : chu-chu-siòng。
注　注　相。
{凝神注視}

【況】

<u>Hóng</u> : kéng-hóng，chōng-hóng，kīn-hóng。
景　況　，狀　況　，近況　。

<u>Hòng</u> : hô-hòng，hòng-chhiáⁿ。
何況　，況　且　。

【泉】

<u>Choân</u> : Choân-chiu，hông-choân，kiú-choân。
泉　州　，黃　泉　，九泉　。

<u>chôaⁿ</u> : chúi-chôaⁿ，oàh-chôaⁿ，chôaⁿ-goân，un-chôaⁿ。
水　泉　，活泉　，泉　源　，溫泉　。

【洪】

Hông : hông-hok，hông-chúi，Hông-pang，hông-liōng，
洪　福，洪　水，洪　幫，洪　量，

hông-liû，san-hông，hông-tāi。
洪　流，山　洪，洪　大。

âng : Âng sin-se^n。
洪　先　生。

【活】

Hoa̍t : hoa̍t-phoat，hoa̍t-lo̍k，hoa̍t-le̍k。
活　潑　，活　絡，活　力。

oa̍h : oa̍h-khì，oa̍h-tāng，oa̍h-miā，oa̍h-pu̍t，oa̍h-oa̍h，
活　氣，活　動　，活　命，活　佛，活　活，

oa̍h-kat，oa̍h-chúi，oa̍h-iōng，oa̍h-kî，oa̍h-pó。
活　結，活　水　，活　用　，活　期，活　寶。

【洋】

Iông／Iâng : iông-ek，iông-iông-tek-ì。
洋　溢，洋　洋　得　意。

iûn／iô·n : hái-iûn，pên-iûn，iûn-lâu，iûn-chiú，
海　洋，平　洋，洋　樓，洋　酒　，

iûn-chong，Se-iûn，Tang-iûn，iûn-ho̍k，
洋　裝　，西　洋，東　洋，洋　服，

iûn-chhang，Thài-pêng-iûn。
洋　蔥　，太　平　洋。

【流】

Liû : liû-choán，liû-tōng，liû-liân，hā-liû，hong-liû，
流　轉　，流　動，流　年，下　流，風　流，

it-liû，khì-liû，tiâu-liû，siōng-liû，liû-chit，
一　流，氣　流，潮　流，上　流，流　質，

liû-bông，liû-giân，liû-hêng，liû-lī，liû-seng，
流　亡，流　言　，流　行　，流　利，流　星　，

liû-sit，liû-lōng，liû-liōng，liû-sán，liû-thong，
流 失 ，流 浪 ，流 量 ，流 產 ，流 通 ，

liû-liân，liû-lō·，liû-eng，liû-thoân，liû-tân。
流 連 ，流 露 ，流 鶯 ，流 傳 ，流 彈 。

lâu ：lâu-lâng，lâu-hoeh，lâu-chúi。
流 膿 ，流 血 ，流 水 。

liù ：bô-jip-liù。
無 入 流 。
{不入流}

【淋】

Lîm ：lîm-pēⁿ，lîm-lî-chīn-tì。
淋 病 ，淋 漓 盡 致。

lâm ：lâm-chúi，lâm-hō·。
淋 水 ，淋 雨 。

【添】

Thiam ：thiam-teng，thiam-siū，thiam-hok。
添 丁 ，添 壽 ，添 福 。

thiⁿ ：ke-thiⁿ，thiⁿ-pūg，thiⁿ-chúi，thiⁿ-iû，thiⁿ-chîⁿ。
加 添 ，添 飯 ，添 水 ，添 油，添 錢 。

【淺】

Chhián ：chhián-hiān，chhián-chúi，chhián-sek，
淺 現 ，淺 水 ，淺 色 ，

chhián-kiàn，chhián-pók，chhián-âng，
淺 見 ，淺 薄 ，淺 紅 ，

chhián-hák，chhián-soat。
淺 學 ，淺 說 。

khín ：khín-bîn，khín-póh。
淺 眠 ，淺 薄 。

【渴】

Khat ： khat-bōng，khat-sióng，khat-bō·，khat-liām，
　　　渴　望　，渴　想　，渴　慕，渴　念，

khat-kiû，khat-ài。
渴　求，渴　愛。

khoah ： chí-khoah，chhùi-khoah，kái-khoah。
　　　止　渴，嘴　　渴　，解　渴

◎ iau-khoah。
枵　渴　。
{飢渴}

【湯】

Thong ： Thong-bú，hù-thong tō-hó·ⁿ。
　　　湯　　武，赴湯　蹈　火　。

thng ： thng-thâu，chhài-thng，gû-bah-thng。
　　　湯　頭，菜　湯，牛　肉　湯　。

◎ îⁿ-á-thng。
圓仔　湯　。
{湯圓}

【滿】

Boán ： Boán-chiu，boán-chiok，Boán-chheng，boán-ì，
　　　滿　州　，滿　足，滿　　清　，滿　意，

boán-thian-seng，boán-tông-hông，boán-chài
滿　天　　星，滿　堂　紅　，滿　載

jî-kui，boán chiau sún khiam siū ek。
而　歸，滿　招　損　謙　　受　益。

móa ： móa-goéh，chhiong-móa，móa-chiok，móa-ì，
　　　滿　月　，充　　滿，滿　足　，滿　意，

móa-bīn-chhun-hong，móa-siâⁿ-hong-ú。
滿　面　春　　風　，滿　城　　風　雨。

【漠】

Bô· : soa-bô· 。
　　沙　漠 。

Bo̍k : bo̍k-sī，bo̍k-jiân。
　　漠 視，漠 然 。

【漂】

Phiau : phiau-liû，phiau-phû，phiau-po̍k。
　　漂　流，漂　浮，漂　泊。

Phiàu : phiàu-liāng。
　　漂　亮 。

phiò : phiò-pe̍h，phiò-nî。
　　漂　白，漂　染。

【潔】

Kiat : chheng-kiat，kiat-chēng，sûn-kiat，put-kiat。
　　清　潔，潔　淨，純　潔，不　潔。

koeh : kng-koeh。
　　光　潔 。

【潘】

phoa^n : Phoa^n sin-se^n。
　　潘　先 生 。

◎phun : bí-phun。
　　米　潘 。
　　{餿水}

【澎】

Phêng : phêng-phài。
　　澎　湃 。

phê^n／phî^n :Phê^n-ô·。
　　澎　湖。

【潑】

Phoat : hoát-phoat，phoat-hū。
　　　　活　潑　，潑　婦。

phoah : phoah-chúi。
　　　　潑　水　。

【濁】

Tók : tók-liû，tók-sè。
　　　濁　流　，濁　世。

Chók : chók-im。
　　　　濁　音。

◎ chhàu-chók。
　　臭　濁　。
　　{花色煩雜}

ták : iû-ták。
　　　油　濁　。

lô : Lô-chúi-khe。
　　濁　水　溪。

【灰】

Hoe／he : chióh-hoe，hoe-sek，hoe-iô，hoe-sim。
　　　　　石　灰　，灰　色，灰　窯，灰　心　。

hu : hóe-hu，sam-á-hu。
　　火　灰，杉　仔　灰。
　　{灰燼}　{木屑}

【炊】

Chhui : chhui-ian，chhui-hó‧ⁿ。
　　　　炊　煙　，炊　火　。

◎ chhoe／chhe : chhoe-kóe，chhoe-táu，chhoe-pn̄g。
　　　　　　　　炊　粿　，炊　斗　，炊　飯　。
　　　　　　　　{蒸年糕}　{蒸桶}　　{蒸飯}

【無】

Bû : bû-kiông，bû-hoa-kó，bû-siông，bû-sò͘，bû-iu，
　　　無窮　，無花果，無常　，無數，無憂，

　　　bû-hêng，bû-ti，bû-ngó͘，bû-thí，bû-liōng，
　　　無形　，無知，無我　，無恥，無量　，

　　　bû-lêng，bû-ùi，bû-toan，bû-ko͘，bû-pian，
　　　無能　，無畏，無端　，無辜，無邊　，

　　　bû-khó nāi-hô，bû-kong siū-lȯk，bû-hông，
　　　無可奈何，無功受祿，無妨　，

　　　bû-hoat-bû-thian，bû-ok-put-chok，bû-bî-put-chì，
　　　無法無天　，無惡不作，無微不至，

　　　bû-sim-chi-kò，bû-kè-chi-pó，só͘-hiòng-bû-tȯk，
　　　無心之過，無價之寶，所向　無敵，

　　bô : bô-hān，biȧt-bô，bô-chêng，bô-hêng，bô-bī，bô-hāu，
　　　無限　，滅無，無情　，無形　，無味，無效，

　　　bô-bāng，bô-liâu，bô-lūn，bô-sim，bô-ì-tiong，
　　　無望　，無聊　，無論　，無心　，無意中　　，

　　　bô-ì-sek，bô-tiâu-kiāⁿ。
　　　無意識　，無條件　。

◎　bô-sǹg，bô-chîⁿ，bô-hó，bô-thêng，bô-ún，bô-sȯk，
　　無算　，無錢　，無好，無停　，無穩，無熟，
　　{不算}　　{沒錢}　　{不好}　{不停}　　{不穩}　{沒熟}

　　bô-ài，　bô-lō͘-iōng。
　　無愛，　無路用　。
　　{不喜歡}　　{沒有用}

【照】

Chiàu : chiàu-kò͘，chip-chiàu，chiàu-lí，chiàu-siông，
　　　照顧，執照，照理，照常　，

　　　chiàu-hōe，chiàu-lí，chiàu-lē，chiàu-chún，
　　　照會　，照理，照例　，照准　，

　　　chiàu-pān，　tùi-chiàu，chiàu-èng，chiàu-kū。
　　　照辦，　對照，照應　，照舊。

chiò : chiò-kià^n，chiò-bêng，chiò-siā。
　　　 照　鏡　，照　明　，照　射　。

chhiō : chhiō-kng。
　　　　照　光　。

【煎】

Chian : chian-hî，chian-piá^n。
　　　　煎　魚，煎　餅　。

◎choa^n : choa^n-io̍h-á。
　　　　　　煎　藥　仔。
　　　　　　{煎藥}

【熟】

Sio̍k : sî-ki sêng-sio̍k，chhim-su sio̍k-lī。
　　　　時　機　成　熟　，深　　思　熟　慮。

se̍k : chú-se̍k，bīn-se̍k，se̍k-chhiú，se̍k-liān。
　　　 煮　熟　，面　熟　，熟　手　，熟　練　。

◎ se̍k-sāi，pòa^n-chhe^n-se̍k。
　　熟　似　，半　　生　　熟
　　{熟悉}　　{半生不熟}

【熱】

Jia̍t : jia̍t-sim，jia̍t-pē^n，jia̍t-tài，jia̍t-tō˙，
　　　　熱　心　，熱　病　，熱　帶　，熱　度　，

　　　　jia̍t-liōng，jia̍t-loân，jia̍t-chhiat，jia̍t-sêng，
　　　　熱　量　，熱　戀　，熱　切　，熱　誠　，

　　　　jia̍t-chêng，jia̍t-lêng，jia̍t-lūi。
　　　　熱　情　，熱　能　，熱　淚。

◎ lāu-jia̍t
　　鬧　熱
　　{熱鬧}

◎Joa̍h : joa̍h-thi^n，sio-joa̍h，hioh-joa̍h，hip-joa̍h。
　　　　　熱　天　，燒　熱　，歇　熱　，翕　熱　。
　　　　　{夏天}　　{暖和}　　{暑假}　　{悶熱}

【燕】

Ian ： Ian-kok。
　　　燕國。

Iàn ： chhài-iàn，iàn-lū，iàn-o，iàn-bóe-hók，iàn-béh。
　　　菜　燕，燕　侶，燕　窩，燕　尾　服，燕　麥。

ìⁿ ： ìⁿ-á，ìⁿ-á-hoe。
　　　燕仔，燕仔　花。
　　　{燕子}　{燕子花}

【燭】

Chiok ： tōng-pông-hoa-chiok。
　　　　洞　房　花　燭。

chek ： láh-chek，chek-kng，chek-hoe。
　　　　蠟　燭，燭　光，燭　花。

【營】

êng ： êng-giáp，êng-ióng，êng-lī，keng-êng，êng-chō，
　　　營　業，營　養，營　利，經　營，營　造，

　　　êng-kiù，êng-kiàn。
　　　營　救，營　建。

iâⁿ ： peng-iâⁿ，iâⁿ-tiúⁿ，iâⁿ-chē，iâⁿ-pō͘，Sin-iâⁿ，Liú-iâⁿ。
　　　兵　營，營　長，營　寨，營　部，新　營，柳　營。

【爆】

Pók ： pók-chà，pók-hoat，pók-phò。
　　　　爆　炸，爆　發，爆　破。

piák ： piák-phòa，piák-líh，piák-khui。
　　　　爆　破，爆　裂，爆　開。

【爛】

Lān ： chhàn-lān，lān-jiân，thian-chin lān-bān。
　　　　燦　爛，爛　然，天　眞　爛漫。

nōa ： phòa-nōa，hiú-nōa，chú-nōa。
　　　　破　爛，朽　爛，煮　爛。

【爭】

Cheng ： chiàn-cheng，cheng-lūn，cheng-chhú，
　　　　戰　爭　，爭　論，爭　取，

　　　　cheng-piān，cheng-toan，cheng-pà，
　　　　爭　辯，爭　端，爭　霸，

　　　　cheng-tàu，cheng-chip，cheng-siōng，
　　　　爭　鬥，爭　執，爭　訟　，

　　　　cheng-gī，cheng-koân toát-lī。
　　　　爭　議，爭　權　奪　利。

cheⁿ／chiⁿ ： saⁿ-cheⁿ，cheⁿ-miâ，cheⁿ châi-sán。
　　　　　相　爭，爭　名，爭　財　產。

【爲】

ûi ： ûi-lân，hêng-ûi，iú-ûi，só·-ûi，ûi-chèng，
　　　爲　難，行　爲，有　爲，所　爲，爲　政　，

　　　ûi-chú，ûi-hān，ûi-siú，ûi-kî，ûi-tèk，
　　　爲　主，爲　限，爲　首，爲　期，爲　敵，

　　　ûi-hui，ûi-jîn，ûi-siān，ûi-pîn。
　　　爲　非，爲　人，爲　善　，爲　憑。

ūi ： in-ūi，ūi-kí，ūi-chhú，ūi-kong，ūi-kok，ūi-lī，
　　　因　爲，爲　己，爲　此　，爲　公　，爲　國，爲　利，

　　　ūi-hô，ūi sím-mih，ūi-châi-sú，ūi-sít-bông。
　　　爲　何，爲　甚　麼，爲　財　死，爲　食　亡。

【父】

Hū ： hū-ló，hū-heng，hū-chhin，hū-pòe，hū-bió。
　　　父　老，父　兄　，父　親　，父　輩，父　母。

pē ： lāu-pē，pē-bó。
　　　老　父，父　母。

◎ khè-pē，khè-hiaⁿ。
　　契　父，契　兄　。
　　{乾爸爸}{情夫}

【片】

<u>Phiàn</u> : phiàn-bīn，phiàn-giân，phiàn-khek，
片　面，片　言，片　刻。

phiàn-toān，phiàn kah put liû。
片　段，片　甲　不　留。

<u>phìⁿ</u> : chit-phìⁿ，hiā-phìⁿ，bêng-sìn-phìⁿ。
一　片　，瓦　片，明　信　片。

【牙】

<u>Gâ</u> : Khiong chú-gâ。
姜　子牙。

<u>gê</u> : chhiūⁿ-gê。
象　牙。

◎ gê-chô，ngē-gê。
牙槽，硬　牙。
{牙床}　{固執}

【牛】

<u>Giû</u> : giû-hông，giû-i tùi-khip。
牛　黃　，牛衣對　泣　。

<u>gû</u> : gû-chhia，gû-phôe，gû-to，gû-leng，gû-un，gû-bah，
牛　車　，牛　皮　，牛　刀，牛　奶　，牛　瘟，牛　肉，

gû-kak，gû-nñg，gû-sim，gû-pâi，gû-thâu-bé-bīn。
牛　角，牛　郎，牛　心，牛　排，牛　頭　馬　面。

【牲】

<u>Seng</u> : sam-seng，seng-lé，seng-thiok。
三　牲，牲　禮，牲　畜　。

<u>seⁿ／siⁿ</u> : thek-seⁿ。
畜　牲。

【物】

Bút　：bút-chit，bút-lí，jîn-bút，bút-kè，tōng-bút，
　　　　物　質　，物　理，人　物，物　價，動　物

　　　　sit-bút，kòai-bút，bút-chu，bút-sek，bút-chèng，
　　　　植　物，怪　物，物　資，物　色，物　證　，

　　　　sit-bút。
　　　　食　物。

mih　：chiah-mih。
　　　　食　物　。

◎ mih-kiā^n，mih-phòe。
　　物　件　，物　配。
　　{東西} {配飯的菜餚}

【牽】

Khian　：khian-chè，khian-kiông，khian-ín。
　　　　　牽　制，牽　強　，牽　引。

◎ mîg-khian。
　　門　牽　。
　　{門環}

khan　：khan-liân，khan-gû，khan-sòa^n，khan-siap。
　　　　牽　連，牽　牛，牽　線，牽　涉。

　　　　khan-chhiú。
　　　　牽　手　。

◎ khan-thoa，khan-kâu，khan-chhiú，khan-sêng。
　　牽　拖　，牽　猴　，牽　手　，牽　成。
　　{牽連}　　{掮客}　　{妻子}　　{提攜}

【狀】

Chōng　：chōng-hóng，chōng-thài，hêng-chōng。
　　　　　狀　況，狀　態，型　狀　。

chiōng　：chiōng-goân，chiōng-goân-hông。
　　　　　狀　元　，狀　元　紅。

chn̄g　：kò-chn̄g，chn̄g-chóa。
　　　　告　狀，狀　紙。

【狹】

Hia̍p ：hia̍p-gī，hia̍p-lō·-siong-hông。
　　　　狹　義，狹　路　相　逢　。

◎e̍h／oe̍h ：e̍h-sè，lō·-e̍h。
　　　　　　狹　細，路　狹。
　　　　　　{狹窄}　{路窄}

【猛】

Béng ：béng-siù，ióng-béng，béng-chiòng。
　　　　猛　獸，勇　猛，猛　將　。

mé／mí ：mé-chhén，kín-mé，mé-hóe，kha-chhiú mé。
　　　　　猛　醒　，緊　猛，猛　火，腳　手　猛。
　　　　　{儆醒}　　{快速}　{烈火}　{動作快}

【獨】

To̍k ：to̍k-li̍p，to̍k-sin，to̍k-toàn，to̍k-chhâi，
　　　　獨　立，獨　身，獨　斷　，獨　裁　，

　　　　to̍k-chhiùn，to̍k-chàu，to̍k-chiàm，to̍k-siān，
　　　　獨　唱　，獨　奏　，獨　佔　，獨　善　，

　　　　to̍k-it，to̍k-chhòng，to̍k-gán-liông。
　　　　獨　一，獨　創　　，獨　眼　龍　。

ta̍k ：ko·-ta̍k-sèng。
　　　　孤　獨　性。
　　　　{孤癖}

【玉】

Gio̍k ：Gio̍k-san，Gio̍k-tè，gio̍k-lân，gio̍k-thé，
　　　　玉　山，玉　帝，玉　蘭，玉　體，

　　　　gio̍k-thò·，gio̍k-lú，gio̍k-pék，gio̍k-tông，
　　　　玉　兔　，玉　女，玉　帛，玉　堂　，

　　　　gio̍k-lō·，gio̍k-bí，gio̍k-sêng。
　　　　玉　露，玉　米，玉　成。

gėk : pó-gėk，gėk-khoân，gėk-àh。
寶 玉，玉 環 ，玉 盒。

【瓜】

Koa : koa-tāi，koa-kó，koa-kat，koa-hun。
瓜 代，瓜 果，瓜 葛，瓜 分。

koe : koe-chí，khó˙-koe，si-koe，tang-koe。
瓜 子，苦 瓜，西 瓜，冬 瓜。

◎ chhài-koe，kim-koe。
菜 瓜，金 瓜。
｛絲瓜｝　　｛南瓜｝

【瓦】

óa : óa-choân。
瓦 全 。

hiā : hiā-iô。
瓦 窯。

◎ chhù-hiā。
厝 瓦。
｛屋瓦｝

【生】

Seng : hàk-seng，seng-oàh，seng-chûn，seng-lí，
學 生 ，生 活 ，生 存 ，生 理，

seng-pêng，seng-gâi，bîn-seng，chhài-seng，
生 平 ，生 涯 ，民 生 ，再 生 ，

i-seng，seng-iòk，seng-tióng，seng-sán，
醫 生 ，生 育 ，生 長 ，生 產 ，

seng-bùt，seng-kè，seng-châi，seng-ki，
生 物 ，生 價 ，生 財 ，生 機

seng-sit。
生 殖。

chhe^n／chhi^n ：chhe^n-bah，chhe^n-so͘，chhe^n-bí，
生　肉，生　疏，生　米，

chhe^n-jī，chhe^n-thih，chhe^n-hoan，
生　字，生　鐵，生　番，

chhe^n-léng，chhe^n-chhat，chhe^n-tâng，
生　冷，生　漆，生　銅，

chhe^n-kiu^n。
生　薑。

◎chhe^n-hūn，chhe^n-kia^n，chhe^n-kông。
生　份，生　驚，生　狂。
{陌生}　　{驚愕}　　{倉皇}

se^n／si^n ：sin-se^n，se^n-thâng，se^n-ji̍t，se^n-siap，
先　生，生　蟲　，生　日，生　澀，

se^n-pē，　se^n-bó，se^n-oa̍h，se^n-lī-sek。
生　父，生　母，生　活，生　利　息。

【田】

Tiân ：tiân-sià，tiân-lí，tiân-sán，tiân-iá，lông-tiân。
田　舍，田　里，田　產，田　野，農　田。

chhân ：chhân-hn̂g，chhân-lê，chhân-cho͘，chhân-iá。
田　園，田　螺，田　租，田　野。

【畜】

Thiok ：thiok-bo̍k，thiok-ió ng，lio̍k-thiok，thiok-sán。
畜　牧，畜　養，六　畜，畜　產。

thek ：thek-se^n。
畜　牲。

【留】

Liû ：liû-sim，liû-giân，liû-ha̍k，liû-chêng，liû-kip，
留　心，留　言，留　學，留　情　，留　級，

liû-loân，liû-ì，liû-pia̍t，liû-siú，liû-pō͘，
留　戀　，留　意，留　別　，留　守，留　步，

liû-sîn，liû-siok，siu-liû，liû-chûn，liû-sim，
留神，留宿，收留，留存，留心，

pó-liû，ûi-liû，liû-seng-ki。
保留，遺留，留聲機。

lâu ：lâu-miâ，lâu āu-lō͘，lâu tē-pō͘，lâu bīn-chú。
留名，留後路，留地步，留面子。

【畫】

Hōa／ōa ：hōa-siâ thiam-chiok，hōa-liông thiam-cheng，
畫蛇添足，畫龍添睛，

hōa péng chhiong ki，hōa-bî-niáu。
畫餅充飢，畫眉鳥。

ōe／ūi ：ōe-tô͘，ōe-ka，ōe-kèng，ōe-hoat，ōe-khan，
畫圖，畫家，畫境，畫法，畫刊，

ōe-sek，ōe-kè，ōe-tián，ōe-lông，ōe-siōng，
畫室，畫架，畫展，畫廊，畫像，

ōe-pîn，ōe-kó，ōe-hû，ōe-sòa^n，ōe-bīn。
畫屏，畫稿，畫符，畫線，畫面。

◎ ōe-hûn／ōe-sûn。
畫痕　畫巡。
　　{畫線}

【劃】

Ek ：kè-èk。
計劃。

oèh／úih ：jī-oèh，pit-oèh。
字劃，筆劃。

【略】

Liòk／Liàk ：iok-liòk，hut-liòk。
約略，忽略。

liòh ：liòh-liòh-á chai。
略略仔知。
　　{略為知道}

【當】

    <u>Tong</u> ：tong-kui，tong-jiân，tong-kim，tong-tit，
           當　歸，當　然，當　今，當　值，

           tong-sî，tong-chiòng，tong-kiȯk，tong-tiûⁿ，
           當　時，當　衆　，當　局，當　場，

           tong-tē，tong-chèng，tong-tiong，tong-sū-jîn，
           當　地，當　政　，當　中　，當　事　人，

           tong-ki-lip-toàn。
           當　機　立　斷　。

    <u>Tòng</u> ：thò-tòng，tòng-soán，sit-tòng。
           妥　當，當　選，失　當　。

    <u>tàng</u> ：ún-tàng。
           穩　當　。

    ◎ bē-tàng，ē-tàng。
           𣍐當　，會　當　。
           {不能}　{能夠}

    <u>tng</u> ：tam-tng，tng-bīn，tng-peng，tng-tiûⁿ，
           擔　當，當　面，當　兵　，當　場，

           tng-chit-chiá，káⁿ-chò káⁿ-tng。
           當　職　者　，敢　做　敢　當

    ◎ tng-thâu tùi-bīn。
           當　頭　對　面　。
           {面對面}

  ◎tng ：chún-tǹg，　tǹg-tiàm。
           準　當，當　店。
           {當做抵押}　{當鋪}

【疊】

  ◎<u>Tia̍p</u> ：táⁿ-tia̍p。
           打　疊　。
           {整頓、修理}

thảh : thảh koân-lâu，têng-thảh，chı̍t-thảh-chóa。
　　　　疊　高　樓，重　疊，一　疊　紙。

thia̍p : thia̍p-hòe，thia̍p-koân。
　　　　疊　貨，疊　高。

【疏】

So͘ : so͘-khai，so͘-oán，chheⁿ-so͘，so͘-thong，so͘-sàn。
　　　疏　開，疏　遠，生　疏，疏　通，疏　散。

se／soe : se-se-ba̍t-ba̍t。
　　　　　疏　疏　密　密。

【病】

Pēng : mâu-pēng，pēng-hu， pēng-kok-pēng-bîn，
　　　　毛　病，病　夫，病　國　病　民，

　　　　pēng-ji̍p-ko-hong。
　　　　病　入　膏　肓。

pēⁿ／pīⁿ : pēⁿ-chèng，pēⁿ-chhn̂g，pēⁿ-to̍k，pēⁿ-lâng，
　　　　　　病　症，病　床　，病　毒，病　人　，

　　　　　pēⁿ-ká，pēⁿ-lí，pēⁿ-le̍k，pēⁿ-chêng，pēⁿ-mô͘，
　　　　　病　假　病　理，病　歷，病　情　，病　魔，

　　　　　pēⁿ-chàu，pēⁿ-goân，pēⁿ-kin，pēⁿ-thâng-hāi。
　　　　　病　灶　，病　源　，病　根，病　蟲　害。

　　　　◎ phòa-pēⁿ，pēⁿ-bó。
　　　　　　破　病，病　母。
　　　　　{生病}　　{病根}

【痛】

Thòng ： thòng-hīn，thòng-ím，thòng-sim，thòng-hong，
　　　　痛　恨，痛　飲，痛　心，痛　風，

　　　　thòng-khó͘，thòng-táⁿ，thòng-thek，
　　　　痛　苦，痛　打，痛　斥，

　　　　thòng-tēng-su-thòng，thòng-sim-chit-siú。
　　　　痛　定　思　痛　，痛　心　疾　首。

thàng ： khó͘-thàng。
　　　　苦　痛。

【發】

Hoat ： hoat-bêng，hoat-goān，hoat-tián，hoat-chok，
　　　　發　明，發　願，發　展，發　作，

　　　　hoat-goân，hoat-hêng，hoat-hiān，hoat-hok，
　　　　發　源，發　行，發　現，發　福，

　　　　hoat-io̍k，hoat-kak，hoat-iông，hoat-kông，
　　　　發　育，發　覺，發　揚，發　狂，

　　　　hoat-pau，hoat-phiò，hoat-piáu，hoat-im，
　　　　發　包，發　票，發　表，發　音，

　　　　hoat-ta̍t，hoat-tiān，hoat-sio，hoat-tiâu，
　　　　發　達，發　電，發　燒，發　條，

　　　　hoat-iām，hoat-hui，hoat-khan，hoat-giân，
　　　　發　炎，發　揮，發　刊，發　言，

　　　　hoat-kng，hoat-siû。
　　　　發　光，發　售。

puh ： puh-gê。
　　　　發　芽。

◎ puh-íⁿ。
　　發　芛。
　　{長嫩芽}

【白】

Pėk : bêng-pėk，Pėk-kiong，kò-pėk，chheng-pėk，
　　　明　白，白　宮　，告　白，清　　　白，

　　　pėk-thiô-kai-ló，pėk-siú-sêng-ka，pėk-siú-
　　　白　頭　偕　老，白　手　成　家，白　首

　　　chi-bêng。
　　　之　盟　。

pėh : pėh-ōe，pėh-lâng，pėh-kim，pėh-chhài，pėh-hùi，
　　　白　話，白　人　，白　金　，白　菜　，白　費，

　　　pėh-chhi，pėh-bí，pėh-kî，pėh-pan，pėh-pn̄g，pėh-sek，
　　　白　痴　，白　米，白　旗，白　斑，白　飯，白　色，

　　　pėh-lō͘，pėh-âu，pėh-lô，pėh-lāi-chiòng，pėh-bȯk-ní，
　　　白　露　，白　喉，白　濁，白　內　障　，白　木　耳，

　　　pėh-hoeh-kiû。
　　　白　血　球　。

◎ pėh-chhȧt-ōe。
　　白　賊　　話。
　　　{謊話}

【百】

Pek : pek-hȧp，Pek-ka-sèng，pek-lêng，pek-hoat-
　　　百　合，百　家　姓　，百　靈　，百　發

　　　pek-tiòng，pek-i-pek-sūn，pek-chiàn-pek-sèng，
　　　百　中　，百　依百　順，百　戰　百　勝　，

　　　pek-hoa-chê-hòng，pek-bûn put-jû it-kiàn。
　　　百　花　齊　放　，百　聞　不　如　一　見　。

pah : pah-hè，pah-hun，pah-kó，pah-poaⁿ，pah-pōe，
　　　百　貨，百　分　，百　果，百　般　，百　倍，

　　　pah-siù。
　　　百　獸　。

peh : peh-sèⁿ。
　　　百　姓　。

【皮】

Phî：phî-tàn，ngó·-ka-phî。
皮蛋，五加皮。

phôe／phê：phôe-siuⁿ，phôe-ê，phôe-hu，phôe-pau，
皮箱，皮鞋，皮膚，皮包，

phôe-tòa，phôe-bah。
皮帶，皮肉。

【監】

Kam：kam-tok，kam-kang，kam-chhat，kam-siu，kam-hō·。
監督，監工，監察，監收，監護。

kam-chè。
監製。

Kàm：thài-kàm。
太監。

kaⁿ：kaⁿ-lô，kaⁿ-ga̍k，thàm-kaⁿ。
監牢，監獄，探監。

【盤】

Poân／Phoân：Poân-kó·，poân-būn，poân-hùi，poân-soàn，
盤古，盤問，盤費，盤算，

poân-kiat，poân-cha，poân-tiám，poân-kì，
盤結，盤查，盤點，盤據，

poân-kin-chhok-chiat，poân-soân khiok-chiat。
盤根錯節，盤旋曲折。

pôaⁿ：sǹg-pôaⁿ，chio̍h-pôaⁿ，kî-pôaⁿ，óaⁿ-pôaⁿ，
算盤，石盤，棋盤，碗盤，

khui-pôaⁿ，siu-pôaⁿ，tê-pôaⁿ，tē-pôaⁿ。
開盤，收盤，茶盤，地盤。

◎ khek-pôaⁿ。
曲盤。
{唱片}

【目】

Bo̍k : bo̍k-tek，bo̍k-lio̍k，bo̍k-phiau，chiat-bo̍k，bo̍k-chêng，
　　　目 的，目 錄 ，目 標 ，節 目，目 前 ，

　　　tê-bo̍k，bo̍k-chhek，bo̍k-kek，bo̍k-sòng。
　　　題 目，目 測 ，目 擊，目 送。

ba̍k : siàu-ba̍k，thâu-ba̍k，ba̍k-chêng。
　　　數 目，頭 目，目 前 。

　　◎ ba̍k-kiàⁿ，ba̍k-sek。
　　　目 鏡 ，目 色。
　　　{眼鏡}　　{眼神}

【看】

Khàn : khàn-siú，khàn-hō·。
　　　看 守，看 護 。

khòaⁿ : khòaⁿ-khin，khòaⁿ-phòa，khòaⁿ-kìⁿ，khòaⁿ-kò·，
　　　看 輕，看 破 ，看 見，看 顧，

　　　khòaⁿ-tāng，khòaⁿ-hì，khòaⁿ-thāi。
　　　看 重，看 戲，看 待 。

　　◎ khòaⁿ-ū，　　　khòaⁿ-bô。
　　　看 有，　　看 無。
　　{看見／重視} {見不到／輕視}

【眉】

Bî : bî-bo̍k，bî-ú，bî-phoe，bî-lâi-gán-khì，
　　　眉 目，眉 宇，眉 批 ，眉 來 眼 去，

　　　bî-khai-gán-chhiàu。
　　　眉 開 眼 笑 。

◎bâi : ba̍k-bâi。
　　　目 眉。
　　　{眉毛}

【相】

Siong／Siang : siong-tong，siong-hōe，siong-hó，siong-
相 當 ，相 會 ，相 好 ，相

hông，siong-hoán，siong-sek，siong-koan，
逢 ，相 反 ，相 識 ，相 關 ，

siong-chō·，siong-sìn，siong-kèng-jû-pin，
相 助 ，相 信 ，相 敬 如 賓 ，

siong-an-bû-sū，siong-thê-pèng-lūn，
相 安 無 事 ，相 提 並 論 ，

siong-tek-ek-chiong。
相 得 益 彰 。

Siòng／Siàng : chin-siòng，hok-siòng，siòng-chhin，
眞 相 ，福 相 ，相 親 ，

siòng-sū，cháiⁿ-siòng，siòng-māu，
相 士 ，宰 相 ，相 貌 ，

siòng-phìⁿ， siòng-hu-kàu-chú，siòng-
相 片 ，相 夫 教 子 ，相

ki-hêng-sū，siòng-thé-chhâi-i 。
機 行 事 ，相 體 裁 衣 。

siuⁿ : siuⁿ-si-tāu，pēⁿ siuⁿ-si。
相 思 豆 ，病 相 思。

◎**siùⁿ** : sin-siùⁿ，chheng-khì-siùⁿ。
新 相 ，清 氣 相 。
{新樣子} {乾淨的樣子}

【眼】

Gán : gán-chiân，gán-kho，gán-hok，gán-kong，gán-kài，
眼 前 ，眼 科 ，眼 福 ，眼 光 ，眼 界 ，

gán-lūi，gán-tiong-jîn，gán-tiong-chhì，
眼 淚 ，眼 中 人 ，眼 中 刺 ，

gán-bêng-chhiú-khoài，gán-ko-chhiú-te。
眼 明 手 快 ，眼 高 手 低。

◎ gán-kòe。
眼 過。
{瞄過}

géng : lêng-géng。
龍 眼。

◎lêng-géng-koa^n。
龍 眼 干。
{桂圓肉}

【眾】

Chiòng : kûn-chiòng，hōe-chiòng，sī-chiòng，chiòng-seng，
群 眾 ，會 眾 ，示 眾 ，眾 生 ，

chiòng-gī，chiòng-chì sêng-sêng，chiòng-bōng
眾 議，眾 志 成 城 ，眾 望

só·-kui，chiòng-put-tėk-kóa，chiòng-poān-chhin-lī。
所 歸，眾 不 敵 寡，眾 叛 親 離。

chèng : chèng-lâng，chèng-sîn，chèng-hōe-chiòng。
眾 人 ，眾 神，眾 會 眾 。

【知】

Ti : ti-chiok，ti-kí，ti-chêng，ti-kak，ti-im，ti-sim，
知 足 ，知 己，知 情 ，知 覺，知 音，知 心，

ti-hōe，ti-gū，ti-chiàu，ti-iú，ti-kau，ti-koān，
知 會，知 遇，知 照 ，知 友，知 交，知 縣 ，

ti-bēng-chi-liân，ti-chiok-siông-lȯk，ti-hêng-hȧp-it，
知 命 之 年 ，知 足 常 樂，知 行 合 一，

ti-kí ti-pí pek-chiàn pek-sèng，ti-jîn ti-bīn put-ti-sim。
知 己 知 彼 百 戰 百 勝 ，知 人 知 面 不 知 心。

Tì : tì-sek。
知 識。

◎chai : chai-iá^n，chai-lâng。
知 影 ，知 人 。
{知道} {清醒}

【短】

Toán ：toán-kiàn，toán-sī，toán-chhiok，toán-chiām。
　　　　短　見　，短　視，短　促　，短　暫　。

té／tóe ：té-miā，té-kî，té-lō·，tn̂g-té，té-pho。
　　　　短　命　，短　期，短　路　，長　短，短　波。

【石】

Se̍k ：se̍k-kám-tong，kim-se̍k su-ōa，se̍k-phò thian-keng。
　　　　石　敢　當　，金　石　書　畫，石　破　天　　驚　。

chio̍h ：chio̍h-thâu，chio̍h-iû，chio̍h-siōng，chio̍h-kang，
　　　　石　　頭　，石　　油，石　　像　，石　工　，

　　　　chio̍h-mî，chio̍h-hoe，chio̍h-bō，chio̍h-ìn，
　　　　石　棉，石　　灰，石　　磨，石　印，

　　　　chio̍h-eng，　chio̍h-ko，chio̍h-pâi，Chio̍h-mn̂g
　　　　石　英　，石　　膏，石　　牌，石　門

　　　　chúi-khò·。
　　　　水　庫。

sia̍h ：sia̍h-liû。
　　　　石　榴。

【砂】

Sa ：sa-jîn。
　　　砂　仁。

se ：pêng-se，chu-se。
　　　硼　砂，硃　砂。

soa ：soa-gán，soa-thn̂g，soa-chio̍h，soa-chóa。
　　　砂　眼，砂　糖　，砂　石　，砂　紙。

【破】

Phò ：phò-hùi，phò-sán，phò-àn，phò-chhùi，phò-lē，
　　　破　費，破　產　，破　案，破　碎　，破　例，

　　　phò-hōai，phò-tû，phò-iok，phò-kài，phò-siong-hong，
　　　破　壞　，破　除，破　約　，破　誡，破　傷　風　，

phò-im-jī，phò-kèng-tiông-oân。
破 音 字，破 鏡 重 圓 。

phòa ： phòa-tá^n，phòa-nōa，phòa-kià^n-têng-î^n。
破 膽，破 爛，破 鏡 重 圓 。

◎ phòa-sa^n，phòa-khui，phòa-siù^n。
破 衫，破 開 ，破 相 。
{破衣服} {剖開} {殘疾}

【研】

Gián ： gián-kiù，gián-sı̍p，gián-thó。
研 究，研 習，研 討 。

◎géng ： géng-hún。
研 粉 。
{碾成粉末}

【碼】

Má ： hō-má。
號 碼。

bā ： bā-chhioh，sa^n-bā-pò͘。
碼尺 ，三 碼布 。

bé ： bé-thâu，hō-bé。
碼 頭 ，號 碼。

【磨】

Bō ： chiȯh-bō，bō-sî-kan，bō-tāu-hū。
石 磨，磨 時 間，磨 豆 腐。

Mô͘ ： mô͘-liān，mô͘-chhat。
磨 練，磨 擦 。

bôa ： bôa-to，bôa-ba̍k，chiat-bôa。
磨 刀，磨 墨，折 磨 。

【禍】

　Hō　: chai-hō，hō-siú，hō-hoān，hō-hāi，hō-kin，
　　　　災　　禍，禍　首，禍　患　，禍　害，禍　根，

　　　　hō-toan，hō-loān，chhia-hō，hō-kok-iong-bîn，
　　　　禍端　，禍　亂　，車　　禍，禍　國　殃　民，

　　　　hō-chiông-kháu-chhut，hō-put-tan-hêng。
　　　　禍從　　口　出　，禍　不　單　行　。

　ē　: chai-ē，ē-ūn，jiá-ē。
　　　　災　禍，禍運，惹　禍。

【禪】

　Siân　: siân-su，siân-pâng，chē-siân。
　　　　　禪　師，禪　房　，坐　禪　。

　Siān　: siān-jiōng，siān-ūi。
　　　　　禪　讓　，禪　位。

【私】

　Su　: su-iòk，su-sim，su-lıp，chū-su，su-chū，su-siû，
　　　　私　慾，私　心，私　立，自　私，私　自　，私　仇，

　　　　su-kau，su-thong，su-jîn，su-hā，su-chhiong，
　　　　私　交　，私　通　　，私　人，私　下，私　娼　　　，

　　　　su-siòk，cháu-su，su-seng-oȧh，su-seng-chú。
　　　　私　塾　，走　私，私　生　活　，私　生　子　。

　◎sai　: sai-khia-chîⁿ。
　　　　　私　奇　錢　。
　　　　　{私房錢}

　◎si　: ke-si。
　　　　　家　私。
　　　　　{工具}

【程】

　Thêng　: thêng-tō͘，thêng-sek，thêng-sū，kang-thêng-su，
　　　　　　程　度　，程　　式　，程　序，工　程　師　，

kang-thêng，khò-thêng。
工　程　，課　程　。

tiâⁿ ：kang-tiâⁿ。
工　程　。

thiâⁿ ：Thiâⁿ sin-seⁿ。
程　先　生　。

【稱】

Chheng ：chheng-chàn，chheng-ho͘，chun-chheng，chheng-siā。
稱　　讚，稱　呼，尊　稱，稱　謝。

Chhèng ：chhèng-sim，chhèng-chit。
稱　心，稱　職。

【種】

chióng ：kok-chióng，chióng-lūi，chióng-piat。
各　種　，種　類，種　別。

chéng ：chéng-chí，chéng-chòk，chéh-chéng。
種　子，種　族，絕　種。

chèng ：chai-chèng，chèng-hoe，chèng-chhài。
栽　種，種　花，種　菜。

【空】

Khong ：khong-tiong，khong-kun，khong-khì，khong-sip，
空　中　，空　軍，空　氣，空　襲，

khong-kàng，khong-chiân。
空　降，空　前。

Khòng ：khòng-hoat。
空　乏。

khang ：khang-khang，khang-hi，khang-thâu。
空　空　，空　虛，空　頭。

◎ khang-khak chi-phiò。
空　殼　支　票。
{空頭支票}

khàng ：khàng-tē。
空　地。

【穿】

Chhoan : koàn-chhoan，pek-pō·-chhoan-iông。
貫　穿　，百　步　穿　楊　。

◎chhēng : chhēng-saⁿ，chhēng-chhah。
穿　衫　，穿　插　。
{穿衣服}　　{穿著}

chhng : chhng-chiam，chhng-sòaⁿ。
穿　針　，穿　線　。

【窗】

Chhong : tông-chhong。
同　窗　。

◎thang : thang-á-mn̂g，thang-á-lî。
窗　仔門　，窗　仔籬。
{窗戶}　　　{窗簾}

【窮】

Kiông : bû-kiông-chīn，kiông-liân-lúi-goát，
無　窮　盡　，窮　年　累　月　，

san-kiông-súi-chīn。
山　窮　水　盡　。

kêng : kêng-kiù，kêng-kúi，kêng-su-seng。
窮　究　，窮　鬼　，窮　書　生　。

◎khêng : khêng hòe-té。
窮　貨　底　。
{清理剩貨}

【童】

Tông : tông-chú-kun，jî-tông，tông-iâu。
童　子　軍　，兒童　，童　謠　。

tâng : tâng-ki。
童　乩。
{乩童}

【端】

Toan : khai-toan，toan-chong，toan-ngó͘，toan-chià^n。
　　　　開　端　，端　莊　，端　午，端　正　。

◎toa^n : in-toa^n。
　　　　因　端　。
　　　　{因由}

【笑】

Chhiàu : chhiàu-tâm，chhiàu-la̍p。
　　　　笑　　談　，笑　　納　。

chhiò : chhiò-iông，chhiò-ōe，chhiò-bīn-hó͘。
　　　　笑　容　，笑　話　，笑　面　虎。

◎ kún-chhiò，chhiò-khoe。
　　　　滾　笑　，笑　談　。
　　　　{開玩笑}　　{滑稽}

【答】

Tap : pò-tap，tap-siā，tap-àn，tap-hok，ìn-tap。
　　　　報　答　，答　謝　，答　案，答　覆　，應　答。

tah : tah-èng。
　　　　答　應　。

【等】

Téng : téng-kip，pêng-téng，siōng-téng，téng-hō，
　　　　等　級　，平　等　，上　　等　，等　號，

　　　　it-téng。
　　　　一　等　。

tán : tán-thāi，tán-hāu。
　　　　等　待　，等　候　。

【管】

Koán : koán-lí，koán-kà，koán-hat，koán-ke，koán-hiân-
管　理，管　教，管　轄，管　家，管　弦

gák，koán-chè，koán-tō，chióng-koán，koán-khu，
樂，管　制，管　道，掌　管　，管　區，

koán-sok，chú-koán，pó-koán。
管　束，主　管　，保　管。

kńg : âu-kńg，hoeh-kńg。
喉管，血　管。

◎ hì-kńg。
肺　管。
{氣管}

kóng : tek-kóng，pâi-chúi-kóng。
竹　管，排　水　管。

◎ bí-kóng。
米　管。
{量米的杯子}

【算】

Soàn : soàn-kè，chheng-soàn，ī-soàn，chu-soàn，soàn-sút，
算　計，清　　算，預算　，珠　算，算　術，

koat-soàn，sîn-ki-biāu-soàn，soàn-bû-ûi-chhek。
決　算　，神　機　妙　算　，算　無　遺　策。

sǹg : sǹg-miā，sǹg-pôa^n，kè-sǹg，chiàu-sǹg。
算　命，算　盤　，計算　，照　算。

◎ sǹg-siàu，phah-sǹg，àn-sǹg。
算　數　，拍　算　，按算。
{算帳}　　{打算／計劃}

【篇】

Phian : si-phian，phian-hok。
詩篇　，篇　幅。

phi^n : chit-phi^n，té-phi^n，tiong-phi^n，tn̂g-phi^n。
一　篇　，短篇　，中　篇　，長　篇。

【節】

Chiat : chiat-chè，chiat-bȯk，chiat-ai，chiat-chàu，
　　　　節　制，節　目，節　哀，節　奏，

　　　　chiat-liȯk，chiat-iȯk，chiat-iok，chiat-iōng，
　　　　節　錄，節　育，節　約，節　用，

　　　　chiat-liû，chiat-séng，chiat-hū，chiat-gī，
　　　　節　流，節　省，節　婦，節　義，

　　　　chiat-gōe-seng-chi。
　　　　節　外　生　枝。

chat : koan-chat，tek-chat。
　　　　關　節，竹　節。

◎ chún-chat，chat sî-kan，chat-mȯeh。
　　 撙　節　，節　時　間，節　脈。
　　 {懂分寸}　　 {計時}　　 {把脈}

cheh／choeh : cheh-khùi，nî-cheh，cheh-jȯit，cheh-kî，
　　　　　　　節　氣　，年　節，節　日，節　期，

　　　　　　　tiong-chhiu-cheh，siang-sȯip-cheh。
　　　　　　　中　秋　節，雙　十　節。

【籠】

Lóng : lóng-thóng，lóng-lȯk。
　　　　籠　統，籠　絡。

lam／lang : ke-lang，ah-lang，chiáu-lang。
　　　　　　雞　籠，鴨　籠　，鳥　籠　。

láng : tek-láng。
　　　　竹　籠　。

◎ jī-chóa-láng。
　　 字　紙　籠　。
　　 {紙屑簍}

◎ lâng : lâng-sn̂g。
　　　　 籠　床。
　　　　 {蒸籠}

【精】

Cheng : cheng-hôa，cheng-kim，cheng-eng，cheng-sîn，
　　　　　精　華，精　金，精　英，精　神，

　　　　　cheng-chhái，cheng-bit，cheng-sêng，cheng-chong，
　　　　　精　彩　，精　密，精　誠　，精　裝　，

　　　　　cheng-khá，cheng-liông，cheng-bêng，cheng-le̍k，
　　　　　精　巧，精　良　，精　明，精　力　，

　　　　　cheng-e̍k，cheng-thong。
　　　　　精　液，精　通　。

　◎ cheng-sîn，cheng-kong。
　　　精　神，精　光　。
　　　{睡醒} {精明能幹}

chiaⁿ／chiⁿ : iau-chiaⁿ，hô͘-lî-chiaⁿ。
　　　　　　妖　精　，狐　狸　精。

　　　◎ chiaⁿ-bah。
　　　　精　肉
　　　　{瘦肉}

【糊】

Hô͘ : hô͘-hūn，hô͘-tô͘。
　　　糊　混，糊　塗。

kô͘ : kô͘-kô͘，kô͘-chóa，mī-kô͘。
　　　糊　糊，糊　紙　，麵　糊。

【糞】

Hùn : hùn-tû。
　　　糞　除。

pùn : pùn-ki，pùn-thó͘。
　　　糞　箕，糞　土　。

【糜】

Bî : bî-hùi，bî-lān。
　　糜　費　，糜　爛。

◎bê／môe／moâi : ám-bê，kiâm-bê。
　　　　　　　　　泔糜，鹹　糜。
　　　　　　　　　{稀飯} {鹹粥}

【紅】

Hông : hông-chong，hông-gân，hông-tîn，hông-hún ka-jîn。
　　　 紅　妝　，紅　顏，紅　塵，紅　粉　佳　人。

âng : âng-hoe，âng-tāu，âng-teng，âng-hō˙，âng-lī，
　　　紅花，紅豆，紅燈　，紅雨，紅利，

　　　âng-tê，âng-pau，âng-khī，âng-sòaⁿ，âng-pó-chioh，
　　　紅茶，紅包，紅柿，紅線　，紅寶石　，

　　　Âng-lâu-bāng，âng-ioh-chúi。
　　　紅樓夢，紅藥水。

◎ âng-mn̂g-thô˙。
　　紅毛土。
　　{水泥}

【紋】

Bûn : chí-bûn，bûn-sin，bûn-gîn， chhiâ-bûn。
　　　指紋，紋身，紋銀，斜　紋。

◎sûn : bak-chiu têng-sûn。
　　　目睭重紋
　　　{眼睛雙眼皮}

【索】

Sek : sek-ín，sek-chhú，sek-ki，sek-jiân，thàm-sek。
　　　索引，索取　，索居，索然　，探索。

◎soh : môa-soh。
　　　麻索。
　　　{麻繩}

【約】

<u>Iok／Iak</u> ：iok-sok，iok-hōe，iok-tēng，iok-liòk，
　　　　　約 束 ，約 會 ，約 定 ，約 略 ，

　　　　　iok-tēng siòk-sêng，iok-hoat-sam-chiong。
　　　　　約 定 俗 成 ，約 法 三 章 。

◎<u>ioh</u> ：ioh-tiòh，ioh-jī。
　　　約 著 ，約 字。
　　　{猜中}　{猜字}

【累】

<u>Lúi</u> ：lúi-chek，lúi-lúi，lúi-kè，lúi-chìn，lúi-chhù。
　　　累 積 ，累 累 ，累 計 ，累 進 ，累 次 。

<u>Lūi</u> ：liân-lūi。
　　　連 累 。

<u>thūi</u> ：thoa-thūi。
　　　拖 累 。

【絕】

<u>Choàt</u> ：choàt-bāng，toān-choàt，choàt-pán，choàt-sit，
　　　　絕 望 ，斷 絕 ，絕 版 ，絕 食 ，

　　　　choàt-kau，choàt-tùi，choàt-hàk，choàt-pō͘，
　　　　絕 交 ，絕 對 ，絕 學 ，絕 步 ，

　　　　choàt-lō͘，choàt-kéng，choàt-biāu。
　　　　絕 路 ，絕 境 ，絕 妙 。

<u>chèh／choèh</u> ：sí-chèh，chèh-chéng，chèh-sam-tāi。
　　　　　　死 絕 ，絕 種 ，絕 三 代 。

【縫】

<u>Hông</u> ：chhâi-hông。
　　　裁 縫 。

◎<u>Pâng</u> ：pâng saⁿ-á-ki。
　　　縫 衫 仔 裾。
　　　{縫衣服下擺}

phāng ： mn̂g-phāng，chiap-phāng。
　　　　門　縫，接　縫　。

◎ khang-phāng。
　　空　縫　。
　　{空隙}

【縮】

Siok ： siok-éng，siok-siá，siok-toán，thè-siok，ùi-siok，
　　　　縮　影，縮　寫，縮　短　，退　縮，畏　縮　，

　　　　siok-pán，siok-sió，siok-tô͘。
　　　　縮　版，縮　小，縮　圖。

sok ： sok-sió，sok-siá。
　　　縮　小，縮　寫。

◎ sok tê-sim。
　　縮　茶心　。
　　{烘焙茶葉}

【綠】

Liȯk ： liȯk-lîm tāi-tō，liȯk-chiu。
　　　　綠　林　大　盜，綠　洲　。

lȧk ： lȧk-tek-sún，lȧk-tāu，Lȧk-tó，lȧk-sek，lȧk-chiu。
　　　綠　竹　筍，綠　豆，綠　島，綠　色，綠　洲　。

【總】

Chóng ： chóng-tok，chóng-kiōng，chóng-lám，chóng-kiat，
　　　　　總　督，總　共　，總　覽，總　結，

　　　　　chóng-bū，chóng-lí，chóng-thóng，chóng-tiúⁿ，
　　　　　總　務，總　理，總　統　，總　長　，

　　　　　chóng-giȧh，chóng-chhâi，chóng-koán，chóng-sò͘，
　　　　　總　額，總　裁，總　管　，總　數　，

　　　　　chóng-kang，chóng-tōng-oân，chóng-su-lēng。
　　　　　總　綱　，總　動　員，總　司　令　。

◎cháng ： liàh bô-cháng，cháng-thâu。
　　　　　 掠　無　總　，總　　頭　。
　　　　　{抓不到頭緒}　{總攬}

【缺】

Khoat ： khoat-sèk，khoat-hām，khoat-hoàt，khoat-tiám。
　　　　　缺　席，缺　陷，缺　乏，缺　點。

　　　　　khoat-hām，khoat-siáu，khoat-khò，chân-khoat。
　　　　　缺　憾，缺　少，缺　課，殘　缺　。

khoeh／kheh ： khiàm-khoeh。
　　　　　　　　欠　　缺　。

khih ： khih-kak。
　　　　缺　角。

　　◎ khih-chhùi。
　　　　缺　嘴　。
　　　　{兔唇}

【老】

Ló／nó͘ ： ló-tiōng，ló-māi，tiú"-ló，ló-liân，
　　　　　老丈　，老邁，長　老，老年　，

　　　　　ló-kéng，ló-hiú，hū-ló。
　　　　　老景　，老朽　，父老。

láu ： láu-sìt，láu-liān，láu-tōa　，láu-pán，láu-pâi，
　　　　老實，老練　，老大　，老闆，老牌，

　　　　láu-chá，láu-chhiú。
　　　　老早，老手　。

lāu ： lāu-lâng，lāu-hàn，nî-lāu，lāu-phōa"，lāu-seng，
　　　　老人　，老漢，年老，老伴　，老生　，

　　　　lāu-tòa"，lāu-su，lāu-pē，lāu-bó，lāu-peng，lāu-miā，
　　　　老旦　，老師，老父，老母，老兵　，老命　，

　　　　lāu-hô͘-lî，lāu-put-siu。
　　　　老狐狸，老不羞。

【耳】

Ní : ní-ba̍k，ní-sūn，bo̍k-ní。
　　耳目，耳順，木　耳。

Jíⁿ : bo̍k-jíⁿ。
　　木　耳。

◎hīⁿ : hīⁿ-kau，hīⁿ-sái，chhàu-hīⁿ。
　　耳　鈎，耳　屎，臭　耳。
　　{耳環}　　{耳垢}　　{耳聾}

【聖】

Sèng : chì-sèng，sèng-hiân，sîn-sèng，sèng-kiat，
　　至　聖，聖　賢，神　聖，聖　潔，

　　Sèng-keng，sèng-jîn，Sèng-bú，sèng-koa，
　　聖　經，聖　人，聖　母，聖　歌，

　　Sèng-siâⁿ，sèng-chí，sèng-siōng，Sèng-chhan，
　　聖　城，聖　旨，聖　上　，聖　餐　，

　　sèng-lêng，Sèng-tàn-cheh。
　　聖　靈，聖　誕　節。

◎siàⁿ : lêng-siàⁿ。
　　靈　聖。
　　{神明靈驗}

【聲】

Seng : seng-bêng，seng-oān，seng-ui，seng-tiong，
　　聲　明，聲　援，聲　威，聲　張　，

　　seng-bōng，seng-ū，seng-tong kek-se。
　　聲　望，聲　譽，聲　東　擊　西。

siaⁿ : miâ-siaⁿ，hong-siaⁿ，siaⁿ-ga̍k，siaⁿ-im，
　　名　聲　，風　聲，聲　樂，聲　音，

　　siaⁿ-tiāu，siaⁿ-tòa，siaⁿ-ūn，siaⁿ-sè。
　　聲　調，聲　帶，聲　韻，聲　勢。

【聽】

Theng : theng-chín，theng-le̍k，theng-bûn，
聽　診　，聽　力，聽　聞，

theng-chèng，theng-siōng，giân-theng
聽　政　，聽　訟　，言　聽

kè-chiông。
計　從　。

Thèng : thèng-piān，thèng-jīm，thèng-kî-chū-jiân，
聽　便　，聽　任，聽　其　自　然　，

thèng-thian-iû-bēng。
聽　天　由命　。

◎ thèng-hāu。
聽　候　。
{等候}

thiaⁿ : thiaⁿ-ōe，thau-thiaⁿ，thàm-thiaⁿ，thiaⁿ-kìⁿ，
聽　話，偷　聽　，探　聽　，聽　見　，

thiaⁿ-chiòng，thiaⁿ-chiông，thiaⁿ-sím，thiaⁿ-khò，
聽　衆　，聽　從　，聽　審，聽　課，

thiaⁿ-chín，thiaⁿ-le̍k。
聽　診　，聽　力　。

◎ thiaⁿ-kóng，thiaⁿ-chhùi。
聽　講　，聽　嘴　。
{聽説}　　{聽話}

【肉】

jio̍k : jio̍k-thé，jio̍k-kùi，kut-jio̍k，jio̍k-si̍t，
肉　體　，肉　桂　，骨　肉，肉　食　，

jio̍k-gán，jio̍k-io̍k。
肉　眼　，肉　慾　。

bah : ah-bah，ke-bah，ti-bah，gû-bah，gô-bah。
鴨　肉，雞　肉，豬　肉，牛　肉，鵝　肉。

【肝】

Kan : kan-tiông-chhùn-toān，kan-tám-siong-chiàu。
　　　肝　腸　寸　斷　，肝　膽　相　照　。

koaⁿ : sim-koaⁿ，ti-koaⁿ，koaⁿ-pēⁿ，koaⁿ-táⁿ，koaⁿ-chōng。
　　　心　肝　，豬　肝　，肝　病，肝　膽，肝　臟　。

【肚】

Tō· : tō·-châi，tō·-liōng，ti-tō·。
　　　肚　臍　，肚　量　，豬　肚。

◎ tōa-tō·。
　大　肚　。
{懷孕／大肚子}

◎tó· : pak-tó·，chûn-tó·。
　　　腹　肚　，船　肚　。
　　　{肚子}　　{船艙}

◎táu : chai-hoe-ōaⁿ-táu。
　　　栽　花　換　肚。
　　{婦女想生男嬰所做的習俗}

【肺】

Hùi : hùi-hú-chi-giân。
　　　肺　腑　之　言　。

hì : hì-lô，hì-iām。
　　　肺　癆，肺　炎。

【育】

Iòk : ióng-iòk，kàu-iòk，seng-iòk，hoat-iòk。
　　　養　育，教　育，生　育，發　育。

◎io : io-kiáⁿ。
　　　育　子。
　　　{撫育幼兒}

【胎】

Thai ： hôai-thai，thai-tȯk，thai-kàu，thai-seng，
懷　胎　，胎　毒　，胎　教　，胎　生　，

thai-pôaⁿ，thai-ui，thai-ūi，thai-jî。
胎　盤　，胎　衣，胎　位，胎　兒。

the ： the-mn̂g，thâu-the。
胎　毛，頭　胎。

【脆】

Chhùi ： chhùi-jiȯk，kan-chhùi，chheng-chhùi。
脆　弱　，乾　脆　，清　　脆　。

chhè ： chhè-piáⁿ，chhè-koe。
脆　餅　，脆　瓜。

【脯】

◎Hú ： bah-hú，hî-hú。
肉　脯，魚　脯。
{肉鬆}　　{魚鬆}

◎pó· ： chhài-pó·，hî-pó·。
菜　　脯，魚　脯。
{菜乾}　　{魚乾}

【腎】

Sīn ： sīn-hi。
腎　虛。

◎siān ： siān-chí，tōa-sè-siān。
腎　子，大　細　腎　。
{睪丸}　　　{連襟}

【腕】

oán ： chhiú-oán。
手　　腕。
{手段}

óaⁿ ： chhiú-óaⁿ-kut。
手　　腕　骨。

【腸】

Tiông／Tiâng：toān-tiông。
　　　　　　　斷　腸　。

◎chhiâng：ian-chhiâng。
　　　　　醃　腸　。
　　　　　{香腸}

◎tn̂g：koah-tn̂g-koah-tō·。
　　　　割　腸　割　肚　。
　　　　　{極爲悲痛}

【膽】

Tám：tám-hân，tám-liōng，tám-sek，tám-chiàn。
　　　膽　寒，膽　量　，膽　識，膽　戰　。

◎　tám-tám。
　　膽　膽。
　　{畏怯}

táⁿ：tōa-táⁿ，chòng-táⁿ，sit-táⁿ，táⁿ-chiap。
　　大．膽，壯　膽，失　膽，膽　汁　。

◎　hó-táⁿ，bô-táⁿ。
　　好　膽，無　膽。
　　{膽大}　{膽小}

【臭】

Hiù：kî-hiù-jû-lân，hô·-hiù。
　　　其　臭　如　蘭，狐　臭。

chhàu：chhàu-miâ，chhàu-bī，chhàu-tāu-hū。
　　　　臭　名，臭　味，臭　豆　腐。

◎　chhàu-sng，　　chhàu-lāu。
　　臭　酸，　　臭　老。
　　{物變質發酸}　　{老氣}

【興】

Heng : heng-ōng，heng-bông，heng-pang，heng-kiàn，
　　　　興　旺　，興　亡　，興　邦，興　建　，

　　　　heng-khí，heng-hùn，heng-peng，heng-sēng，
　　　　興　起　，興　奮　，興　兵　，興　盛　，

　　　　heng-soe，heng-liông。
　　　　興　衰　，興　隆　。

Hèng : hèng-chhù。
　　　　興　趣　。

◎ hèng-chiú，hèng-chiah。
　　興　酒　，興　食　。
　　{好酒}　　{好吃}

【舌】

Siat : kháu-siat-chi-hō。
　　　　口　舌　之　禍。

chih : chih-kin。
　　　　舌　根　。

◎ chhùi-chih。
　　嘴　舌　。
　　{舌頭}

【芳】

Hong : hun-hong，hong-bêng，hong-chhó，hong-lîn。
　　　　芬　芳　，芳　名　，芳　草　，芳　鄰　。

◎phang : phang-hoe，chheng-phang。
　　　　芳　花　，清　芳　。
　　　　{香花}　　　{清香}

【花】

Hoa : hoa-hùi，hoa-chiok，hoa-liú，hoa-iông goat-māu，
　　　花　費，花　燭　，花　柳，花　容　月　貌，

　　　hoa-hoa kong-chú，hoa-thian-chiú-tē。
　　　花　花　公　子，花　天　酒　地。

hoe ：hoe-hún，chhài-hoe，hoe-hn̂g，hoe-kiō，hoe-lúi。
　　　　花　粉，菜　　花，花　園，花　轎，花　蕊。

【若】

Jiȯk／Jiȧk ：jiȯk-hui，jiȯk-iàu。
　　　　　　若　非，若　要。

nā ：nā-sī，nā-ū。
　　　若　是，若　有。

　◎ nā-chún
　　若　準
　　｛如果｝

【茄】

Ka ：ka-tang。
　　　茄　苳　。

◎kiô ：âng-kiô。
　　　　紅　茄。
　　　　｛茄子｝

【茅】

Mâu ：mâu-lô͘，mâu-sià，mâu-sek-tùn-khai。
　　　　茅　蘆，茅　舍，茅　塞　頓　開　。

hm̂ ：hm̂-chháu。
　　　茅　草　。

　◎ hm̂-á-kin。
　　茅　仔　根。
　　｛草葯名｝

【荒】

Hong ：hong-hòe，hong-san，hong-kau，hong-iá，hong-tông。
　　　　荒　廢，荒　山，荒　郊，荒　野，荒　唐　。

hng ：ki-hng。
　　　飢　荒。

　◎ pha-hng。
　　拋　荒。
　　｛荒廢｝

【草】

Chhó : kam-chhó，chhó-kó，chho-su，chhó-jī，chhó-àn，
甘草，草稿，草書，草字，草案，

chhó-gí，chhó-chhòng，chhó-bȯk-kai-peng。
草擬，草創，草木皆兵。

chháu : chháu-koˑ，chháu-bȧk，chháu-tui，chháu-chhioh，
草菇，草木，草堆，草蓆，

chháu-bō，chháu-ê，chháu-koˑ，chháu-thâu，
草帽，草鞋，草菇，草頭，

chháu-kin，chháu-hê，tiū-chháu，hoe-chháu，
草根，草蝦，稻草，花草，

chháu-iȯh。
草藥。

◎ chháu-tē，chháu-soh，chháu-meh。
草地，草索，草蜢。
{鄉下}　　{草繩}　　　{蝗蟲}

【茫】

Bông : bông-bông biáu-biáu。
茫茫渺渺。

bâng : jîn-hái bâng-bâng。
人海茫茫。

【莊】

Chong : chong-giâm，chong-tiōng，toan-chong。
莊嚴，莊重，端莊。

chng : Chng sin-seⁿ，chîⁿ-chng。
莊先生，錢莊。

◎ chhân-chng。
田莊。
{鄉間}

【莫】

Bók : bók-koài，bók-hui，bók-chhiû，bók-su-iú，
　　　莫 怪 ，莫 非 ，莫 愁 ，莫 須 有 ，

　　　bók-bêng-kî-biāu，bók-chhek-ko-chhim，bók-gèk-
　　　莫 明 其 妙 ，莫 測 高 深 ，莫 逆

　　　chi-kau。
　　　之 交 。

bóh : bóh-tit-kóng。
　　　莫 得 講 。
　　　　{莫說}

【著】

Tiók : tiók-tiōng，tiók-chhiú，tiók-liók，tiók-tē，
　　　著 重 ，著 手 ，著 陸 ，著 地 ，

　　　tiók-gán-tiám。
　　　著 眼 點 。

tióh : tióh-kip。
　　　著 急 。

　◎ tióh-bôa，tióh-chióng，kóng-liáu-tióh。
　　　著 磨 ，著 獎 ，講 了 著 。
　　　{辛苦}　　{中獎}　　　　{說對了}

tù／tì : tù-chiá，tù-chok，tù-sút，tù-chheng，
　　　著 者 ，著 作 ，著 述 ，著 稱 ，

　　　hián-tù。
　　　顯 著 。

【落】

Lók : lók-tē，lók-soán，lók-phek，lók-sêng，
　　　落 第，落 選 ，落 魄 ，落 成 ，

　　　lók-khong，lók-ngó͘，lók-sít，lók-khoán，
　　　落 空 ，落 伍 ，落 實，落 款 ，

　　　bêng-lók-Sun-san，súi-lók-sék-chhut，
　　　名 落 孫 山，水 落 石 出 ，

lȯk-hoa-liû-súi，lȯk-chéng-hā-sȧk。
落 花 流 水 ，落 井　下 石。

◎ lak ： lak-hiȯh，lak-kè，lak-chhat，lak-mn̂g，
落 葉 ，落 價，落 漆 ，落 毛 ，
{掉葉子} {跌價} {脫漆}　{脫毛}

lak-lȯh-lâi，lak-lȯh-khì。
落 落 來 ，落 落 去。
{掉下來}　{掉下去}

◎ làu ： làu-kau，làu-the。
落 鈎 ，落 胎。
{遺落} {流產}

◎ lȧuh ： phah-ka-lȧuh，ka-lȧuh-sin。
拍 交 落 ，交 落 娠 。
{遺失／掉落}　{小產}

lȯh ： lȯh-lān，hē-lȯh，lȯh-bāng，lȯh-tōe，sit-lȯh。
落 難 ，下 落 ，落 網 ，落 地 ，失 落。

◎ lȯh-kè，lȯh-hō·，lȯh-chhia。
落 價，落 雨 ，落 車 。
{降價} {下雨} {下車}

◎ chêng-lȯh，āu-lȯh。
前 落 ，後 落。
{前棟} {後棟}

【董】

Tóng ： kó·-tóng。
古 董 。

táng ： táng-sū，táng-sū-tiúⁿ。
董 事 ，董 事 長 。

【葉】

Iap ： tiong-iap，iap-lek-sò˙，Iap sin-se^n。
　　　中　葉，葉　綠　素，葉　先　生。

hioh ： chhiū-hioh，kim-ki-giok-hioh。
　　　樹　葉，金　枝　玉　葉。

【蓋】

Kài ： kài-sè，kài-koan-lūn-tēng。
　　　蓋　世，蓋　棺　論　定。

◎ kài-hó，　kài-lah。
　　蓋　好，　蓋　蠟。
　　{最好的}　{上蠟}

◎khap ： thán-khap，khap-óa^n。
　　　　坦　蓋，蓋　碗。
　　　　{俯伏}　　{碗倒放}

kòa ： chhù-kòa，tiá^n-kòa。
　　　厝　蓋，鼎　蓋。
　　　{屋頂}　　{鍋蓋}

khàm ： khàm-ìn，jiā-khàm。
　　　蓋　印，遮　蓋。

kah ： kah-phōe。
　　　蓋　被。

【薄】

Pok ： pok-bēng，pok-chêng，khek-pok，kheng-pok，
　　　薄　命，薄　情，刻　薄，輕　薄，

　　　pok-hēng，pok-jiok，pok-thāi。
　　　薄　悻，薄　弱，薄　待。

poh ： poh-chiú，poh-chóa，poh-lī，poh-lé，poh-tê。
　　　薄　酒，薄　紙，薄　利，薄　禮，薄　茶。

◎ tām-poh。
　　淡　薄。
　　{少許}

◎phuh ： chiá^n-phuh-phuh。
　　　　洴　薄　薄。
　　　　{味道太淡}

【藏】

Chông : ún-chông，chông-su，chông-sin，siu-chông，
　　　　隱 藏 ，藏 書，藏 身，收 藏 ，

　　　　pó-chông，tin-chông，àm-chông，chông-lō͘，
　　　　寶 藏 ，珍 藏 ，暗 藏 ，藏 怒，

　　　　kim-ok chông-kiau，chông-thiô-lō͘-bóe。
　　　　金 屋 藏 嬌 ，藏 頭 露 尾。

chōng : Sam-chōng，Se-chōng。
　　　　三 藏 ，西 藏 。

【處】

Chhú : chhú-lí，chhú-hoat，chhú-sè，chhú-sí，chhú-hun，
　　　　處 理，處 罰 ，處 世，處 死，處 分 ，

　　　　chhú-lú，chhú-sū，chhú-koat。
　　　　處 女，處 事，處 決 。

chhù : hó-chhù，chhù-tiúⁿ，chhù-chhù。
　　　　好 處 ，處 長 ，處 處 。

【號】

Hô : ai-hô。
　　　哀 號。

Hō : hō-kak，hō-lēng，kì-hō，hō-bé，
　　　號 角 ，號 令 ，記 號，號 碼，

　　　hō-kî，hō-tiàu。
　　　號 旗，號 召 。

◎ hō-miâ。
　　號 名 。
　　{命名}

kō : nî-kō。
　　　年 號。

【虹】

Hông ：chhái-hông。
　　　　彩　　虹　。

◎khēng ：chhut-khēng。
　　　　出　　虹　。
　　　　　{出彩虹}

【蝶】

Tia̍p ：hô·-tia̍p，chhái-tia̍p。
　　　　蝴　蝶，彩　蝶。

◎ia̍h ：bóe-ia̍h，bóe-ia̍h-á-hoe。
　　　　尾　蝶，尾　蝶　仔花。
　　　　{蝴蝶}　　{蝴蝶花}

【蟲】

Thiông ：khun-thiông。
　　　　昆　蟲　。

thâng ：seⁿ-thâng，chhài-thâng。
　　　　生　蟲　，菜　蟲　。

【血】

Hiat ：hiat-khì，hiat-thóng，hiat-ap，hiat-chhin，
　　　　血　氣　，血　統　，血　壓，血　親　，

　　　　hiat-chheng，hiat-sèng，hiat-iân，hiat-e̍k。
　　　　血　清　，血　性，血　緣，血　液。

hoeh／huih ：lâu-hoeh，hoeh-chúi，hoeh-kńg，hoeh-sek，
　　　　　　　流　血，血　水，血　管，血　色，

　　　　　　　hoeh-lō·，hoeh-hêng，hoeh-khò·，hoeh-si。
　　　　　　　血　路，血　型，血　庫，血　絲。

　　　　◎ hoeh-kin。
　　　　　血　筋　。
　　　　　　{血管}

【行】

Hâng : gîn-hâng，lāi-hâng，hâng-liat，hâng-chêng，
銀　行 ，內 行 ，行　列 ，行　情 ，

hâng-giap，hâng-hō，hâng-ōe。
行　業 ，行　號，行　話。

Hêng : hêng-lí，hêng-tōng，hêng-chèng，hêng-chong，
行　李，行　動 ，行　政 ，行　蹤 ，

hêng-chhì，hêng-kî，hêng-sū，hêng-kun，hêng-koán，
行　刺 ，行　期 ，行　事，行　軍 ，行　館 ，

hêng-ûi，hêng-sú，hêng-thêng，hêng-bûn，hêng-su，
行　爲，行　使，行　程 ，行　文 ，行　書，

hêng-siau，hêng-siān，hêng-siong。
行　銷 ，行　善 ，行　商 。

Hēng : phín-hēng，tek-hēng，siu-hēng。
品 　行 ，德 　行 ，修 　行 。

◎kiâⁿ : kiâⁿ-lé，kiâⁿ-lō͘，sî-kiâⁿ，kiâⁿ-tah。
行　禮，行　路 ，時 行 ，行　踏。
{敬禮} 　{行走} 　 {流行} 　 {作爲}

【衣】

I : i- chiûⁿ，i-hok，i-sit。
衣 裳 　 ，衣 服，衣 食。

ui : thai-ui。
胎 衣。

【表】

Piáu : piáu-hiaⁿ，piáu-bīn，piáu-sī，piáu-ián，
表 兄 ，表 面 ，表 示，表 演 ，

piáu-pek，piáu-bêng，piáu-koat，piáu-hiān，
表 白 ，表 明 ，表 決 ，表 現 ，

piáu-iông，piáu-chiong，piáu-chêng，piáu-lō͘，
表 揚 ，表 彰 ，表 情 ，表 露 ，

piáu-chhin，piáu-tat，piáu-sut。
表 親 ，表 達 ，表 率。

pió : sî-kan-pió，pò-pió，lí-lėk-pió，it-lám-pió。
　　　時　間　表，報　表，履　歷　表，一　覽　表。

【被】

PĪ : pī-kò，pī-tōng，pī-hāi，pī-lūi，pī-soán。
　　　被告，被動　，被　害，被　累，被　選　。

phōe／phē : phōe-toa^n，mî-phōe。
　　　　　　被　單，棉　被　。

【裂】

Liàt : phò-liàt，hun-liàt。
　　　　破　裂　，分　裂　。

lih : thiah-lih，lih-khui，lih-phāng，lih-hûn。
　　　拆　裂，裂　開　，裂　縫　，裂　痕　。

【西】

Se : Se-iû^n，Se-si，se-ioh，Se-thian，Tâi-se，
　　　西洋　，西施，西藥，西天　，台　西，

se-hong，se-chong，se-chhan，se-lėk，se-sėk，
西方　，西裝　　，西餐　　，西曆，西席，

se-i　，Se-mn̂g-teng，Se-bûn。
西醫　，西　門　町　，西　門　。
　　　　　　　　　{複姓}

sai : khòa^n-sai，sai-lâm，Sai-lê，sai-mn̂g。
　　　看　西，西　南，西　螺，西　門　。

◎ sai-pak-hō·。
　　西　北　雨　。
　　　{驟雨}

si : si-koe。
　　　西瓜。

【要】

Iau : iau-kiû。
　　　要　求　。

Iàu : iàu-kín，iàu-léng，iàu-tiám，iàu-hoān。
　　　要　緊，要　領，要　點　，要　犯。

【覆】

Hok ：tap-hok，hok-biat，hôe-hok，hok-bēng，
答覆，覆滅，回覆，覆命，

hoán-hok，hok-sím，hok-súi-lân-siu。
反覆，覆審，覆水難收。

◎phak ：thán-phak。
坦覆。
{伏著}

【見】

Kiàn ：ì-kiàn，kiàn-sek，kiàn-kái，kiàn-chèng，
意見，見識，見解，見證，

kiàn-kòai，kiàn-bûn，kiàn-hāu，kiàn-chhiàu，
見怪，見聞，見效，見笑，

kiàn-ī-su-chhian，kiàn-gī-ióng-ûi。
見異思遷，見義勇爲。

kìⁿ ：khòaⁿ-kìⁿ，kìⁿ-kòe，kìⁿ-bīn。
看見，見過，見面。

【親】

Chhin ：chhin-siān，chhin-chhiat，chhin-sin，
親善，親切，親身，

chhin-bit，chhin-ài，chhin-chêng，chhin-seⁿ，
親密，親愛，親情，親生，

chhin-lâng，chhin-siók，chhin-chhiú，chhin-kīn。
親人，親屬，親手，親近。

◎ chhin-chhiūⁿ。
親像。
{好像、如同}

◎chheⁿ／chhiⁿ ：chheⁿ-ḿ。
親姆。
{親家母}

【解】

Kái ：kái-kiù，kái-koat，kái-būn，kái-tap，kái-tók，
　　　 解救，解決，解悶，解答，解毒，

　　　 kái-hòng，kái-gûi，kái-iok，kái-phò，kái-sàn，
　　　 解放，解危，解約，解剖，解散，

　　　 kái-soeh，kái-sek，kái-thoat，kái-chiú，kái-hīn，
　　　 解說，解釋，解脫，解酒，解恨，

　　　 kái-bāng，kái-kìm，kái-phèng，kái-chit。
　　　 解夢，解禁，解聘，解職。

Kài ：kài-goân。
　　　 解元。

ké／kóe ：ké-soeh。　　kè ：kè-sàng。
　　　 解說。　　　　　 解送。

【觸】

Chhiok ：chhiok-hoān，kám-chhiok，chhiok-kak，
　　　 觸犯，感觸，觸角，

　　　 chhiok-kak，chhiok-nō͘，chiap-chhiok，
　　　 觸覺，觸怒，接觸，

　　　 chhiok-bók-keng-sim，chhiok-kéng-siong-chêng。
　　　 觸目驚心，觸境傷情。

◎chhek ：chhek-soe。
　　　 觸衰。
　　　 {觸霉頭}

◎tak ：gû sio-tak。
　　　 牛相觸。
　　　 {牛以角相鬥}

【許】

Hí／hú ：hí-khó，hí-phòe，hí-hun。
　　　 許可，許配，許婚。

khó͘ ：khó͘ sin-se^n。
　　　 許先生。

【説】

  Soat ：siáu-soat，ián-soat，soat-bêng，ha̍k-soat，
         小　説　，演　説　，説　明　，學　説　，

         siâ-soat，soat-kàu，soat-chhiòng，soat-ho̍k。
         邪　説　，説　教　，説　唱　　，説　服　。

         soat-bêng。
         説　明　。

  soeh／seh ：thian-soeh，soeh-chhiò，iû-soeh，soeh-kheh，
         聽　説　，説　笑　，游　説　，説　客　，

         soeh-bêng。
         説　明　。

【課】

  Khò ：khò-sòe，khò-pún，khò-thêng，khò-gōa，khò-tê，
         課　税　，課　本　，課　程　　，課　外　，課　題　，

         khò-tiún，khò-gia̍p，kong-khò。
         課　長　，課　業　，功　課　。

◎khòe／khè ：khang-khòe。
         工　　課　　。
         {工作}

【調】

  Tiâu／tiau ：tiâu-kái，tiâu-chéng，tiâu-hô，tiâu-cha，
         調　解，調　整　，調　和，調　查，

         tiâu-ióng，tiâu-chéng，tiâu-chiat，tiâu-im，
         調　養　，調　整　，調　節　，調　音　，

         tiâu-hì，tiâu-phòe，tiâu-sek，tiâu-tok，
         調　戲，調　配　，調　色　，調　督　，

         tiâu-chêng，tiâu-bī。
         調　情　，調　味　。

  Tiāu ：sian-tiāu，im-tiāu，lūn-tiāu，chêng-tiāu。
         聲　調　，音　調　，論　調　，情　　調　。

  tiàu ：tiàu-tōng，tiàu-chit，tiàu-peng，tùi-tiàu。
         調　動　，調　職　，調　兵　，對　調　。

【講】
   <u>Káng</u> : káng-kiù，káng-su，káng-tâi，káng-kái，káng-phêng，
         講 究，講 師，講 台，講 解，講 評 ，

         káng-chō，káng-ha̍k，káng-si̍p，káng-su̍t，káng-tō，
         講 座，講 學，講 習，講 述，講 道，

         káng-lūn，káng-ián，káng-siū，káng-kiû。
         講 論，講 演，講 授，講 求。

   <u>kóng</u> : kóng-ōe，kóng-kè，kóng-bêng，kóng-chêng，kóng-lí。
         講 話，講 價，講 明，講 情 ，講 理。

      ◎ kóng-chhiò，kóng-kó͘，kóng-phòa。
         講 笑 ，講 古，講 破 。
         {開玩笑}   {説故事}   {道破}

【讀】
   <u>Tho̍k</u> : tho̍k-pún，tho̍k-chiá，tho̍k-im。
         讀 本 ，讀 者，讀 音

   <u>tāu</u> : kù-tāu。
         句 讀。
         {逗點}

   <u>tha̍k</u> : khîn-tha̍k，tha̍k-im，tha̍k-su。
         勤 讀 ，讀 音，讀 書。

      ◎ tha̍k-chheh。
         讀 冊 。
         {讀書}

【貓】
   <u>bâ</u> : soaⁿ-bâ。
         山 貓。

      ◎ kóe-chí-bâ。
         果 子 貓。
         {白鼻心}

   <u>niau</u> : niau-thâu-eng，iá-niau。
         貓 頭 鷹，野 貓 。

【販】

<u>Hoàn</u> : thoaⁿ-hoàn，hoàn-hu-cháu-chut。
攤　販，販　夫　走　卒。

◎ hoàn-á。
販　仔。
{小攤販}

◎<u>phòaⁿ</u> : phòaⁿ-mih，phòaⁿ-hòe。
販　物，販　貨。
{小販至批發處購物回來販賣}

【貯】

<u>Thú／Thí</u> : thú-pī，thú-chek。
貯　備，貯　積 。

◎<u>té／tóe</u> : té-pⁿg。
貯　飯。
{盛飯}

【賞】

<u>Sióng／Siáng</u> : him-sióng，chàn-sióng，sióng-hoạt，hiân-sióng。
欣賞，讚賞，賞　罰，懸　賞

<u>siúⁿ／sió·ⁿ</u> : siúⁿ-sù，siúⁿ-kim，pò-siúⁿ，siúⁿ-phín，
賞　賜，賞　金，報賞，賞　品，

siúⁿ-goẹh，siúⁿ-hoạt-hun-bêng。
賞　月，賞　罰　分　明。

【賴】

<u>Nāi</u> : i-nāi，sìn-nāi，bû-nāi-hàn。
依賴，信　賴，無　賴　漢。

<u>lōa</u> : bû-lōa，sio-lōa，Lōa sin-seⁿ。
誣　賴，相　賴，賴　先　生

◎<u>nōa</u> : mî-nōa。
綿　賴。
{努力不懈}

【贊】

Chàn : chàn-sêng，chàn-chō·，chàn-tông。
　　　贊　成，贊　助，贊　同。

◎chān : pang-chān，chān-la̍t。
　　　幫　贊，贊　力。
　　　{幫助}　　{助力}

【赤】

Chhek : chhek-chú，chhek-sêng，chhek-tám-tiong-sim。
　　　赤　子，赤　誠，赤　膽　忠　心。

chhiah : chhiah-sek，chhiah-jī，chhiah-sin-lō·-thé。
　　　赤　　色，赤　字，赤　身　露　體。

◎ sàn-chhiah，chhiah-bah。
　　　散　赤　，赤　　肉。
　　　{貧窮}　　　{瘦肉}

siat : siat-sin-lō·-thé。
　　　赤　身　露　體。

【身】

Sin : chū-sin，pún-sin，sin-thé，sin-hūn，sin-sè，
　　　自　身，本　身，身　體，身　份，身　世，

　　　sin-kàu，sin-châi，sin-chhiú，sin-īn，sin-piⁿ，
　　　身　教，身　材，身　手　，身　孕，身　邊，

　　　chiong-sin，choân-sin，sin-kè，chhin-sin，
　　　終　身，全　身，身　價，親　身，

　　　sin-ka-tiâu-cha， sin-put-iû-kí，sin-pāi-
　　　身　家　調　查，身　不　由　己，身　敗

　　　bêng-lia̍t。
　　　名　裂　。

◎sian : chi̍t-sian-pu̍t，chi̍t-sian-lâng。
　　　一　身　佛，一　身　人　。
　　　{一座佛}　　{一個人}

【軟】

Joán／Loán ： joán-jiók，joán-hòa。
　　　　　　軟　弱，軟　化。

nńg ： nńg-kìm，nńg-kha，nńg-hòa，nńg-kut，
　　　　軟　禁，軟　腳，軟　化，軟　骨，

　　　　nńg-sèng，nńg-ko，jiû-nńg。
　　　　軟　性，軟　膏，柔　軟。

【輕】

Kheng ： kheng-pók，kheng-sī，kheng-chiān，kheng-ī，
　　　　　輕　薄，輕　視，輕　賤，輕　易，

　　　　kheng-piān，kheng-seng，kheng-ték，kheng-bān，
　　　　輕　便，輕　生，輕　敵，輕　慢，

　　　　kheng-kang-giáp，kheng-kí-bōng-tōng。
　　　　輕　工　業，輕　舉　妄　動。

khin ： khin-tāng，khin-sang，khòa^n-khin，khin-sī，
　　　　輕　重，輕　鬆，看　輕，輕　視，

　　　　khin-khoài，khin-sia^n，khin-sìn，khin-siong。
　　　　輕　快，輕　聲，輕　信，輕　傷。

【轉】

Choán ： choán-kau，choán-giáp，choán-piàn，choán-pò，
　　　　　轉　交，轉　業，轉　變，轉　播，

　　　　choán-tiāu，choán-kà，choán-gán，choán-î，
　　　　轉　調，轉　嫁，轉　眼，轉　移，

　　　　choán-tát，choán-ki，choán-ūn，choán-giáp，
　　　　轉　達，轉　機，轉　運，轉　業，

　　　　choán-hiòng，choán-ì，choán-sè，choán-liām。
　　　　轉　向，轉　意，轉　勢，轉　念。

◎tńg ： tńg-khì，tńg-chhú，tńg-séh，chià^n-tńg，tò-tńg。
　　　　轉　去，轉　厝，轉　踅，正　轉，倒　轉。
　　　　{回去}　{回娘家}　{旋轉}　　{正面}　　{反面}

◎chūn／choān ： chūn-sa^n，kún-chūn。
　　　　　　　　轉　衫，滾　轉。
　　　　　{擰乾衣服}　{東西糾結在一起}

【逆】

  Gėk : gėk-kéng，ngó·-gėk，gėk-liû，gėk-hong，gėk-lûn，
          逆　境　，忤　逆　，逆　流，逆　風　，逆　倫　，

          gėk-chú，gėk-súi-hêng-chiu，tiong-giân-gėk-ní。
          逆　子，逆　水　行　舟，忠　言　逆　耳。

  kėh : tùi-kėh，saⁿ-kėh，ûi-kėh。
        對　逆，相　逆，違　逆。

【送】

  Sòng : sòng-hêng，sòng-piát，sòng-tát。
          送　行　，送　別　，送　達。

  sàng : sàng-lé，sàng-chòng，sàng-kheh，sàng-piát，
          送　禮，送　葬　，送　客，送　別

          chēng-sàng，hoan-sàng，sàng-hòe，sàng-thiap。
          贈　送　，歡　送　，送　貨，送　帖。

    ◎ sàng-tiāⁿ。
       送　定。
       {訂婚}

【迎】

  Gêng : gêng-chiap，hoan-gêng，gêng-háp，gêng-hong，
          迎　接　，歡　迎，迎　合，迎　風　，

          gêng-chhun，gêng-chhin，gêng-sin，gêng-têk，
          迎　春，迎　親　，迎　新，迎　敵，

          gêng-chiàn，gêng-bīn，gêng-hāu。
          迎　戰　，迎　面，迎　候。

  ngiâ : ngiâ-chih，ngiâ-chhiáⁿ，ngiâ-sin。
        迎　接　，迎　請，迎　新。

【迦】

  Ka : Ka-lâm-tē。
      迦　南　地。

  khia : Sek-khia bô·-nî。
      釋　迦　牟　尼

【逐】

　Tiok ：khún-tiok，tiok-chìn，tiok-sit，tiok-pō͘，
　　　　　窘　逐　，逐　進，逐　食，逐　步，

　　　　　tiok-it，tiok-jit。
　　　　　逐　一，逐　日。

◎tak ：tak-jit，tak-hāng，tak-lâng。
　　　　逐　日，逐　項　，逐　人　。
　　　　{每天}　　{每項}　　{每個人}

【透】

◎tháu ：miâ-siaⁿ-tháu，chúi bē-tháu。
　　　　名　聲　透，水　　透　。
　　　　{聲名遠播}　　　{水不通}

　thàu ：thàu-thiat。
　　　　　透　澈　。

　◎ thàu-chá ，thàu-hong。
　　　 透　早，透　風　。
　　　 {清晨}　　{刮風}

【通】

　Thong ：thong-ti，thong-siông，thong-pò，thong-ek，
　　　　　通　知，通　常　，通　報，通　譯，

　　　　　thong-hêng，thong-iōng，thong-lēng，thong-pò，
　　　　　通　行　，通　用，通　令　，通　報，

　　　　　thong-siok，thong-sūn，thong-sìn，thong-sú。
　　　　　通　俗，通　順，通　訊，通　史。

◎thang ：thang-hong，thang-kng，m̄-thang。
　　　　　通　風　，通　光　，毋　通　。
　　　　　{透氣}　　　{透明}　　{不行}

　thàng ：sio-thàng，thàng-kòe，thâu-thàng-bóe。
　　　　　相　通　，通　過，頭　通　尾。

【過】

Kò：kì-kò，tāi-kò，sió-kò，hóe-kò，kái-kò chū-sin。
　　記過，大　過，小　過，悔　過，改　過自　新。

kòe／kè：keng-kòe，kòe-nî，kòe-lō͘，kòe-thêng，kòe-tō͘，
　　　　經　過，過年，過路，過程　，過度，

　　　　kòe-hō͘，kòe-kî，kòe-bín，kòe-khì，kòe-koan，
　　　　過戶，過期，過敏，過去，過關，

　　　　kòe-kéng，kòe-kheh，kòe-sî，kòe-liōng，kòe-kài，
　　　　過境　，過客　，過時，過量　，過界，

　　　　kòe-tang，kòe-lī。
　　　　過冬　，過慮。

　　　　◎ kòe-chhiú，kòe-khùi。
　　　　過手　，過氣　。
　　　　{得手}　　{斷氣}

kòa：chōe-kòa。
　　　罪過。

【遠】

Oán：oán-chhin，oán-tong，oán-chiok，oán-iûⁿ，
　　遠親　，遠東，遠足，遠洋，

　　oán-tāi，oán-sī，oán-kiàn，oán-kéng，oán-iû，
　　遠大，遠視，遠見，遠境，遠遊，

　　oán-hêng，oán-cheng，so͘-oán，iâu-oán，éng-oán，
　　遠行，遠征　，疏遠，遙遠，永遠

　　oán-lī，oán-in，oán-lī，oán-kheh。
　　遠慮，遠因，遠離，遠客。

Oān：chhin kun-chú，oān siáu-jîn。
　　親　君子，遠小　人。

hng：hng-lō͘，chin-hng。
　　遠路，眞　遠。

【還】

Hoân : hoân-siȯk，hoân-hiong，chheng-hoân，hoân-goān，
還　俗，還　鄉，清　還，還　願，

hoân-pún。
還　本。

hêng : hêng-chè，thè-hêng，hêng-chîⁿ，hêng-goan。
還　債，退　還，還　錢，還　願。

◎**hoān** : lí-hoān-lí，góa-hoān-góa。
你　還　你，我　還　我。
{你我分清，不參雜}

【郎】

Lông : sī-lông，lông-kun，lēng-lông，sin-lông。
侍　郎，郎　君，令　郎，新　郎。

nn̂g : gû-nn̂g-chit-lú。
牛郎　織　女。

【都】

To· : kiaⁿ-to·，to·-chhī，kiàn-to·，kok-to·，
京　都，都　市，建　都，國　都，

chhian-to·。
遷　都。

to : to-tok。
都　督。

【鄉】

Hiong／Hiang : kò·-hiong，hiong-tiúⁿ，hiong-chhin，
故　鄉，鄉　長，鄉　親，

hiong-chhoan，hiong-thó·，hiong-tìn，
鄉　村，鄉　土，鄉　鎮，

hiong-bîn，hiong-sin，hiong-im。
鄉　民，鄉　紳，鄉　音。

hiuⁿ : hiuⁿ-lí，hiuⁿ-siā。
鄉　里，鄉　社。

【醒】

Séng ：kéng-séng，séng-sè，séng-chiú，séng-ngō͘。
　　　　做　醒 ，醒　世，醒　酒，醒　悟 。

chhéⁿ／chhíⁿ ：chhéⁿ-ngō͘，chheng-chhéⁿ。
　　　　　　　 醒　悟 ，清　醒 。

【重】

Tiông ：tiông-hok，tiông-iông，Tiông-khèng，
　　　　重　複，重　陽，重　慶 ，

　　　　tiông-sin，tiông-hun，tiông-ûi，tiông-kong，
　　　　重　新，重　婚，重　圍，重　光 ，

　　　　tiông-kiàn。
　　　　重　建 。

Tiōng ：pó-tiōng，tiōng-iàu，tiōng-sī，chun-tiōng，
　　　　保　重，重　要，重　視，尊　重 ，

　　　　tiōng-tiám，tiōng-iōng，tiōng-tāi，tiōng-jīm，
　　　　重　點 ，重　用 ，重　大 ，重　任 ，

　　　　giâm-tiōng，sīn-tiōng，tiōng-hoān，kèng-tiōng，
　　　　嚴　重 ，愼　重 ，重　犯 ，敬　重 ，

　　　　chū-tiōng，tin-tiōng，tiōng-sim，ún-tiōng。
　　　　自　重 ，珍　重 ，重　心 ，穩　重 。

tāng ：chhō͘-tāng，tāng-siong，tāng-tàⁿ，tāng-im，
　　　　粗　重，重　傷 ，重　擔，重　音，

　　　　tāng-lāi，tāng-kè，tîm-tāng，tāng-chōe，tāng-pēⁿ，
　　　　重　利，重　價，沉　重 ，重　罪 ，重　病 ，

　　　　tāng-hoat，khòaⁿ-tāng，tāng-liōng，khin-tāng。
　　　　重　罰，看　重 ，重　量 ，輕　重 。

têng ：têng-ōaⁿ，têng-chò，têng-pōe，têng-sin，têng-lâi，
　　　　重　換 ，重　做 ，重　倍，重　新，重　來 ，

　　　　têng-chò，têng-thah，siang-têng。
　　　　重　做，重　疊，雙　重 。

【量】

Liōng／Liāng : tō·-liōng，lėk-liōng，tāng-liōng，chīn-liōng，
　　　　　　　肚 量 ，力 量 ，重 量 ，盡 量 ，

　　　　　　　hān-liōng，chiú-liōng，hūn-liōng。
　　　　　　　限 量 ，酒 量 ，份 量 。

Liông／Liâng : chhek-liông，siong-liông。
　　　　　　　測 量 ，商 量 。

niû : niû-bí，niû-pò·，su-niû，niû tn̂g-té。
　　量 米，量 布，思 量，量 長 短。

niū : niū khin-tāng。
　　量 輕 重 。

【鏡】

Kèng : kèng-hoa-súi-goa̍t。
　　　鏡 花 水 月 。

kiàⁿ : chiò-kiàⁿ，kiàⁿ-tâi。
　　　照 鏡 ，鏡 臺 。

◎ ba̍k-kiàⁿ。
　目 鏡 。
　{眼鏡}

【長】

Tióng／Tiáng : tióng-sêng，tióng-pòe，tióng-chú，
　　　　　　　長 成 ，長 輩 ，長 子 ，

　　　　　　　tióng-chiá，tióng-chìn，tióng-tāi，
　　　　　　　長 者 ，長 進 ，長 大 ，

　　　　　　　tióng-siōng，seng-tióng，tióng-ló，
　　　　　　　長 上 ，生 長 ，長 老 ，

　　　　　　　it-bû-só·-tióng。
　　　　　　　一 無 所 長 。

Tiông／Tiâng : Tiông-an，tiông-siū，Tiông-chhun。
　　　　　　　長 安，長 壽 ，長 春 。

tiúⁿ／tió·ⁿ : tiúⁿ-ló，pō·-tiúⁿ，ka-tiúⁿ，tūi-tiúⁿ，
　　　　　　　　長　老，部　長　，家　長，隊　長　，

　　　　　　tiúⁿ-koaⁿ。
　　　　　　長　官。

tn̂g : tn̂g-té，tn̂g-kî，tn̂g-tō·，tn̂g-kang，tn̂g-tô·，
　　　　長　短，長　期，長　度，長　工　，長　途，

　　　　tn̂g-khò·，kú-tn̂g。
　　　　長　褲　，久　長。

◎ tn̂g-hòe-siū。
　　長　歲　壽。
　　{長壽}

【門】

Bûn : hu̍t-bûn，bûn-seng，choan-bûn，bûn-chín，
　　　　佛　門，門　生　，專　門，門　診，

　　　　bûn-chhī，bûn-tô·，bûn-hā。
　　　　門　市　，門　徒，門　下。

mn̂g : mn̂g-kháu，mn̂g-pâi，mn̂g-liân，mn̂g-sîn，
　　　　門　口，門　牌，門　聯，門　神，

　　　　mn̂g-bâi，mn̂g-hong，mn̂g-hō·，mn̂g-phāng，
　　　　門　楣，門　風　，門　戶，門　縫　，

　　　　mn̂g-phiò，mn̂g-thang，mn̂g-kheng，mn̂g-chhī，
　　　　門　票，門　窗　，門　框　，門　市　，

　　　　mn̂g-chín，chúi-mn̂g，koaiⁿ-mn̂g，chhut-mn̂g，
　　　　門　診，水　門，關　門，出　門，

　　　　ji̍p-mn̂g。
　　　　入　門。

【閒】

Hân : hiu-hân，iû-siú hò·ⁿ-hân，hân-chêng e̍k-tì。
　　　　休　閒，游　手　好　閒，閒　情　逸　致。

êng : êng-êng，êng-lâng，êng-ōe。
　　　　閒　閒，閒　人　，閒　話。

【開】

<u>Khai</u> ：khai-sí，khai-tû，khai-hoat，khai-bō·，khai-hòng，
　　　開　始，開　除，開　發，開　幕，開　放　，

　　　khai-giáp，khai-pān，khai-siau，khai-toan，
　　　開　業，開　辦，開　銷，開　端，

　　　khai-tō·，khai-tiong，khai-thong，khai-siat，
　　　開　導，開　張　，開　通　，開　設，

　　　khai-koan，khai-hòa，　khai-hôai，khai-ha̍k，
　　　開　關，開　化，　開　懷，開　學，

　　　khai-chi，khai-chhòng，khai-bêng。
　　　開　支，開　創　，開　明　。

<u>khui</u> ：khui-mn̂g，khui-lō·，khui-khé，khui-chhī，
　　　開　門，開　路，開　啓，開　市，

　　　khui-têng，　khui-kè，khui-khò，khui-phiò，
　　　開　庭，　開　價，開　課，開　票，

　　　khui-hōe，khui-to，　khui-tiàm，khui-pôaⁿ，
　　　開　會，開　刀，　開　店，開　盤，

　　　khui-toaⁿ，khui-chhe，lī-khui。
　　　開　單，開　叉　，離　開　。

【關】

<u>Koan</u> ：Koan-kong，koan-hē，koan-sim，koan-chat，koan-hôai，
　　　關　公，關　係，關　心，關　節，關　懷，

　　　koan-hông，koan-sòe，koan-thâu，koan-chù，koan-liân，
　　　關　防，關　稅，關　頭，關　注，關　連，

　　　koan-kiàn，koan-chiàu，koan-soat，hái-koan，ki-koan，
　　　關　鍵，關　照　，關　說，海　關，機　關，

　　　kòe-koan，khai-koan。
　　　過　關，開　關　。

<u>koaiⁿ／kuiⁿ</u> ：koaiⁿ-mn̂g，koaiⁿ-tiàm。◎ koaiⁿ-kaⁿ。
　　　　　關　門，關　店　。　關　監　。
　　　　　　　　　　　　　{坐牢}

【限】

Hān : kài-hān，hān-chè，bô-hān，iú-hān，hān-giàh，
　　　界 限 ，限 制 ，無 限 ，有 限 ，限 額 ，

　　　hān-liōng，hān-sî，hān-tiān，hān-tō·，kî-hān，
　　　限 量 　，限 時，限 定 ，限 度 ，期 限，

ān : khoan-ān。
　　　寬 　限。

ha̍t : ha̍t-chúi，ha̍t-chîn。
　　　限 水 ，限 錢 。

【降】

Hâng : tâu-hâng，hâng-ho̍k，hâng-pió，hâng-te̍k，
　　　投 降 ， 降 服，降 表 ，降 敵 ，

　　　hâng-sūn。
　　　降 順。

Kàng : kàng-kip，kàng-seng，kàng-lo̍h，kàng-keh，
　　　降 級 ，降 生 ，降 落 ，降 格 ，

　　　kàng-kî，kàng-un，kàng-chit，kàng-kè，
　　　降 旗，降 溫，降 職 ，降 價，

　　　kàng-hok，kàng-lîm。
　　　降 福 ，降 臨 。

【陣】

Tīn : tīn-bông，tīn-iông，chhut-tīn，tīn-sòan，
　　　陣 亡 ，陣 容 ，出 　陣，陣 線 ，

　　　bê-hûn-tīn，pò·-tīn，tīn-iân，tīn-tô·。
　　　迷 魂 陣，佈 陣，陣 營 ，陣 圖。

chūn : chūn-hong，chūn-hō·。
　　　陣 風 ，陣 雨 。

　　◎ sî-chūn。
　　　時 陣 。
　　　{時候}

【陳】

Tîn ： tîn-chêng，tîn-chiú，tîn-sút，tîn-nî，
陳情　，陳酒　，陳述，陳年，

tîn-phî，tîn-liàt，tîn-chiú，tîn-kiū，
陳皮，陳列　，陳酒　，陳舊，

tîn-siat，tîn-giân。
陳設　，陳言　。

tân ： Tân-Lîm-poàn-thian-hā，Tân sin-se^n。
陳林半天下，陳先生。

◎ tân-lûi。
陳雷。
{打雷}

【陰】

Im ： im-kan，im-léng，im-iông，im-bô͘，im-hiám，
陰間，陰冷　，陰陽，陰謀，陰險　，

im-hûn，im-àm，im-tòk，im-ú。
陰魂　，陰暗，陰毒　，陰雨。

◎iam ： pòa^n-iam-iû^n。
半　陰陽。
{陰陽人}

【陽】

Iông ： iông-kan，iông-chhun，iông-sè，Iông-bêng-san，
陽間，陽春　，陽世，陽明山，

iông-tâi，iông-tiān，iông-siū，Hêng-iông-lō͘。
陽台，陽電，陽壽，衡陽路。

iû^n／iô͘^{n} ： Iû^n-bêng-soa^n。
陽明山。

◎ pòa^n-iam-iû^n。
半　陰陽。
{陰陽人}

【雄】

Hiông ：eng-hiông，Ko-hiông，hiông-piān，hiông-hō˙，
　　　　英　雄，高　雄，雄　辯，雄　厚，

　　　　hiông-hong，hiông-ui，hiông-hô，hiông-sim，
　　　　雄　風，雄　威，雄　豪，雄　心，

　　　　hiông-chu，hiông-úi，hiông-lúi，hiông-chòng，
　　　　雄　姿，雄　偉，雄　蕊，雄　壯，

　　　　hiông-chì。
　　　　雄　志。

◎ hêng ：nn̄g ū hêng， ah-hêng-á。
　　　　卵 有 雄 ，鴨 雄 仔。
　　　　{蛋有受精} 　{初成熟的雛鴨}

　　hîn ：hîn-hông。
　　　　雄　黃。

【難】

Lân ：khùn-lân，kan-lân，lân-sán，lân-bông，lân-jím，
　　　困　難，艱　難，難　產，難　忘，難　忍，

　　　lân-kái，lân-koan，lân-pān，lân-pó，lân-sū，
　　　難　解，難　關，難　辦，難　保，難　事，

　　　lân-tô，lân-tê，lân-bián，lân-tit，lân-sêng。
　　　難　逃，難　題，難　免，難　得，難　成。

　lān ：khó˙-lān，chai-lān，lān-bîn，siū-lān，pī-lān，
　　　苦　難，災　難，難　民，受　難，避　難，

　　　kiù-lān，tô-lān。
　　　救　難，逃　難。

【雨】

ú ：kam-ú，ú-lō˙，ú-kùi，ú-kî，ú-liōng，hong-ú。
　　甘　雨，雨露 ，雨季 ，雨期，雨量　 ，風　雨。

hō˙ ：hō˙-chúi，hong-hō˙，hō˙-sòaⁿ，hō˙-liōng，
　　　雨　水，風　雨 ，雨　傘，雨　量 ，

hō·-tiám，hō·-tih。
雨　點　，雨　滴　。

【雪】

Soat　：soat-hūn，soat-oan，soat-thí，soat-hoa-ko，
　　　　雪　恨　，雪　冤　，雪　恥　，雪　花　膏，

tāi-soat，siáu-soat，soat-kéng，pe̍k-soat。
大　雪　，小　雪　，雪　境　，白　雪　。

seh／soeh　：sng-seh。
　　　　　　霜　雪。

◎ lo̍h-seh。
落　雪。
{下雪}

【零】

Lêng　：lêng-kiāⁿ，lêng-loān，lêng-lo̍k，lêng-chhùi，
　　　　零　件　，零　亂　，零　落　，零　碎　，

lêng-siû，ko·-khó·-lêng-teng。
零　售，孤　苦　零　丁　。

lân　：lân-san。
　　　　零　星。

【霞】

Hâ　：chhái-hâ，goa̍t-hâ。
　　　彩　霞，月　霞。

hê　：âng-hê，hōng-koaⁿ hê-pòe。
　　　紅　霞，鳳　冠　霞　珮。

【霜】

Song　：siū-chīn hong-song。
　　　　受　盡　風　霜　。

sng　：sng-seh。　◎ lo̍h-sng。
　　　霜　雪。　　落　霜　。
　　　　　　　　{降霜}

【青】

Chheng : chheng-liân，chheng-sú，chheng-chhun，
青 年 ，青 史 ，青 春 ，

chheng-hûn，chheng-kó，chheng-mûi tek-má，
青 雲 ，青 果 ，青 梅 竹 馬，

chheng-thian pèk-jit，chheng-kong-gán。
青 天 白 日 ，青 光 眼 。

chhe^n／chhi^n : chhe^n-tâng，chhe^n-chhài，chhe^n-thî。
青 銅 ，青 菜 ，青 苔 。

◎ o·-chhe^n，chhe^n-sek。
烏 青 ，青 色 。
{淤血} {綠色}

【面】

Biān : biān-hōe，biān-chhì，biān-tâm，biān-siong。
面 會 ，面 試 ，面 談 ，面 商 。

bīn : bīn-chú，bīn-kin，bīn-māu，bīn-chêng，bīn-iông，
面 子 ，面 巾 ，面 貌 ，面 前 ，面 容 ，

bīn-sèk，bīn-tùi。
面 熟 ，面 對 。

◎ bīn-sek。
面 色 。
{臉色}

【頓】

Tùn : an-tùn，thêng-tùn，tùn-ngō·。
安頓，停 頓，頓悟 。

◎ tǹg : sa^n-tǹg-pn̄g，tǹg-heng，tǹg-kha。
三 頓 飯，頓 胸 ，頓 腳 。
{三餐} {搥胸} {頓足}

【領】

<u>Léng</u> : léng-siù，léng-thó͘，léng-sū，léng-kàu，
　　　　領　袖，領　土　，領　事，領　教，

　　　　pún-léng，siú-léng，léng-hėk，léng-sian，
　　　　本　領　，首　領　，領　域，領　先　，

　　　　léng-gō͘，léng-khong，léng-phâng，léng-hái。
　　　　領　悟，領　空　，領　航　，領　海。

<u>niá</u> : niá-kin，niá-siū，niá-chîⁿ，niá-pan，niá-peng，
　　　　領　巾，領　受，領　錢　，領　班，領　兵　，

　　　　niá-siu，niá-tòa，niá-hôe，niá-siúⁿ，niá-tūi。
　　　　領　收，領　帶，領　回，領　賞　，領　隊。

◎ ām-niá，chit-niá-saⁿ。
　頷　領　，一　　領　衫。
　{領子}　{一件衣服}

【頭】

<u>Thiô／Thô͘</u> : pėk-thiô kai-ló。
　　　　　　　白　頭　偕　老。

<u>thâu</u> : chhiú-thâu，khảp-thâu，thâu-bảk，thâu-chióng，
　　　　手　　頭，磕　頭，頭　目，頭　獎　，

　　　　thâu-sū，thâu-náu，thâu-téng，thâu-bóe，goân-thâu，
　　　　頭　緒，頭　腦，頭　等　，頭　尾，源　頭　，

　　　　nî-thâu，kng-thâu，soàn-thâu。
　　　　年　頭　，光　頭　，蒜　頭　。

◎ thâu-khak，thâu-mn̂g，téng-thâu。
　頭　殼　，頭　毛，頂　頭　。
　{腦袋}　　{頭髮}　{上面／上司}

【額】

<u>giảh</u> : giảh-gōa。
　　　　額　外。

◎ kàu-giảh，hó-giảh。
　夠　額　，好　額。
　　{足夠}　{富有}

hia̍h ：hia̍h-kak。
　　　　額　角。

◎ thâu-hia̍h。
　　頭　額。
　　{額頭}

【飛】

Hui ：hui-ki，Ga̍k-hui，hui-hō，hui-khîm。
　　　飛　機，岳　飛，飛　禍，飛　禽。

poe╱pe ：poe-chiáu，poe-lâi-poe-khì。
　　　　　飛　鳥　，飛　來　飛　去。

◎ hong-poe-soa。
　　風　飛　沙。
　　{飛沙}

【食】

Si̍t ：si̍t-phín，hóe-si̍t，si̍t-tn̂g，si̍t-bu̍t，si̍t-tō，
　　　食　品　，伙　食　，食　堂　，食　物　，食　道，

si̍t-phó͘，si̍t-giân，sò͘-si̍t，ím-si̍t，niû-si̍t。
食　譜　，食　言　，素　食　，飲　食　，糧　食。

chia̍h ：chia̍h-la̍t，chia̍h-pn̄g，chia̍h-hun，chia̍h-chōe。
　　　　食　力　，食　飯　，食　薰　，食　罪。
　　{嚴重╱費勁}　{吃飯}　　{抽煙}　　{頂罪}

【養】

Ióng╱Iáng ：bú-ióng，êng-ióng，ióng-ló，ióng-io̍k，
　　　　　　撫養　，營　養，養　老，養　育，

ióng-sêng，ióng-pēⁿ，ióng-sîn，ióng-lú，ióng-seng，
養　成　，養　病，養　神，養　女，養　生　，

pôe-ióng。
培　養。

iúⁿ╱ió͘ⁿ ：pôe-iúⁿ，iúⁿ-pē，iúⁿ-bó。◎ iúⁿ-chhī。
　　　　　培　養，養　父，養　母。　養　飼。
　　　　　　　　　　　　　　　　　{養育}

【香】

__Hiong／Hiang__ : Hiong-káng，Hiong-hui。
　　　　　　　　香　港，香　妃。

__hiuⁿ__ : jú-hiuⁿ，hiuⁿ-hóe，hiuⁿ-ko·，hiuⁿ-lô·。
　　　乳 香，香 火，香 姑，香 爐。

　　◎ báng-á-hiuⁿ。
　　　蠓 仔 香。
　　　{蚊香}

【驚】

__Keng__ : keng-hûn，keng-kiong-chi-niáu，
　　　驚 魂，驚 弓 之 鳥，

　　　keng-thian-tōng-tē。
　　　驚 天 動 地。

__kiⁿ__ : kiⁿ-tit。
　　　驚 蟄。

__kiaⁿ__ : kiaⁿ-hiâⁿ，kiaⁿ-kî，kiaⁿ-thiⁿ-tāng-tē。
　　　驚 惶，驚 奇，驚 天 動 地。

　　◎ tióh-kiaⁿ，kiaⁿ-joah。
　　　著 驚，驚 熱。
　　　{吃驚}　　{怕熱}

【鬧】

◎__Lāu__ : lāu-jiát。
　　　鬧 熱。
　　　{熱鬧}

__Nāu__ : chháu-nāu，nāu-cheng，nāu-chhī，nāu-kiók。
　　　吵 鬧，鬧 鐘，鬧 市，鬧 劇。

__lā__ : chhá-ke-lā-théh。
　　　吵 家 鬧 宅。

【鬥】

Tò͘ : tò͘-tì，tò͘-cheng，tò͘-ióng，tò͘-chì。
　　　鬥 智，鬥 爭 ，鬥 勇 ，鬥 志。

◎tàu : tàu lāu-jia̍t，tàu kha-chhiú。
　　　鬥 鬧 熱 ，鬥 腳 手 。
　　　{湊熱鬧}　　　{幫忙}

【麻】

Bâ : bâ-pì，bâ-chùi，bâ-bo̍k-put-jîn。
　　　麻 痺，麻 醉，麻 木 不 仁。

◎ bâ-chhiok。
　　　麻 雀　。
　　　{麻將}

Mâ : mâ-hoân。
　　　麻 煩。

Mô͘ : mô͘-ko͘，mô͘-hông。
　　　麻 菇，麻 黃。

môa : môa-tek，môa-iû，môa-pò͘。
　　　麻 竹，麻 油，麻 布。

◎ o͘-môa-á。
　　　烏 麻仔。
　　　{黑芝麻}

【黃】

Hông : hông-choân，hông-hun，hông-tō kiat-ji̍t。
　　　　黃 泉 ，黃 昏，黃 道 吉 日。

n̂g : n̂g-sek，chheⁿ-n̂g，n̂g-kim，n̂g-nî，n̂g-hî，n̂g-tè。
　　　黃 色，青　 黃，黃 金，黃 連，黃 魚，黃 帝。

【鼎】

Téng : téng-sēng，téng-li̍p，téng-chiok，téng-sin，
　　　　鼎 盛，鼎 立，鼎 足 ，鼎 新，

　　　　tāi-bêng-téng-téng。
　　　　大 名 鼎 鼎。

tiáⁿ ：tiàu-tiáⁿ，tiáⁿ-chàu。
　　　　吊　鼎　，鼎　灶　。
　　　 ｛缺糧｝　　｛鍋、爐｝

【龍】

Liông ：Liông-san-sī，liông-hê，liông-kiong，liông-hōng。
　　　　龍　山　寺，龍　蝦，龍　宮　，龍　鳳　。

lêng ：hái-lêng-ông，lêng-géng。
　　　　海　龍　王，龍　眼　。

◎ liáh-lêng。
　　掠　龍　。
　 ｛按摩｝

台灣話書面語漢字用字參考表

台灣話書面語漢字用字參考表

$$\boxed{\text{A}}$$

阿	a	阿母	a-bó	{接頭詞}
仔	á	椅仔	í-á	{接尾詞}
揞／俯／向	àⁿ	揞頭	àⁿ-thâu	{低頭}
攔	âⁿ	相攔	sio-âⁿ	{相護}
餡	āⁿ	豆餡	tāu-āⁿ	{豆餡}
揹	āiⁿ／phāiⁿ	揹団仔	āiⁿ gín-á	{背孩子}
啊	ah			{驚嘆詞}
啊／矣／也	a、à、ā			{詞尾、輕聲}
抑	ah／iá	人抑鬼	lâng ah kúi	{人或鬼}
哀	ai	哀哀叫	ai-ai-kiò	{呻吟、哀叫}
沃	ak	沃花	ak-hoe	{澆花}
齷	ak	齷齪	ak-chak	{心情、空間鬱悶}
腌	am	腌臢	am-cham／a-cha	{骯髒}
掩	am	掩蓋	am-khàm	{遮蓋}
泔	ám	泔糜	ám-môe／moâi／bê	{稀飯、粥}
暗	àm	暗時	àm-sî	{晚上}
頷	ām	頷頸	ām-kún	{脖子}
豔／茂	ām／iām	草足豔	chháu chiok ām	{草長得很茂密}
按	án	按怎	án-chóaⁿ	{如何}
按	àn	按算	àn-sǹg	{計劃、打算}
捆／緊／恆	ân	縛予捆	pàk hō· ân	{綁緊}
限	ān	寬限	khoan-ān	{寬限}
翁	ang	翁某	ang-bó·	{夫妻}
尪	ang	尪仔物	ang-á-mih	{玩具}
甕	àng	甕仔	àng-á	{甕}
遏	at	遏斷	at-tīg	{折斷}
遏	at	遏價數	at-kè-siàu	{平抑價錢}
漚	au	漚肥	au-pûi	{堆肥}

甌	au	甌仔	au-á	{杯子}
拗	áu	拗紙	áu-chóa	{摺紙}
臭／漚	àu	臭味	àu-bī	{腐爛味}
喉	âu	喉叫	âu-kiò	{吼叫}

B

貓	bâ	果子貓	kóe-chí-bâ	{白鼻心}
覓	bā	覓頭路	bā-thâu-lō·	{找工作}
鵃	bā	鵃鵁	bā-hio̍h	{老鷹}
密	bā	密密	bā-bā	{緊密無縫}
穤	bái	眞穤	chin-bái	{很醜}
肉	bah	豬肉	ti-bah	{豬肉}
沐	bak	沐手	bak-chhúi	{沾手}
目睭	ba̍k	目睭	ba̍k-chiu	{眼睛}
目	ba̍k	目鏡	ba̍k-kiàⁿ	{眼鏡}
挽	bán	挽花	bán-hoe	{摘花}
蠻／頑	bân	蠻皮	bân-phôe	{頑皮、刁蠻}
蠓	báng	蠓仔	báng-á	{蚊子}
朦	bâng	醉朦朦	chùi-bâng-bâng	{醉醺醺}
曾／捌	bat	曾去	bat-khì	{曾去}
識／捌	bat	認識	jīn-bat	{認識}
貿	ba̍uh	貿死	ba̍uh-sí	{獲得暴利}
繪／袂	bē／bōe	繪去	bē-khì	{不會去}
未	bōe／bē	猶未去	iáu-bōe-khì	{尚未去}
欲／卜／要	beh／boeh	欲去	beh-khì	{要去}
瞇	bi	目珠瞇瞇	ba̍k-chiu bi-bi	{瞇著眼睛}
匿／宓	bih	匿相尋	bih-sio-chhōe	{捉迷藏}
抿／刡	bín	抿衫	bín-saⁿ	{刷衣服}
拇	bó	大頭拇	tōa-thâu-bó	{大拇指}
磨	bō	磨時間	bō sî-kan	{磨時間}
尾	bóe／bé	尾溜	bóe-liu	{末端、尾巴}
罔	bóng	罔去	bóng-khì	{勉強去}
沐	bo̍k	沐出來	bo̍k chhut-lâi	{湧出來}

沐	bo̍k	沐出來	bo̍k chhut-lâi	{湧出來}
微	bui	目珠沙微	ba̍k-chiu sa-bui	{睡眼惺忪}
溢／濆	bùn	濆出來	bùn chhut-lâi	{冒出來}
悶	būn	心悶	sim-būn	{思念}
燜	būn	燜油飯	būn iû-pn̄g	{烹煮油飯}

CH

查	cha	查某的	cha-bó·-ê	{女性}
查	cha	查甫的	cha-po·-ê	{男性}
紮／束	chah	紮物件	chah mi̍h-kiāⁿ	{帶東西}
截	cha̍h	截暗	cha̍h-àm	{光線被遮住}
閘	cha̍h	水閘	chúi-cha̍h	{水閘}
栽	chai	倒頭栽	tò-thâu-chai	{頭下腳上的姿勢}
栽	chai	魚栽	hî-chai	{魚苗}
在	chāi	眞在	chin-chāi	{很穩}
知	chai	知影	chai-iáⁿ	{知道}
齪／促	chak	促坐	chak-chō	{叨擾}
沾	cham	胡蠅沾過	hô·-sîn cham-kòe	{蒼蠅爬過}
嶄	chám	嶄然媠	chám-jiân súi	{相當美}
蹔	chàm	用腳蹔	iōng kha chàm	{以腳頓踏}
讚	chán	眞讚	chin-chán	{絕好}
贊	chān	幫贊	pang-chān	{幫助}
鬃	chang	頭鬃	thâu-chang	{頭鬃}
棕	chang	棕簑	chang-sui	{簑衣}
塞	cha̍t	塞鼻	cha̍t-phīⁿ	{鼻塞}
實／塞	cha̍t	實腹	cha̍t-pak	{實心}
蹧	chau/chiau	蹧躂	chau-that	{羞辱}
走	cháu	走精	cháu-cheng	{不中目標}
灶	chàu	灶腳	chàu-kha	{廚房}
找	chāu	找錢	chāu-chî	{找錢}
災	che	著雞災	tio̍h ke-che	{患雞瘟}

漢字	讀音	詞例	拼音	釋義
這	che	這是	che sī	{這是}
晬	chè	度晬	tō·-chè	{週歲}
多／濟／儕	chē／chōe	眞多	chin-chē	{很多}
絶	chėh／chōeh	死絶	sí-chėh	{死絶}
蹻	chek	腳蹻著	kha chek-tiȯh	{腳扭到}
精	cheng	睏精神	khùn cheng-sîn	{睡醒}
精	cheng	精光	cheng-kong	{聰慧精明}
舂	cheng	相舂	sio-cheng	{互相毆鬥}
整	chéng	整本錢	chéng pún-chîⁿ	{籌措資金}
種	chéng	種老父	chéng lāu-pē	{有血緣像父親}
諍	chèⁿ／chìⁿ	相諍	sio-chèⁿ	{互相爭辯}
精	chiⁿ	綿精	mî-chiⁿ	{勤勞、入迷}
挣	chiⁿ	挣油	chiⁿ-iû	{榨油}
茈／讚	chíⁿ	幼茈	iù-chíⁿ	{鮮嫩}
揕	chìⁿ	揕歸嘴	chìⁿ kui chhùi	{塞得滿嘴}
煎	chìⁿ	煎肉丸	chìⁿ bah-oân	{炸肉圓}
舓	chīⁿ／chñg	狗舓碗	káu chīⁿ-óaⁿ	{狗舔碗}
遮／此	chia			{這裡}
炙	chià	麵炙	mī-chià	{麵筋}
精	chiaⁿ	精肉	chiaⁿ-bah	{瘦肉}
弱	chiáⁿ	軟弱	nńg-chiáⁿ	{軟弱}
汫	chiáⁿ	汫水魚	chiáⁿ-chúi hî	{淡水魚}
正	chiàⁿ	正手	chiàⁿ-chhiú	{右手}
誠	chiâⁿ	誠歹	chiâⁿ-pháiⁿ	{很兇}
情	chiâⁿ	親情	chhin-chiâⁿ	{親戚}
即	chiah	即呢	chiah-nih	{這麼的}
才	chiah	才有	chiah ū	{才有}
食	chiȧh	食飯	chiȧh-pñg	{吃飯}
剪	chián	剪扭仔	chián-liú-á	{扒手}
賤	chiān	囝仔愛賤	gín-á ài chiān	{小孩愛搗蛋}
捷	chiȧp	捷捷	chiȧp-chiȧp	{經常、不斷}
齊	chiâu	齊來	chiâu-lâi	{到齊了}

嚼	chiaúh	嚼嚼叫	chiaúh-chiaúh-kiò	{人多嘴雜}
唚	chim	相唚	sio-chim	{接吻}
斟	chim	斟酌	chim-chiok	{仔細、注意}
繩	chîn	直直繩	tit-tit chîn	{凝視}
這/職	chit	這款	chit-khoán	{這種}
這	chit	這陣	chit-chūn	{這時候}
足	chiok	足歹	chiok-pháiⁿ	{很兇}
睭/珠	chiu	目睭	ba̍k-chiu	{眼睛}
就	chīu/tō/tio̍h/to̍h			{就}
醬	chiùⁿ/chiò·ⁿ	路真醬	lō· chin chiùⁿ	{路很泥濘}
癢	chiūⁿ/chiō·ⁿ	皮癢	phôe chiūⁿ	{自找的}
上	chiūⁿ/chiō·ⁿ	上山	chiūⁿ soaⁿ	{上山}
狀/旋	chn̄g	頭殼狀	thâu-khak-chn̄g	{頭上的旋}
慒	cho	心慒慒	sim cho-cho	{心煩不開朗}
逝	chōa	一逝	chit-chōa	{一趟、一條}
泏/泄	choah	泏出來	choah chhut-lâi	{液體溢出來}
煎	choaⁿ	煎葯仔	choaⁿ io̍h-á	{煎葯}
殘	chôaⁿ	嘴瀾殘	chhùi-nōa-chôaⁿ	{殘流唾液}
濺	chōaⁿ	濺水	chōaⁿ-chúi	{噴水}
跮	choāiⁿ	跮著腳	choāiⁿ tio̍h kha	{扭到腳}
賺	choán	賺食	choán-chia̍h	{討生活}
轉/鏇/捘	choán/chūn	轉時鐘	choán sî-cheng	{調整時鐘}
濁	cho̍k	臭濁	chhàu-cho̍k	{花樣過於繁雜}
詛	chó·	咒詛	chiù-chó·	{詛咒}
蹌	chông	走蹌	cháu-chông	{衝、奔忙}
錐	chui	古錐	kó·-chui	{可愛}
撙	chún	撙節	chún-chat	{節制}
顫	chùn	會顫	ē-chùn	{會抖}
轉	chūn/choán	轉面布	chūn bīn-pò·	{擰乾毛巾}
秫	chu̍t	秫米	chu̍t-bí	{糯米}

CHH

柴	chhâ	柴目	chhâ-ba̍k	{眼力遲鈍}
插	chhah	插花	chhah-hoe	{插花}
在／祀	chhāi	在佛像	chhāi pu̍t-siōng	{安置神像}
彩	chhái	眞無彩	chin-bô-chhái	{很可惜}
鑿	chha̍k	鑿空	chha̍k-khang	{鑿洞}
參	chham	參詳	chham-siông	{商量}
摻	chham	摻糖	chham-thn̂g	{加糖}
孱	chhan	哭孱	khàu-chhan	{哭訴}
插／嗑	chhap	插嘴	chhap-chhùi	{插嘴}
賊	chha̍t	白賊話	pe̍h-chha̍t-ōe	{謊言}
草	chháu	草蜢	chháu-meh	{蚱蜢}
臭	chhàu	臭酸	chhàu-sng	{食物餿掉}
扯	chhé	扯予平	chhé-hō·-pêⁿ	{扯平}
生	chheⁿ／chhiⁿ	生驚	chheⁿ-kiaⁿ	{驚慌}
青／睛	chheⁿ／chhiⁿ	青瞑／睛盲	chheⁿ-mê	{瞎眼}
冊	chheh	教冊	kà-chhehm	{授課、教書}
慼	chheh／chhoeh	慼心	chheh-sim	{痛恨}
促	chhek	促倚	chhek-óa	{拉近}
粟	chhek	稻粟	tiū-chhek	{稻穀}
摵	chhe̍k	摵振動	chhe̍k tín-tāng	{上下左右抖動}
清	chheng	清氣	chheng-khì	{乾淨}
擤	chhèng	擤鼻	chhèng-phīⁿ	{擤鼻涕}
沖／蒸	chhèng	沖上高	chhèng chiūⁿ koân	{升高}
銃	chhèng	銃子	chhèng-chí	{子彈}
筅	chhéng	雞毛筅	ke-mn̂g-chhéng	{雞毛撢子}
溡	chhî	衫溡溡	saⁿ-chhî-chhî	{衣服潮}
飼	chhī	養飼	iúⁿ-chhī	{養育}
車	chhia	車衫	chhia-saⁿ	{以縫衣機縫衣服}
赤／刺	chhiah	赤查某	chhiah-cha-bó·	{兇悍的女性}

刺	chhiah	刺瘍	chhiah-iah	{身心不舒暢}
刺	chhiah	刺皮鞋	chhiah phê-ôe	{做皮鞋}
摵	chhiak	摵一下	chhiak chit-ē	{大吃一驚}
延	chhiân	延時間	chhiân sî-kan	{拖延時間}
沖	chhiâng	沖身軀	chhiâng seng-khu	{以水沖身}
飼	chhī	飼子	chhī-kiáⁿ	{養育兒女}
鮮	chhiⁿ	鮮魚	chhiⁿ-hî	{新鮮的魚}
成	chhiâⁿ	成養	chhiâⁿ-iúⁿ	{養育}
倩	chhiàⁿ	倩人	chhiàⁿ-lâng	{僱人做事}
唱	chhiàng	唱明	chhiàng-bêng	{事先言明}
長	chhiâng	笨長	pūn-chhiâng	{笨拙而行動緩慢}
搜	chhiau	搜麵粉	chhiau mī-hún	{攪和麵粉}
攦	chhiâu	攦時間	chhiâu sî-kan	{調整時間}
揤	chhih	揤電鈴	chhih tiān-lêng	{按電鈴}
侵	chhim	侵公錢	chhim kong-chîⁿ	{動用公款}
寢	chhîm	寢到位	chhîm kàu-ūi	{剛來}
清	chhìn	清彩	chhìn-chhái	{隨便、不挑剔}
親	chhin	親像	chhin-chhiūⁿ	{好像、如同}
鶺	chhio	鶺雞	chhio-ke	{發情的公雞}
拭	chhit	拭桌頂	chhit toh-téng	{擦桌子}
迌	chhit/thit	迌迌	chhit-thô	{遊玩}
揪	chhiû	挽瓜揪籐	bán-koe-chhiû-tîn	{追溯根源}
象／昌	chhiuⁿ/chhio·ⁿ	面象	bīn-chhiuⁿ	{面相}
上	chhiūⁿ/chhiō·ⁿ	上水	chhiūⁿ-chúi	{汲水}
穿	chhng	穿針	chhng-chiam	{穿針}
臊	chho	臭臊味	chhàu-chho-bī	{魚腥味}
噪	chhò	噪耳	chhò-hīⁿ	{雜音擾耳}
剉	chhò	剉柴	chhò-chhâ	{砍柴}
譟	chhoh	譟歹嘴	chhoh pháiⁿ-chhùi	{罵髒話}
烾	chhōa	烾路	chhōa-lō·	{領路}
娶	chhōa	娶某	chhōa-bó·	{娶妻}
擦	chhoah	菜擦	chhài-chhoah	{刨絲器}
掣	chhoah	掣斷	chhoah-tīng	{拉斷}
泄／洩	chhoah	泄尿	chhoah-jīo	{尿失禁}

喘	chhoán	喘氣	chhoán-khùi	{呼吸}
閂	chhòaⁿ	閂門	chhòaⁿ-mâg	{閂門}
炊	chhoe／chhe	炊粿	chhoe-kóe	{蒸年糕}
篾	chhôe／chhê	篾仔	chhôe-á	{細竹棒}
尋／揣	chhōe／chhē	走尋	cháu-chhōe	{尋找}
撮	chhok	一撮	chı̍t-chhok	{一撮}
戳	chho̍k	戳豆干印	chho̍k tāu-koaⁿ-ìn	{蓋官印}
創	chhòng	創治	chhòng-tī	{捉弄}
粗	chho·	粗粕	chho·-phoh	{骨架粗}
舒	chhu	舒被	chhu-phōe	{鋪棉被}
厝	chhù	厝邊	chhù-piⁿ	{鄰居}
趣	chhù	趣味	chhù-bī	{有趣}
厝／茨	chhù	厝主	chhù-chú	{房主}
焠	chhuh	用香焠	ēng hiuⁿ chhuh	{以點燃的香戳}
嘴／喙	chhùi	嘴齒	chhùi-khí	{牙齒}
伸	chhun	伸手	chhun-chhiú	{伸手}
剩／偆	chhun	有剩	ū-chhun	{有剩餘}

E

挨	e／oe	挨絃仔	e hiân-á	{拉胡琴}
的／个	ê	我的	góa ê	{我的}
個	ê	三個	saⁿ-ê	{三個}
下／盈	ê／êng	盈昏	ê-hng	{晚上}
下	ē	下腳	ē-kha	{下面}
會	ē／ōe	會曉	ē-hiáu	{會、懂得}
啞	é	啞口	é-káu	{啞巴}
溢	ek	溢奶	ek-leng	{吐奶}
霙／揚	eng	霙土粉	eng thô·-hún	{蒙上灰塵}
永	éng	永過	éng-kòe	{以前}
湧	éng	海湧	hái-éng	{海浪}
壅	èng	壅肥	èng-pûi	{施肥}
閒	êng	閒閒	êng-êng	{沒事做、清閒}

G

礙	gāi	礙虐	gāi-gioh	{不對勁}
恾	gāng	恾恾	gāng-gāng	{失神狀}
勢／賢	gâu	勢講話	gâu kóng-ōe	{口才好}
凝	gêng	凝血	gêng-hoeh	{淤血}
夯	giâ	夯枷	giâ-kê	{自找麻煩}
揭	giah	揭刺	giah-chhì	{挑刺}
額	giah	好額	hó-giah	{富有}
愁	giàn	愁酒	giàn-chiú	{發酒癮}
凝	gîn	凝人	gîn-lâng	{瞪人家}
囝／囡	gín	囝仔	gín-á	{小孩子}
扲	gīm	扲錢	gīm-chîⁿ	{握錢}
熬	gô	熬糖	gô-thñg	{熬糖}
阮	goán／gún			{我們、我的}
昂	gông	頭昂	thâu-gông	{頭暈眩}
戇	gōng	戇人	gōng-lâng	{呆子}
遇	gū	遇著	gū-tioh	{遇見}

H

縖	hâ	縖皮帶	hâ phôe-tòa	{繫皮帶}
哼	haiⁿ	哼哼叫	haiⁿ-haiⁿ-kiò	{呻吟、哀叫}
挍	hàiⁿ	挍頭	hàiⁿ-thâu	{甩頭}
哄	háⁿ	哄驚	háⁿ-kiaⁿ	{恐嚇}
懸	hâⁿ／hêⁿ	懸咧	hêⁿ-leh	{暫時放置}
合	kah	合意	hah-ì	{中意}
蓄	hak	蓄田園	hak chhân-hñg	{購置田產}
蚶	ham	蚶仔	ham-á	{蛤蜊}
撼	hám	撼落去	hám loh-khì	{棍棒重擊}
譀	hàm	譀古	hàm-kó·	{過於誇大的故事}

喊	hán	烏白喊	o͘ -pe̍h hán	{亂謠傳}
頇	hân／hâm	頇慢	hân-bān	{笨拙、表現不佳}
陷	hām	陷眠	hām-bîn	{說夢話}
烘	hang	烘爐	hang-lô͘	{火爐}
烘	hang	烘烘	hang-hang	{稍微熱熱的}
哄	háng	哄喝	háng-hoah	{講話語氣差}
限／乏	ha̍t	限水	ha̍t-chúi	{缺水}
核	ha̍t	牽核	khan-ha̍t	{淋巴線腫}
哮／吼	háu	哮出聲	háu chhut-siaⁿ	{哭出聲}
侯	hâu	侯咧	hâu-leh	{暫時擱置}
後	hāu	後生	hāu-seⁿ／siⁿ	{兒子}
彼	he			{那}
下	hē	下物件	hē mi̍h-kiāⁿ	{放東西}
興	hèng	興講話	hèng kóng-ōe	{愛講話}
雄／形	hêng	卵有雄	nn̄g ū-hêng	{蛋受精}
橫	hêng	橫逆	hêng-ge̍k	{暴虐、兇殘}
莧	hēng	莧菜	hēng-chhài	{莧菜}
贈／炫	hēng	贈油飯	hēng iû-pn̄g	{家有喜分贈油飯}
虛	hi	膨紗虛去	phòng-se hi-khì	{毛線失去彈性}
遐	hia			{那裡}
向	hiàⁿ	向後	hiàⁿ-āu	{向後傾}
嚇	hiahⁿ	嚇一下	hiahⁿ chi̍t-ē	{嚇一跳}
攄	hìⁿ	攄揀	hìⁿ-sak	{扔掉}
遐	hia			{那裡}
赫	hiah	赫呢大	hiah-nih-tōa	{那麼大}
薟	hiam	薟薑仔	hiam-kiuⁿ-á	{辣椒}
掀	hian	掀冊	hian-chheh	{翻開書}
撼	hián	會撼	ē-hián	{搖晃不穩}
獻	hiàn	獻胸	hiàn-heng	{露胸}
玄	hiân	好玄	hò͘ⁿ-hiân	{好奇、好事}
搰	hia̍p	水搰仔	chúi-hia̍p-á	{打水的機具}
烔／燃／焚	hiâⁿ	烔柴	hiâⁿ-chhâ	{燃燒木柴}
眩	hîn	頭殼眩	thâu-khak-hîn	{頭暈}
歇	hioh	歇睏	hioh-khùn	{休息}

雄	hiông	雄狂	hiông-kông	{慌忙}
翕	hip	翕熱	hip-joah	{悶熱}
彼／迄	hit	彼位	hit-ūi	{那個地方}
咻	hiu	喝咻	hoah-hiu	{大聲叫喊}
裘	hiû	裘仔	hiû-á	{外套}
溴	hiù	溴芳水	hiù phang-chúi	{噴香水}
香	hiu^n	香香	hiu^n-hiu^n	{瘦小}
好	hó	好勢	hó-sè	{合適方便}
號	hō	號名	hō-miâ	{取名子}
呼	ho·	先呼明	seng-ho·-bêng	{事先言明}
唬	hó·	唬秤頭	hó· chhìn-thâu	{騙斤兩}
戽	hò·	戽水	hò·-chúi	{舀水}
鬍	hô·	嘴鬚鬍	chhùi-chhiu hô·	{大鬍子}
抒	hô·	抒起來	hô· khí-lâi	{撈起來}
予	hō·			{給、被、讓}
威／化	hoa	火威去	hóe hoa-khì	{火熄了}
伐	hoah	大伐	tōa-hoah	{跨大步}
花	hoe	烏白花	o·-peh hoe	{無理取鬧}
抲	hôe／hê	烏白抲	o·-peh hôe	{四處亂摸、抹}
回	hôe	湯小回一下	thng sió-hôe-chit-ē	{湯稍涼一下}
會	hōe／hē	會失禮	hōe sit-lé	{説抱歉}
好	hò·^{n}	好酒	hò·^{n}-chiú	{好喝酒}
捗	hōa^n	捗頭	hōa^n-thâu	{掌握領導權}
喝	hoah	喝拳	hoah-kûn	{划酒拳}
凡	hoān	凡勢	hoān-sè	{也許、説不定}
橫	hôai^n	橫直	hôai^n-tit	{橫豎、反正}
還	hoān	你還你	lí hoān lí	{你是你、我是我}
脯	hú	肉脯	bah-hú	{經加工成絲狀的肉}
灰	hu	火灰	hóe-hu	{灰燼}
費	hùi	費氣	hùi-khì	{麻煩}
赴	hù	ㄟ赴	bē-hù	{來不及}
薰	hun	食薰	chiah-hun	{吸煙}
拂	hut	拂落去	hut loh-khì	{拚下去}

I

伊	i			{他、她}
芛	$\hat{\text{i}}^n$	心芛	sim-$\hat{\text{i}}^n$	{嫩心芽}
嚶	$\hat{\text{i}}^n$	嚶噁	$\hat{\text{i}}^n$-ò·^{n}	{說話不清楚}
厭	ià	厭倦	ià-siān	{厭倦}
撒／掖	iā	撒種	iā-chéng	{撒種}
也／亦	iā／ia̍h			{也}
映	iàⁿ	光映映	kng-iàⁿ-iàⁿ	{非常的亮}
颺	iāⁿ	颺颺飛	iāⁿ-iāⁿ-poe	{滿天飛揚}
挖	iah	挖空	iah-khang	{挖洞}
焰／炎	iām	焰火	iām-hóe	{烈火}
醃	ian	醃腸	ian-chhiâng	{香腸}
偃	ián	偃倒	ián-tó	{推倒、打翻}
挹／掩	iap	挹物件	iap mih-kiāⁿ	{偷藏東西}
拽／曳	ia̍t	拽手	ia̍t chhiú	{招手}
枵	iau	腹肚枵	pak-tó· iau	{肚子餓}
猶	iáu	猶閣有	iáu-koh-ū	{還有}
淹	im	淹水	im-chúi	{淹水}
陰	im	陰鴆	im-thim	{心機重}
窨	ìm	窨豉	ìm-sīⁿ	{豆豉}
個	in			{他們}
育	io	育子	io-kiáⁿ	{養育子女}
毆	ió	毆斷腳	ió-tn̄g kha	{打斷腳}
舀	ió／ió·^{n}	舀水	ió-chúi	{舀水}
約	ioh	約燈謎	ioh eng-bê	{猜燈謎}
勇	ióng	眞勇	chin-ióng	{強壯、堅固}
優	iu	優易	iu-ia̍h	{安逸富足}
幼	iù	幼秀	iù-siù	{秀氣}
油	iû	油食粿	iû-chia̍h-kóe	{油條}
溶／鎔	iûⁿ／iô·^{n}	溶糖	iûⁿ-thn̂g	{把糖煮溶}

J

餌	jī	釣餌	tiò-jī	{釣餌}
膩	jī	細膩	sè-jī	{注意、客氣}
遮	jia	遮日	jia-jı̍t	{遮陽光}
跡	jiah	腳跡	kha-jiah	{足跡}
嚷	jiáng／jióng	大聲嚷	tōa-siaⁿ-jiáng	{大聲嚷嚷}
爪	jiáu	雞爪	ke-jiáu	{雞爪}
抓	jiàu	抓癢	jiàu-chiūⁿ	{抓癢}
皺	jiâu	皺phé-phé	jiâu-phé-phé	{皺巴巴}
撏	jîm	撏錢	jîm-chîⁿ	{掏錢}
逐	jiok／jek／jip	走相逐	cháu-sio-jiok	{互相追逐}
揉	jiû	揉身軀	jiû seng-khu	{擦身體}
偌	jōa／lōa	偌多	jōa-chē	{多少}
熱	joa̍h	熱天	joa̍h-thiⁿ	{夏天}
挼／捼	jôe／jê	挼目睭	jôe ba̍k-chiu	{揉眼睛}
愈	jú			{愈}
茹	jû／jî	茹茹	jû-jû	{雜亂不堪}
韌	jūn	韌命	jūn-miā	{韌命}

K

鉸	ka	鉸刀	ka-to	{剪刀}
家	ka	家己	ka-kī	{自己}
交	ka	交易	ka-ia̍h	{生意興隆}
加	ka	加落	ka-la̍uh	{掉落}
蟉	ka	蟉蚤	ka-cháu	{臭蟲}
蟉	ka	蟉蠽	ka-choa̍h	{蟑螂}
假	ká	假那	ká-ná	{如同、好似}
絞	ká	絞汁	ká-chiap	{絞汁}
共	kā			{把、替、跟}

敢	káⁿ	毋敢	m̄-káⁿ	{不敢}
酵	kàⁿ	酵母	kàⁿ-bú	{酵母}
含	kâⁿ	痰含血	thâm kâⁿ-hoeh	{痰含血}
蓋／界、介	kài	上蓋好	siōng-kài-hó	{最好}
艱	kan	艱苦	kan-khó͘	{生病、痛苦}
矸	kan	酒矸	chiú-kan	{酒瓶}
嫺	kán	查某嫺	cha-bó͘-kán	{婢女}
仝	kāng	仝款	kāng-khoán	{相同}
敢	kám	敢會	kám-ē	{會嗎？}
籤	kám	籤仔店	kám-á-tiàm	{雜貨店}
含	kâm	含糖仔	kâm thn̂g-á	{含糖果}
甲	kah	好甲	hó-kah	{好得很}
蓋	kah	蓋棉被	kah mî-phōe	{蓋棉被}
合／佮	kah	合意	kah-ì	{合意}
及／佮	kap／kah	天及地	thiⁿ kap tē	{天和地}
及	kap	及葯仔	kap ió h-á	{抓葯、配葯}
狡	káu	狡獪	káu-kòai	{狡滑、滑頭}
到	kàu	到位	kàu-ūi	{到達}
夠	kàu	夠氣	kàu-khùi	{滿足}
厚	kāu	厚雨水	kāu hō͘-chúi	{雨水多}
家	ke	家婆	ke-pô	{好管閒事}
逆	keh	逆翶	keh-kô	{不自在}
激	kek	激酒	kek-chiú	{釀酒}
羹	keⁿ／kiⁿ	牽羹	khan-keⁿ	{勾芡}
經	keⁿ／kiⁿ	經蜘蛛絲	keⁿ ti-tu-si	{清除蜘蛛網}
骾	kéⁿ／kíⁿ	骾著	kéⁿ-tióh	{骾到}
傢	ke	傢私	ke-si	{工具}
界／過	kè／kòe	四界	sì-kè	{四處}
鮭	kê／kôe	魚鮭	hî-kê	{魚醬}
低／下	kē	高低	koân-kē	{高低}
弓	keng	鞋弓較大雙	ê keng khah tōa-siang	{把鞋撐大}
揀	kéng	揀菜	kéng chhài	{撿、挑菜}

拱	kēng	相拱	sio kēng	{互相支援}
枝	ki	枝骨	ki-kut	{枝架、體型}
據	kì／kù	據在你	kì chāií	{任憑己意}
崎	kiā	山眞崎	soaⁿ chin-kiā	{山很陡}
行	kiâⁿ	行路	kiâⁿ-lō͘	{走路}
鹹	kiâm	鹹菜	kiâm-chhài	{酸菜}
檢	kiám	檢采	kiám-chhái	{或許}
堅	kian	堅凍	kian-tàng	{液體凝成塊}
見	kiàn	見誚	kiàn-siàu	{慚愧}
擷	kiat	擷掉	kiat-tiāu	{扔掉}
結	kiat	布眞結	pò͘ chin-kiat	{布組織細密}
竭	kiát	眞竭	chin-kiát	{很吝嗇}
驚	kiaⁿ	驚人	kiaⁿ-lâng	{骯髒}
子	kiáⁿ	子兒	kiáⁿ-jî	{兒子}
金／禁	kim	金含	kim-kâm	{糖球}
妗	kīm	阿妗	a-kīm	{舅媽}
緊	kín	緊性	kín-sèng	{急性子}
禁	kìm	禁電火	kìm tiān-hóe	{關電燈}
叫	kiò	叫人	kiò-lâng	{叫人}
腳	kioh	好腳數	hó kioh-siàu	{好傢伙}
撬	kiāu	撬起來	kiāu khí-lâi	{以物扳開}
墘	kîⁿ	溝墘	kau-kîⁿ	{溝邊}
勼	kiu	勼去	kiu-khì	{縮回去}
翱	kô	翱翱纏	kô-kô-tîⁿ	{糾纏不清}
翱	kō	翱翱輪	kō-kō-lìn	{翻來滾去}
孤	ko͘	孤獨	ko͘-tȧk	{小氣}
古	kó͘	古錐	kó͘-chui	{可愛}
古	kó͘	古意	kó͘-ì	{忠厚、老實}
糊	kô͘	糊紙	kô͘-chóa	{糊紙}
扛	kng	扛轎	kng-kiō	{抬轎子}
捲	kńg	捲螺仔風	kńg-lê-á-hong	{龍捲風}
貫	kǹg	貫耳	kǹg-hīⁿ	{穿耳洞}

寡	kóa	一寡	chi̍t-kóa	{一些}
蓋	kòa	鼎蓋	tiáⁿ-kòa	{鍋蓋}
割	koah	割貨	koah-hòe	{批貨}
寒	kôaⁿ	寒天	kôaⁿ-thiⁿ	{冬天}
捾	kōaⁿ	捾水	kōaⁿ-chúi	{提水}
慣	koàn	慣勢	koàn-sì	{習慣}
高／峘	koân	高低	koân-kē	{高低}
刮	koat	刮嘴䫌	koat chhùi-phóe	{打耳光}
粿	kóe／ké	碗粿	óaⁿ-kóe	{碗粿}
閣／復	koh	閣再來	koh chài lâi	{下次再來}
摃	kòng	摃球	kòng kiû	{打球}
痀	ku	痀痀	ku-ku	{駝背}
居	ku	暫時居	chiām-sî ku	{暫時安身}
舊	kū	舊年	kū-nî	{去年}
歸／規	kui	歸氣	kui-khì	{乾脆}
幾	kúi	幾歲	kúi-hòe	{幾歲}
掛	kùi	掛破	kùi-phòa	{鈎破}
滾	kún	滾笑	kún-chhiò	{開玩笑}
滾	kún	滾水	kún-chúi	{開水}
焄	kûn	焄肉	kûn bah	{用水煮肉}
㨂	kut	㨂力	kut-la̍t	{勤勞}
掘	ku̍t	掘土	ku̍t thô·	{挖土}

K H

腳／跤	kha	腳手	kha-chhiú	{手腳}
腳／跤	kha	腳脩	kha-sau	{不中用}
尻	kha	尻川	kha-chhng	{屁股}
尻	kha	尻脊骿	kha-chiah-phiaⁿ	{背脊}
撥／扣	khà	撥電話	khà tiān-ōe	{打電話}
開	khai	開錢	khai-chîⁿ	{花錢}
坩	khaⁿ	花坩	hoe-khaⁿ	{花盆}

巧	khá	奇巧	kî-khá	{奇特}
較／卡	khah	較好	khah-hó	{更好}
殼	khak	空殼	khang-khak	{空架子}
磕	kha̍p	磕頭	kha̍p-thâu	{磕頭}
坎	khám	坎站	khám-chām	{段落／程度}
憨	khám	憨神	khám-sîn	{傻氣}
蓋	khàm	蓋密	khàm-ba̍t	{遮蓋}
黔	khâm	烏黔黔	o͘-khâm-khâm	{烏黑／密密}
牽	khan	牽成	khan-sêng	{扶植、提拔}
空	khang	破空	phòa-khang	{破洞}
空／孔／腔	khang	耳空	hī°-khang	{耳朵}
控	khàng	控臭頭痞	khàng chhàu-thâu-phí	{揭瘡疤}
蓋	khap	碗倒蓋	óa° tò-khap	{碗倒放}
搝／刨	khau	搝皮	khau-phôe	{削皮}
哭	khàu	哭父	khàu-pē	{哭訴／叫苦}
契	khè	契兄	khè-hia°	{情夫}
喫	khè／khòe	喫甘蔗	khè kam-chià	{啃甘蔗}
瞌	kheh／khoeh	目睭瞌瞌	ba̍k-chiu kheh-kheh	{閉上眼睛}
蹍	kheh／khoeh	人蹍人	lâng kheh lâng	{人擠人}
傾／窮	khêng	窮錢	khêng-chî°	{湊錢}
虹	khēng	五彩虹	ngó͘-chhái-khēng	{彩虹}
攲	khi	頭攲攲	thâu khi-khi	{頭部傾斜}
起	khí	起厝	khí-chhù	{蓋房子}
缺	khih	缺嘴	khih-chhùi	{兔唇}
缺	khih	缺角	khih-kak	{物品殘缺}
腔	khiu°	腔口	khiu°-kháu	{口音}
拑／擒	kî°	擒家	kî°-ke	{持家}
奇	khia	孤奇	ko͘-khia	{單獨}
徛／企	khiā	徛直直	khiā ti̍t-ti̍t	{筆直站立}
蹺／曲	khiau	蹺腳	khiau-kha	{翹腳}
翹	khiàu	翹尾	khiàu-bóe	{翹尾}
巧	khiáu	巧人	khiáu-lâng	{聰明人}

隙	khiah	空隙	khang-khiah	{洞隙}
儉	khiām	儉錢	khiām-chîⁿ	{存錢}
勥	khiàng	勥腳	khiàng-kha	{能幹的人}
拾／抾	khioh	拾著錢	khioh tióh chîⁿ	{撿到錢}
扭／摎	khiú／giú	相摎	sio-khiú	{相互拉扯}
虯	khiû	虯毛	khiû-mn̂g	{捲髮}
虯	khiû	虯儉	khiû-khiām	{吝嗇}
儉	khiūⁿ	儉嘴	khiūⁿ-chhùi	{忌口}
洘	khó	洘旱	khó-ōaⁿ	{久旱不雨}
可／許	khóa	小可	sió-khóa	{一點點}
靠／掛	khòa	靠腳	khòa-kha	{以物置腳}
寬	khoaⁿ	寬寬行	khoaⁿ-khoaⁿ-kiâⁿ	{慢慢走}
快	khòaⁿ／khùiⁿ	快活	khòaⁿ-oáh	{舒服、輕鬆}
款	khoán	款內面	khoán lāi-bīn	{整理家務}
詼	khoe／khe	詼諧	khoe-hâi	{詼諧、找碴}
瘸	khôe／khê	瘸腳	khôe-kha	{瘸腿}
擴	khok	擴頭	khok-thâu	{頭前或後凸出}
圈	khong	圈圓箍仔	khong-îⁿ-kho˙-á	{畫圈圈}
炕	khòng	炕肉	khòng-bah	{炕肉}
呼	kho˙	呼狗	kho˙-káu	{叫狗}
箍	kho˙	大箍	tōa-kho˙	{肥胖}
苦	khó˙	苦毒	khó˙-tók	{虐待}
庫	khò˙	激庫庫	kek-khò˙-khò˙	{裝得傻傻的}
酷	khok	酷橫	khok-hêng	{殘酷無情}
碻	khók	相碻	sio-khók	{互相碰撞}
悾	khong	悾悾	khong-khong	{笨笨的、愚蠢}
囥	khǹg	囥物件	khǹg mih-kiāⁿ	{放置物品}
捆	khún	捆行李	khún hêng-lí	{綁行李}
睏	khùn	愛睏	ài-khùn	{想睡覺}
跍	khû	跍佇土腳	khû tī thô˙-kha	{蹲在地上}
屈	khut	屈低	khut-kē	{屈就}
窟	khut	水窟	chúi-khut	{水窪}

L

喇	la	喇天	la-thian	{樂天不知憂}
蜊	lâ	蜊仔	lâ-á	{蛤蜊}
撈	lā	撈水	lā-chúi	{攪水}
垃	lah	垃圾	lah-sap	{骯髒}
落	lak	落色	lak-sek	{掉顏色}
掠／搦	lȧk	掠胸坎	lȧk heng-khám	{揪胸口}
攬	lám	相攬	sio-lám	{互相擁抱}
襤	lám	襤爛	lám-nōa	{臟遢}
膦／荏／弱	lám	膦身	lám-sin	{身體虛弱}
湳	làm	路湳	lō·-làm	{路很泥濘}
淋	lâm	淋雨	lâm-hō·	{淋雨}
濫	lām	相濫	sio-lām	{混在一起}
濫	lām	濫穇	lām-sám	{胡亂搞}
咱	lán			{我們}
懶	lán	懶屍	lán-si	{沒勁、不想動}
攬	láng	攬權	láng-koân	{攬權}
弄	lāng	變弄	pìⁿ-lāng	{戲弄、搞鬼}
跐	lap	用腳跐	iōng kha lap	{用腳踩}
塌	lap／thap	塌落去	lap lȯh-khì	{凹下去}
落	làu	落氣	làu-khùi	{漏氣}
落	làu	落胎	làu-the	{流產}
漏	lāu	漏水	lāu-chúi	{漏水}
鬧	lāu	鬧熱	lāu-jiȧt	{熱鬧}
罵	lé／lóe	罵罵	lé-mē	{詛咒、漫罵}
犁	lê／lôe	犁田	lê-chhân	{犁田}
犁	lê／lôe	頭犁犁	thâu lê-lê	{低著頭}
慄	lek	慄色	lek-sek	{臉變色}
勒	lȧk	勒手袸	lȧk chhiú-ńg	{拉起袖子}
拎	lêng	拎高	lêng-koân	{抬高}

量／冗	lēng	傷量	siuⁿ-lēng	{太鬆}
笠	lėh／loėh	草笠	chháu-lėh	{斗笠}
掠／搦	liȧh	掠賊	liȧh-chhȧt	{抓賊}
拈	liam	拈香	liam-hiuⁿ	{拈香}
斂	liám	斂力	liám-lȧt	{不使出全力}
捻	liàm	捻大腿	liàm tōa-thúi	{擰大腿}
黏	liâm	黏thi-thi	liâm-thi-thi	{黏答答}
臨	liâm	臨邊	liâm-piⁿ	{立刻、馬上}
蔫	lian	花蔫去	hoe lian-khì	{花枯萎}
輪	lián	三輪車	saⁿ-lián-chhia	{三輪車}
輪／輦	lián	步輪	pō·-lián	{步行}
撚	lián	撚嘴鬚	lián chhùi-chhiu	{捻鬍鬚}
撚	lián	撚錢	lián-chîⁿ	{詐財}
輪／輦	liàn／lìn	輪球	liàn-kiû	{滾球}
攝	liap	裙攝景	kûn liap-kéng	{裙子打摺}
攝	liap	繪攝	bē-liap	{喻不能幹}
捏	liȧp	捏飯丸	liȧp pn̄g-oân	{捏飯糰}
粒	liȧp	粒積	liȧp-chek	{儲蓄}
啉／飲	lim	啉茶	lim-tê	{喝茶}
臨／凜	lîm	臨邊	lîm-piⁿ	{很近邊緣}
恁	lín			{你們}
撩	liô	撩肉	liô-bah	{以刀割肉}
略	liȯh	略略仔	liȯh-liȯh-á	{稍微、有點兒}
蹽	liòng／lèng	撥蹽	kún-liòng	{掙扎}
捋	loȧh	捋頭髮	loȧh thâu-mn̂g	{梳頭髮}
橐	lok	紙橐	chóa-lok	{紙袋}
擼／惱	ló·	擼氣	ló·-khì	{氣惱}
躼	lò	躼腳	lò-kha	{個子高}
濁	lô	水濁	chúi-lô	{水混濁}
烙	lō	燒烙	sio-lō	{溫暖}
落	lȯh	落雨	lȯh-hō·	{下雨}
落	lȯh	一落厝	chȧt-lȯh-chhù	{一幢房子}

攏	lóng	攏總	lóng-chóng	{全部}
挵	lòng	挵破	lòng-phòa	{打破}
囊	lông	手囊	chhiú-lông	{手套}
弄	lōng	使弄	sái-lōng	{挑撥}
鑢	lù	鑢鼎	lù-tiáⁿ	{刷鍋子}
蕊	lúi	兩蕊花	nn̄g-lúi hoe	{兩朵花}
縋	lūi	縋落去	lūi lòh-khì	{以繩下物}
捋	lut	捋身軀	lut seng-khu	{以手搓身子}

M

姆	ḿ	阿姆	a-ḿ	{伯母}
毋／嘸／不	m̄	毋免	m̄-bián	{不必}
嘛	mā	無嘛好	bô mā hó	{聊勝於無}
僾	mài	僾講話	mài kóng-ōe	{不要說話}
搣	me／mi	搣土豆	me thô·-tāu	{抓花生}
猛	mé	猛火	mé-hóe	{猛火、大火}
暝	mê／mî	暝時	mê-sî	{晚上}
綿	mî	綿賴	mî-nōa	{認眞、不放棄}
麼	mih	啥麼	siáⁿ-mih	{甚麼}
物	mih	物件	mih-kiāⁿ	{東西}
幠	moa	相幠	sio-moa	{互相勾肩搭背}
瞞	môa	相瞞	sio-môa	{互相隱瞞}
糜	môe／moâi／bê	鹹糜	kiâm-môe	{鹹稀飯}

N

那	ná	那來那好	ná-lâi-ná-hó	{愈來愈好}
哪	ná	哪有	ná-ū	{哪有}
爁	nà	爁日	nà-jìt	{曬太陽}
嚨	nâ	嚨喉	nâ-âu	{喉嚨}
若	nā	若準	nā-chún	{若是}

拎	nê／nî	拎衫	nê-sa^n	{晾衣服}
躡	neh／nih	躡腳尾	neh kha-bé	{踮腳尖}
拈	ni	拈菜	ni-chhài	{以指頭挾菜}
簾	nî	簾簷	nî-chî	{屋簷}
領	niá	一領衫	chi̍t-niá sa^n	{一件衣服}
貓	niau	貓面	niau-bīn	{麻臉}
鳥	niáu	鳥鼠	niáu-chhí	{老鼠}
瞬	nih	瞬目	nih-ba̍k	{眨眼睛}
讓	niū	讓你	niū lí	{讓你}
卵	nn̄g	卵清	nn̄g-chheng	{蛋白}
撋	nóa	撋衫	nóa-sa^n	{搓洗衣服}
攔	nôa	攔頭	nôa-thâu	{找藉口}
爛	nōa	煮爛	chú-nōa	{煮爛}
瀾	nōa	嘴瀾	chhùi-nōa	{口水}

NG

掩	ng	掩目珠	ng ba̍k-chiu	{遮眼睛}
扰	ńg	扰衫	ńg-sa^n	{拿衣服}
蔭	ńg	樹蔭	chhiū-ńg	{樹蔭}
襪	ńg	手襪	chhiú-ńg	{袖子}
向／映	ǹg	向望	ǹg-bāng	{希望、期待}
硬	ngē／ngī	硬嘴	ngē-chhùi	{頑固、嘴硬}
挾	ngeh／ngoeh	挾菜	ngeh-chhài	{挾菜}

O／O·

呵／謳	o	呵咾	o-ló	{讚美}
蠔	ô	蠔仔	ô-á	{牡蠣}
烏	o·	烏暗	o·-àm	{黑暗}
烏	o·	烏仁	o·-jîn	{瞳孔}
挖	ó·	挖番藷	ó· han-chî	{挖番藷}

噁	ò·ⁿ	噁噁嚷	ò·ⁿ-ò·ⁿ-jióng	{胡亂叫喊}
惡	ò·ⁿ	厭惡	iàm-ò·ⁿ	{厭惡}
倚	óa	近倚	kīn-óa	{靠近}
晏	òaⁿ	晏睏	òaⁿ-khùn	{晚睡}
換	ōaⁿ	換衫	ōaⁿ-saⁿ	{換衣服}
歪	oai	歪一旁	oai chi̍t-pêng	{歪一邊}
冤	oan	冤家	oan-ke	{吵架}
緩	oān	緩召	oān-tiàu	{緩召}
斡	oat	斡角	oat-kak	{轉角}
越	oa̍t	越頭	oa̍t-thâu	{回頭、轉頭}
椏	oe	樹椏	chhiū-oe	{枝葉}
穢	òe／è	污穢	ù-òe	{污穢}
畫	ōe／ūi	畫圖	ōe-tô·	{畫圖}
僫／難	oh	眞僫	chin-oh	{很難}

P

飽	pá	食飽	chia̍h-pá	{吃飽}
跛	pái	跛腳	pái-kha	{跛腳}
剝	pak	剝皮	pak-phôe	{剝皮}
腹	pak	腹肚	pak-tó·	{肚子}
縛	pa̍k	縛粽	pa̍k-chàng	{包粽子}
贌	pa̍k	贌田	pa̍k-chhân	{典租耕地}
扳	pan	扳開	pan-khui	{扳開}
崩	pang	山崩	soaⁿ-pang	{山崩}
枋	pang	枋仔	pang-á	{木板}
班	pang	車班	chhia-pang	{行車的班次}
放	pàng	放尿	pàng-jiō	{小便}
暴	pāu	暴頭殼	pāu-thâu-khak	{以手打頭}
暴	pauh	暴牙	pauh-gê	{暴牙}
把	pé	火把	hóe-pé	{火把}
爬	pê	學爬	o̍h-pê	{學爬行}

扒	pê	扒癢	pê-chiūⁿ	{抓癢}
擘	peh	擘皮	peh-phôe	{剝皮}
趖	peh	趖山	peh-soaⁿ	{登山、爬山}
白	pėh	白賊	pėh-chhát	{謊話}
反／裬	péng	反船	péng-chûn	{翻船}
旁／爿	pêng	雙旁	siang-pêng	{兩邊}
啡	pi	噴啡仔	pûn pi-á	{吹哨子}
變	pìⁿ	變面	pìⁿ-bīn	{翻臉}
拚	piàⁿ	拍拚	phah-piàⁿ	{努力}
爆	piak	爆破	piak-phòa	{事機敗露}
謅	pián	謅錢	pián-chîⁿ	{騙錢}
變	piàn	變步	piàn-pō͘	{更多的法子}
撇	pih	撇褲腳	pih-khò͘-kha	{摺褲管}
裬	pín	裬針	pín-chiam	{別針}
必	pit	必縫	pit-phāng	{裂縫}
傍	pīng	傍勢	pīng-sè	{仗勢}
暴	pok	暴出來	pok chhut-lâi	{凸出來}
烞	pok	烞薰	pok hun	{抽煙}
晡	po͘	半晡	pòaⁿ-po͘	{半天}
脯	pó͘	菜脯	chhài-pó͘	{菜乾}
哺	pō͘	哺檳榔	pō͘ pin-nn̂g	{嚼檳榔}
拌	pōaⁿ	拌土粉	pōaⁿ thô͘-hún	{拍掉泥沙}
抔	póe／pé	抔走	póe-cháu	{以手撥開抖掉}
焙	pōe／pē	焙茶	pōe-tê	{以文火炒茶葉}
培	pōe／pē	培墓	pōe-bōng	{掃墓}
跋	poάh	跋倒	poάh-tó	{跌倒}
磅	pōng	磅空	pōng-khang	{隧道 防空洞}
碰	pōng	相碰	sio-pōng	{碰頭、相碰}
炰	pû	炰番藷	pû han-chî	{烤蕃藷}
吠	pūi	狗吠	káu-pūi	{狗吠}
糞	pùn	糞埽	pùn-sò	{垃圾}
歕／噴	pûn	歕風	pûn-hong	{以口吹氣}

發	puh	發芽	puh-gê	{發芽}
扒	put	扒土	put-thô·	{扒土}
不	put	不時	put-sî	{經常}

P H

葩	pha	一葩電火	chi̍t-pha tiān-hóe	{一盞電燈}
拋	pha	拋荒	pha-hng	{荒廢}
拋	pha	拋拋走	pha-pha-cháu	{到處閒逛}
皰	phā	膨皰	phòng-phā	{起水泡}
冇	phàⁿ	冇柴	phàⁿ-chhâ	{木柴不結實}
拍／撲／打	phah	拍破	phah-phòa	{打破}
歹	pháiⁿ	歹勢	pháiⁿ-sè	{不好意思}
揹	phāiⁿ			{背負}
覆／仆	phak	覆在眠	phak teh khùn	{趴著睡}
曝	pha̍k	曝日	pha̍k-ji̍t	{日曬}
芳	phang	芳花	phang-hoe	{香花}
紡	pháng	歹紡	pháiⁿ-pháng	{難做}
捧／摓	phâng	捧茶	phâng-tê	{端茶}
縫	phāng	空縫	khang-phāng	{縫隙}
帕	phè	尿帕仔	jiō-phè-á	{尿片兜}
偏	pheⁿ／phiⁿ	相偏	sio-pheⁿ	{互佔便宜}
並	phēng	比並	pí-phēng	{比較}
沫	phoe̍h／phe̍h	起沫	khí-phoe̍h	{起泡沫}
披	phi	披衫	phi-saⁿ	{晾衣服}
庀	phí	鼎庀	tiáⁿ-phí	{鍋巴}
痞	phí	臭頭痞	chhàu-thâu-phí	{瘡疤}
鼻	phīⁿ	鼻味	phīⁿ-bī	{聞味道}
龐	phiang	大龐	tōa-phiang	{身材龐大}
撇	phiat	無半撇	bô pòaⁿ-phiat	{無能}
癖	phia̍h	出癖	chhut-phia̍h	{出疹子}
蹵	phih	蹵落去	phih-lo̍h-khì	{趴下去}

破	phòa	破病	phòa-pēn	{生病}
販	phòaⁿ	販物	phòaⁿ-mih	{批貨來賣}
旆／佩	phoàh	佩鍊	phoàh-liān	{項鍊}
批	phoe	批紙	phoe-chóa	{信紙}
毗	phóe／phé	嘴毗	chhùi-phóe	{臉頰}
配	phòe／phè	配飯	phòe-pn̄g	{配飯吃}
皮	phôe／phê	皮皮仔看	phôe-phôe-á-khòaⁿ	{看個皮毛}
粕	phoh	蔗粕	chià-phoh	{甘蔗渣}
噗	phók	拍噗仔	phah phók-á	{鼓掌}
扶	phô·	扶仙	phô·-sian	{馬屁精}
捧／唪	phóng	品捧	phín-phóng	{炫耀}
膨／胖	phòng	膨風	phòng-hong	{吹牛}
殕	phú	臭殕	chhàu-phú	{物品久放有霉味}
屁	phùi	屁面	phùi-bīn	{輸不起而翻臉}
呸／唾	phùi	呸瀾	phùi-nōa	{吐口水}
噴	phùn	噴水	phùn-chúi	{噴水}
刜	phut	刜樹枝	phut chhiū-ki	{砍樹枝}

S

揎／搔	sa	用手揎	ēng chhiú-sa	{用手抓}
衫	saⁿ	衫褲	saⁿ-khò·	{衣褲}
相	saⁿ／sio	相輸	saⁿ-su	{打睹}
煠	sàh	煠肉	sàh-bah	{白水煮肉}
私	sai／su	私奇	sai-khia	{屬自己的}
使	sái	會使	ē-sái	{可以}
屎	sái	屎壑	sái-hàk	{廁所、毛坑}
似	sāi	熟似	sek-sāi	{熟悉、認識}
姒	sāi	同姒	tâng-sāi	{妯娌}
捒	sak	放捒	pàng-sak	{拋棄}
杉	sam	杉仔	sam-á	{杉木}
摻	sám	摻鹽	sám-iâm	{加鹽}

瘦／瘄	sán	瘦人	sán-lâng	{瘦子}
散	sàn	散赤	sàn-chhiah	{貧窮}
殺	sat	心肝殺	sim-koaⁿ sat	{狠心}
塞	sat	塞鼻	sat-phīⁿ	{鼻塞}
唌	sahⁿ	唌心	sahⁿ-sim	{非常嚮往}
嗖	sau	嗖聲	sau-siaⁿ	{聲音沙啞}
嗽	sàu	感冒嗽	kám-mō·-sàu	{感冒咳嗽}
細	sè／sòe	細漢	sè-hàn	{個子小、年紀小}
細	sè／sòe	細膩	sè-jī	{小心、客氣}
識	sek	識碏碏	sek-khoh-khok	{非常成熟}
適	sek	心適	sim-sek	{風趣}
熟	se̍k	煮熟	chú-se̍k	{煮熟}
踅	se̍h	轉踅	tńg-se̍h	{週轉、旋轉}
生	seng	生理	seng-lí	{生意}
盛	sēng	逞盛	théng-sēng	{縱容、嬌慣}
生	seⁿ／siⁿ	生份	seⁿ-hūn	{陌生}
序	sī	序大	sī-tōa	{長輩}
豉	sīⁿ	豉鹹肉	sīⁿ-kiâm-bah	{用鹽醃肉}
賒	sia	賒數	sia-siàu	{賒帳}
卸	sià	卸面子	sià-bīn-chú	{丟臉}
瀉	sià	瀉水	sià-chúi	{排水}
聲	siaⁿ	聲哨	siaⁿ-sàu	{語氣}
啥	siáⁿ／sáⁿ	啥人	siáⁿ-lâng	{甚麼人}
聖	siàⁿ	靈聖	lêng-siàⁿ	{靈驗}
滲	siàm	滲尿	siàm-jiō	{忍不住而遺尿}
身	sian	一身佛	chi̍t-sian pu̍t	{一座佛像}
搧	siàn	搧一下	siàn chi̍t-ē	{用手打一下}
煽	siàn	煽動	siàn-tōng	{煽動}
摔	siak	摔死	siak-sí	{摔死}
像	siâng／siāng	相像	sio-siâng	{相像}
澀	siap	嘴澀澀	chhùi siap-siap	{嘴澀澀}
洩	siap	洩水	siap-chúi	{水慢慢洩出}

痟	siáu	起痟	khí-siáu	{發瘋}
數	siàu	數額	siàu-giàh	{數額}
笑／誚	siàu	見笑	kiàn-siàu	{羞愧}
熠／晢	sih	熠爁	sih-nà	{閃電}
蝕	sih	蝕本	sih-pún	{虧本}
心	sim	心適	sim-sek	{有趣}
承	sîn	承水	sîn-chúi	{接雨水}
燒	sio	燒熱	sio-joàh	{炎熱}
俗	siòk	俗賣	siòk-bē	{便宜賣}
相	siòng	相相	sio-siòng	{相視}
詳	siông／siâng	參詳	chham-siông	{商量}
上	siōng／siāng	上蓋好	siōng-kài-hó	{最好}
翅	sit	翅股	sit-kó·	{翅膀}
泅	siû	泅水	siû-chúi	{游泳}
受	siū	受氣	siū-khì	{生氣}
巢／岫	siū	鳥仔巢	chiáu-á-siū	{鳥巢}
傷	siuⁿ／sioⁿ·	傷慢	siuⁿ-bān	{太慢}
拴	sng	拴門	sng-mîg	{拴門}
痠	sng	腰骨痠	io-kut sng	{腰痠}
損	sńg	拍損	phah-sńg	{浪費}
挲／搔	so	挲頭殼	so thâu-khak	{摸摸頭}
燥	sò	燥性	sò-sèng	{急性子}
胜／趖	sô	蛇在胜	chôa-teh-sô	{蛇在爬}
徙	sóa	徙位	sóa-ūi	{移位}
續／紲	sòa	接續	chiap-sòa	{接續}
搜	só·	搜查	só·-cha	{搜查}
所	só·	所在	só·-chāi	{地方}
散	sòaⁿ	散散	sòaⁿ-sòaⁿ	{不在意}
煞	soah	煞尾	soah-bóe	{結尾}
撒	soah	撒鹽	soah-iâm	{撒鹽}
旋／遄	soan	先旋	seng-soan	{先溜}
衰	soe	衰運	soe-ūn	{霉運}

索	soh	草索	chháu-soh	{草繩}
倯／庸	sông	草地倯	chháu-tē-sông	{鄉巴佬}
軀	su	一軀衫	chi̍t-su sa^n	{一套衣服}
四	sù	四配	sù-phòe	{相配}
欶	suh／soh	欶水	suh-chúi	{吸水}
媠	súi	媠衫	súi-sa^n	{漂亮的衣服}
榫	sún	榫頭	sún-thâu	{榫頭}
屑	sut	一屑仔	chi̍t-sut-á	{一點兒}
摔	sut	摔蠓仔	sut báng-á	{甩打蚊子}

T

乾／礁	ta	乾鬆	ta-sang	{乾爽}
罩	tà	罩濛	tà-bông	{霧氣彌漫}
擔	ta^n	擔責任	ta^n chek-jīm	{承擔責任}
擔	tà^n	重擔	tāng-tà^n	{重擔}
打	tá^n	打扮	tá^n-pān	{打扮}
搭	tah	搭椅搭桌	tah-í tah-toh	{拍打桌椅}
貼	tah	貼膏藥	tah ko-io̍h	{貼膏藥}
呆	tai	戇呆	gōng-tai	{愚笨}
帶	tài	紅帶烏	âng-tài-o͘	{紅中有黑}
帶	tài	帶念	tài-liām	{顧念}
埋	tâi	埋死人	tâi sí-lâng	{埋死人}
代	tāi	代誌	tāi-chì	{事情}
呔	tai^n	呔狗	tai^n-káu	{打狗}
觸	tak	相觸	sio-tak	{打架}
逐	ta̍k	逐日	ta̍k-ji̍t	{每天}
膽	tám	膽膽	tám-tám	{怕怕的}
澹	tâm	澹澹	tâm-tâm	{淫淫}
擲／揬	tàn	亂擲	loān-tàn	{亂扔}
冬	tang	三冬	sa^n-tang	{三年}
凍	tàng	凍霜	tàng-sng	{吝嗇}

當	tàng	會當	ē-tàng	{可以}
笛	ta̍t	笛仔	ta̍t-á	{笛子}
兜	tau	阮兜	goán tau	{我家}
鬥	tàu	鬥陣	tàu-tīn	{一起}
晝	tàu	中晝	tiong-tàu	{中午}
投	tâu	投老師	tâu lāu-su	{向老師控訴}
沓沓	ta̍uh	沓沓	ta̍uh-ta̍uh	{經常}
貯	té/tóe	貯錢	té-chîⁿ	{裝錢}
底	té/tóe	內底	lāi-té	{裏面}
地	tè/tòe	無地講	bô-tè-kóng	{無處説}
塊	tè	一塊碗	chi̍t-tè óaⁿ	{一個碗}
綴/隨	tòe/tè	綴我行	tòe góa kiâⁿ	{跟我走}
戇	tèⁿ/tìⁿ	戇悾	tèⁿ-khong	{裝傻}
掟	tēⁿ/tīⁿ	掟拳頭母	tēⁿ kûn-thâu-bó	{握拳頭}
壓/硩	teh	壓重	teh-tāng	{壓重}
的	tek	的確	tek-khak	{一定}
軸	te̍k	聯軸	liân-te̍k	{輓聯}
頂	téng	樓頂	lâu-téng	{樓上}
釘	tèng	釘根	tèng-kin	{紮根}
橂	tēng	橂柴	tēng-chhâ	{硬木}
纏	tîⁿ	纏絆	tîⁿ-pòaⁿ	{糾纏阻礙}
致	tì	致病	tì-pēⁿ	{罹病}
佇	tī			{在}
箸	tī/tū			{筷子}
滇	tīⁿ	水滇	chúi-tīⁿ	{水滿}
挃	tihⁿ/ti̍h	愛挃	ài-tihⁿ	{要}
鼎	tiáⁿ	銅鼎	tâng-tiáⁿ	{鍋子}
定	tiāⁿ	定定	tiāⁿ-tiāⁿ	{經常}
摘	tiah	摘名	tiah-miâ	{指名}
糴	tia̍h	糴米	tia̍h-bí	{買米}
觸	tiak	觸西瓜	tiak si-koe	{彈西瓜}
砧	tiam	肉砧	bah-tiam	{切肉板}

踮	tiàm	踮叨位	tiàm tó-ūi	{住哪裡}
刁	tiau/thiau	刁工	tiau-kang	{故意}
牢/著	tiâu	忍燴牢	lún-bē-tiâu	{忍不住}
椆	tiâu	豬椆	ti-tiâu	{豬住的地方}
條	tiâu	條直	tiâu-tit	{人正直、事了結}
張	tiuⁿ/tioⁿ	張持	tiuⁿ-tî	{注意}
張	tiuⁿ/tioⁿ	張走去	tiuⁿ cháu-khì	{耍脾氣跑開}
恬	tiām	恬恬	tiām-tiām	{安靜}
癲	tian	番癲	hoan-tian	{意識不清}
顛	tian	顛倒勇	tian-tò ióng	{反而堅固、強壯}
展	tián	展有錢	tián ū chîⁿ	{炫耀有錢}
揕/扰	tìm	揕掉	tìm-tiāu	{扔掉}
沉	tîm	沉底	tîm-té	{沉澱}
振	tín	振動	tín-tāng	{搖動}
鎮	tìn	鎮位	tìn-ūi	{佔地方}
越/跳	tiô	越跳	tiô-thiàu	{雀躍}
擢	tioh	出擢	chhut-tioh	{出色}
著	tio̍h	著毋著	tio̍h m̄ tio̍h	{對不對}
搐	tiuh	搐搐疼	tiuh-tiuh-thiàⁿ	{抽痛}
當	tng	當鳥仔	tng chiáu-á	{捕鳥}
轉	tńg	轉去	tńg-khì	{回去}
頓	tǹg	暗頓	àm-tǹg	{晚餐}
頓	tǹg	頓腳	tǹg-kha	(頓足}
盪	tńg	洗盪	sé-tńg	{清洗}
撞	tńg	相撞	sio-tńg	{相遇}
倒	tó	挵倒	lòng-tó	{撞倒}
叨/佗	tó	叨位	tó-ūi	{哪裏}
倒	tò	倒轉去	tò tńg-khì	{回去}
蹛/滯	tòa	蹛台灣	tòa Tâi-oân	{住台灣}
大	tōa	大舌	tōa-chi̍h	{口吃}
彈	tôaⁿ	彈琴	tôaⁿ-khîm	{彈琴}
彈	tōaⁿ	彈銃	tōaⁿ-chhèng	{開槍}

憚／惰	tōaⁿ	貧憚	pîn-tōaⁿ	{懶惰}
燖	tȯh	火在燖	hóe teh tȯh	{火正在燒}
啄	tok	啄米	tok-bí	{啄米}
斲	tok	斲肉	tok-bah	{剁肉}
擋	tòng	擋路	tòng-lō·	{擋路}
撞	tōng	車撞著	chhia tōng tiȯh	{車撞到了}
抵／拄	tú	相抵	sio-tú	{相遇}
注	tù	一注錢	chit tù chîⁿ	{一筆錢}
注	tū	注死	tū-sí	{溺死}
對	tùi	對這旁	tùi chit pêng	{從這邊}
搥	tûi	搥心肝	tûi-sim-koaⁿ	{搥心窩、後悔}
拄	tuh	拄痀	tuh-ku	{打瞌睡}
揬	túh	揬破	túh-phòa	{戳破}
鈍	tun	刀鈍	to-tun	{刀不利}
囤	tún	囤貨	tún-hòe	{囤積貨物}
鈍	tūn	鈍目	tūn-bȧk	{眼力差}
燉	tūn	燉肉	tūn-bah	{燉肉}

TH

篩	thai	米篩目	bí-thai-bȧk	{米條}
癩	thái	癩痾	thái-ko	{痲瘋、不乾淨}
刣	thâi	刣雞	thâi-ke	{殺雞}
疊	thȧh	疊高	thȧh-koân	{疊高}
坦	thán	坦笑	thán-chhiò	{仰臥}
趁	thàn	趁錢	thàn-chîⁿ	{賺錢}
通	thang	通光	thang-kng	{透明、靈光}
通	thang	毋通	m̄-thang	{不可以}
通／迵	thàng	相通	sio-thàng	{相通}
痛	thàng	疼痛	thiàⁿ-thàng	{疼愛}
躂	that	蹧躂	chau-that	{侮辱、浪費}
敨／解	tháu	敨結	tháu-kat	{解結}

透	thàu	透風	thàu-hong	{起風、刮風}
頭	thâu	頭路	thâu-lō͘	{工作}
扥／提	thèh	偷扥	thau-thèh	{偷拿}
撐	thèⁿ／thiⁿ	撐起來	thèⁿ khí-lâi	{撐起來}
疼	thiàⁿ	疼入心	thiàⁿ-jip-sim	{愛到心坎裡}
殄／忝	thiám	眞殄	chin-thiám	{很累}
展／捵	thián	展翅	thián-sit	{展翅}
疊	thiàp	疊貨	thiàp-hòe	{疊置貨物}
挑	thio	明挑	bêng-thio	{挑明講}
糶	thiò	糶米	thiò-bí	{賣米}
暢	thiòng	講暢	kóng-thiòng	{隨興説説}
組	thīⁿ	補組	pó͘-thīⁿ	{縫補}
淡／潬	thòaⁿ	生淡	seⁿ-thòaⁿ	{繁殖}
汰	thōa	洗汰	sé-thōa	{洗滌}
導	thōa	導生理	thōa seng-lí	{學做生意}
汰	thoah	汰米	thoah-bí	{洗米}
通	thong	有通	ū-thong	{理想、可行}
捅	thóng	捅出來	thóng chhut-lâi	{凸出來}
托	thok	托嘴齒	thok chhùi-khí	{剔牙}
褪	thǹg	褪腹裼	thǹg pak-theh	{打赤膊}
推	thui	推腳	thui-kha	{推拿治腳}
踐／躔	thún	踐踏	thún-tàh	{踐踏}
托	thuh	托臭	thuh-chhàu	{揭人瘡疤}
托	thuh	托嘴下斗	thuh chhùi-ē-táu	{手托下巴}

U

窩／趺	u	腳頭窩	kha-thâu-u	{膝蓋}
炙	ù	炙燒	ù-sio	{偎熱}
威	ui	用針威	ēng chiam ui	{用針扎}
蝹	un	四過蝹	sì-kè-un	{居無定所四處蹲坐}
勻	ûn	齊勻	chiâu-ûn	{平均、齊全}

巡	ûn	巡街	ûn-ke	{招搖過街}
畏	ùi	畏人	ùi-lâng	{怕生}
飫	ùi	飫嘴	ùi-chhùi	{不想吃東西}
鬱	ut	鬱悴	ut-chut	{憂鬱}
允	ún／ín	允人	ún-lâng	{承諾別人}
搵	ùn	搵豆油	ùn tāu-iû	{沾醬油}

附錄㈠

台語的輕聲、音變、合音、方音差異

$\boxed{\text{輕聲}}$

　　在台語兩個字以上連讀，除了最後音節外，其餘的音節都要變聲，但是遇到輕聲時卻是最後一字或者兩字變成輕聲，頭字不變聲。
（標 " °" 爲輕聲）

①名詞尾

李先生	Lí sin-se^n	→	Lí sin°-se^n °	{李先生}
六月	la̍k-goe̍h	→	la̍k-goe̍h°	{六月}
日時	jit-sî	→	jit-sî °	{日時}
暝時	mê-sî	→	mê-sî °	{暝時}

②句尾助詞或疑問詞

有去無？	ū-khì-bô	→	ù-khì-bô °	{去了沒？}
會曉燴？	ē-hiáu-bē	→	è-hiáu-bē°	{會了嗎？}
食飽未？	chia̍h-pá-bōe	→	chià-pá-bōe °	{吃過飯了嗎？}
食飽啊。	chia̍h-pá-ah	→	chià-pá-ah °	{已吃過飯了。}
伊來啊。	i-lâi-ah	→	ī-lâi-ah °	{他已來了。}
伊來囉！	i-lâi-loh	→	ī-lâi-loh °	{他來囉！}
小等咧！	sió-tán-leh	→	sio-tán-leh °	{等一下！}
嫑啦！	mài-lah	→	mài-lah °	{不要這樣！}

③若干雙動詞尾：著、死、來

挵著	lòng-tio̍h	→	lòng-tio̍h °	{撞到}
踏著	ta̍h-tio̍h	→	ta̍h-tio̍h °	{踩到}
看著	khòa^n-tio̍h	→	khòa^n-tio̍h °	{看到}
想著	siū^n-tio̍h	→	siū^n-tio̍h °	{想到}
氣死	khì-sí	→	khì-sí °	{氣死}
踏死	ta̍h-sí	→	ta̍h-sí °	{踩死}

拍死	phah-sí	→	phah-sí。	{打死}
跋死	poàh-sí	→	poàh-sí。	{跌死}
轉來	tńg-lâi	→	tńg-lâi。	{回來}
起來	khí-lâi	→	khí-lâi。	{起來}
騙來	phiàn-lâi	→	phiàn-lâi。	{騙來}
買來	bé-lâi	→	bé-lâi。	{買來}

④有一些人稱代名詞在動詞之後，變成輕聲；這種輕聲，因著前面動詞不同與語氣而發生不同的變聲，但也可以不用輕聲。

予我	hō·-góa	→	hō·-góa。	{給我}
予伊	hō·-i	→	hō·-i。	{給他}
予人	hō·-lâng	→	hō·-lâng。	{給人}
予阮	hō·-goán	→	hō·-goán。	{給我們}
教個	kà-in	→	kà-in。	{教他們}
教咱	kà-lán	→	kà-lán。	{教我們}
教恁	kà-lín	→	kà-lín。	{教你們}

⑤[ê](的)於下列情形要變聲

動詞＋的

寫的	siá-ê	→	siá-ê。	{寫的}
來的	lâi-ê	→	lâi-ê。	{來的}
賣的	bē-ê	→	bē-ê。	{賣的}
畫的	ōe-ê	→	ōe-ê。	{畫的}

形容詞＋的

老的	lāu-ê	→	lāu-ê。	{老的}
新的	sin-ê	→	sin-ê。	{新的}
舊的	kū-ê	→	kū-ê。	{舊的}
媠的	súi-ê	→	súi-ê。	{美的}
大的	tōa-ê	→	tōa-ê。	{大的}
細的	sè-ê	→	sè-ê。	{小的}

名詞＋的

鐵的	thih-ê	→	thih-ê。	{鐵的}
銅的	tâng-ê	→	tâng-ê。	{銅的}
金的	kim-ê	→	kim-ê。	{金的}
銀的	gîn-ê	→	gîn-ê。	{銀的}

姓氏＋的

姓劉的	sèⁿ-Lâu-ê	→	sèⁿ-Lâu-ê。	{姓劉的}
林氏的	Lîm-sī-ê	→	Lîm-sī。-ê。	{林氏的}
陳家的	Tân-ka-ê	→	Tân-ka。-ê。	{陳家的}
黃厝的	Ng-chhù-ê	→	Ng-chhù。- ê。	{黃宅的}

⑥輕聲與非輕聲在單句字面上看不出意思不同，但是整句或者讀出時就可顯露出來。

輕聲	伊無去	i bô-khì	→	i bô-khì。	{他不見了}
	伊無去	i bô-khì	→	i bō-khì	{他沒去}

輕聲	我是毋？	góa sī m̄	→	góa sī m̄。	{是我嗎？}
	我是毋	góa sī m̄	→	goa sì m̄	{我不願意}

輕聲	後日	āu-jit	→	āu-jit。	{後天}
	後日	āu-jit	→	àu-jit	{他日}

輕聲	伊驚死	i kiaⁿ-sí	→	i kiaⁿ-sí。	{他嚇死了}
	伊驚死	i kiaⁿ-sí	→	i kiāⁿ-sí	{他很膽小}

變音

在台語，兩個音節時，其音會發生變化，但標示時仍用本調，惟於讀出時則可能發生變音。

①[á](仔)或者[ê](的)之前的音節有鼻音韻尾 " n " 時。

| 囝仔 | gín-á | → | gin-ná | {孩子} |

印仔	ìn-á	→	ín-ná	{圖章}
秤仔	chhìn-á	→	chhín-ná	{秤}
銀的	gîn-ê	→	gîn-nê	{銀的}
今仔日	kin-á-jit	→	kīn-na-jit	{今天}

②〔 á 〕(仔)或者〔 ê 〕(的)之前的音節有鼻音韻尾 " m " 時。

柑仔	kam-á	→	kām-má	{橘子}
店仔	tiàm-á	→	tiám-má	{店舖}
金仔	kim-á	→	kīm-má	{金子}
尖的	chiam-ê	→	chiam-mê	{尖的}
金的	kim-ê	→	kim-mê	{金的}

③〔 á 〕(仔)之前的音節有鼻音韻尾 " n g" 時。

松仔	chhêng-á	→	chhēng-ngá	{松樹}
蔥仔	chhang-á	→	chhāng-ngá	{蔥}
窗仔	thang-á	→	thāng-ngá	{窗子}

④〔 á 〕(仔)或者〔 ê 〕(個)之前的音節有入聲音韻尾 " t " 時。

賊仔	chhat-á	→	chhat-lá	{小偷}
姪仔	tit-á	→	tit-lá	{姪子}
漆仔	chhat-á	→	chhat-lá	{油漆刷子}
菝仔	poat-á	→	poat-lá	{芭樂}
一個	chit-ê	→	chit-lê	{一個}

⑤〔 á 〕(仔)之前的音節有鼻音韻尾 " p " 時。

粒仔	liap-á	→	liap-bá	{瘡疔}
飯粒仔	pn̄g-liap-á	→	pn̄g-liap-bá	{飯粒}
夾仔	giap-á	→	giap-bá	{夾子}
盒仔	ap-á	→	ap-bá	{盒子}

⑥〔 á 〕(仔)或者〔 ê 〕(個)之前的音節有入聲韻尾 " k " 時。

竹仔	tek-á	→	tek-gá	{竹子}
叔仔	chek-á	→	chek-gá	{叔叔}
六個	lak-ê	→	lak-gê	{六個}

合音

在台語，兩個語詞結合，其中間音節有時被省略掉，稱之爲合音。

赫大箍	hiah-tōa-kho͘	→	hiah-à-kho͘	{那麼胖}
赫大漢	hiah-tōa-hàn	→	hiah-à-hàn	{那麼高}
四十五	sì-cha̍p-gō͘	→	siap-gō͘	{四十五}
三百七十	saⁿ-pah-chhit-cha̍p	→	saⁿ-á-chhit	{三百七十}
予人罵	hō͘ lâng mē	→	hông mē	{被人罵}
共人買	kā lâng bé	→	kâng bé	{向人買}
聽見講	thiaⁿ kìⁿ kóng	→	thiaⁿ-i-kóng	{聽說}
共伊講	kā i kóng	→	kâi kóng	{跟他說}
也會曉	iā ē hiáu	→	ā-ē-hiáu	{也會}
伊拍算欲	i phah-sǹg beh khì	→	ī phàng bé khì	{他大概要}
錢拍毋見	chîⁿ phah-m̄-kìⁿ	→	chîⁿ phàng khì	{丟了錢}
是啥麼人？	sī siáⁿ-mih lâng	→	sī siáng？／siâng	{是誰？}
欲去叨位？	beh khì tó-ūi？	→	bé khí tóe？	{去哪裡？}

方音差異

早期台灣先民多數來自大陸福建漳州、泉州，所以在台灣多數人使用的語言以漳州腔和泉州腔爲主。又因早期漳州移民來台之時多數居住於內陸地區，泉州移民來台時多數居住於沿海地區，所以有學者主張以內山腔(漳音)與海口腔(泉音)來區分。實際上台灣工商發展迅速，交通和傳播事業發達，居民南來北往遷徙頻煩，要在台灣找尋完全漳州腔或者完全泉州腔的民衆，大概是屈指可數，一般民衆使用「不漳不泉」的混合音，已經是不爭的事實，所以若硬要以漳州腔較好，或者泉州腔較標準，都是不正確的觀念，了解其中的差異，互相尊重才是上策。下列爲漳、泉方音差異（／前爲漳音系，／後爲泉音系）實例說明供讀者參考。

e／oe

bē／bōe	bé／bóe	bē／bōe	chê／chôe	chē／chōe
燴{不會}	買	賣	齊	多

chhe／chhoe		chhè／chhòe	thè／thòe	
初		粞{糯米的乾漿}	替	

é／óe	ê／ôe	ē／ōe	ke／koe	ke／koe
矮	鞋	會	街	雞

khe／khoe	lê／lôe	se／soe	sé／sóe	sè／sòe
溪	犁	梳	洗	細

té／tóe	té／tóe	tê／tôe	tê／tôe	tē／tōe
底	貯	題	蹄	地

cheh／choeh	seh／soeh	peh／poeh	beh／boeh	
節	塞	八	欲{要}	

léh／lóeh	kheh／khoeh	séh／sóeh		
笠	蹀{擠}	踅{旋轉}		

oe／e

bóe／bé	bōe／bē	chhoe／chhe	chhoe／chhe	chhóe／chhé
尾	未	吹	炊	髓

chhôe／chhê	oe／e	hoe／he	hóe／hé	hóe／hé	hóe／hé
篗{細竹棍}	鍋	灰	火	夥	伙

hòe／hè	hòe／hè	hôe／hê	kóe／ké	kóe／ké
貨	歲	回	果	粿

kòe／kè	poe／pe	pōe／pē	phoe／phe	phoe／phe
過	飛	倍	胚	批

phôe／phê	phōe／phē	sòe／sè	sôe／sê	tòe／tè
皮	被	稅	垂	綴{跟}

boeh／beh	goeh／geh	koeh／keh	khoeh／kheh	soeh／seh
襪	月	郭	缺	說

oeh／uih

hoeh／huih	poeh／puih	oeh／uih	oe̍h／úih
血	拔	挖	劃

e^n／i^n

che^n／chi^n	ché^n／chî^n	chè^n／chì^n	chhe^n／chhi^n
爭	井	諍	青

chhe^n／chhi^n	chhé^n／chhî^n	e^n／i^n	ke^n／ki^n
星	醒	嬰	更

ke^n／ki^n	ke^n／ki^n	me／mi	mê／mî
羹	庚	搣{抓、拿}	暝

pê^n／pî^n	pê^n／pî^n	pē^n／pī^n	se^n／si^n
棚	平	病	生

sè^n／sì^n	tē^n／tī^n	tē^n／tī^n	pè^n／pì^n
姓	掟{握}	鄭	柄

thè^n／thì^n	phê^n／phî^n	phê^n／phî^n	ngē／ngī
撑	坪	澎	硬

in／un

in／un	in／un	ín／ún	gîn／gûn	hīn／hūn
恩	殷	允	銀	恨

kin／kun	kin／kun	kin／kun	kin／kun	kin／kun
斤	巾	根	筋	跟

kīn／kūn	khîn／khûn	khîn／khûn
近	芹	勤

i／u，多數是 i，u 兩者方音皆用

chí／chú	chî／chû	chhí／chhú	ī／ū	tî／tû
煮	薯	鼠	預	除
ki／ku	kí／kú	kì／kù	gí／gú	jî／jû

居	舉	據	語	如
lí／lú	lī／lū			
女	慮			

宜蘭、桃園地區之特殊漳州口音

chui^n	chùi^n／chǹg	chūi^n	chhūi^n	hui^n／hng
磚	鑽	舐	穿	方

hui^n	hûi^n	hūi^n	kui^n	kui^n	kúi^n	kùi^n
荒	園	遠	光	關	捲	貫

khùi^n	mûi^n	mūi^n	núi^n	nūi^n	pūi^n	sui^n
勸	門	問	軟	卵	飯	酸

sui^n	súi^n	sùi^n	túi^n	tùi^n	thùi^n／thǹg	
痠	損	算	轉	頓	褪	

thùi^n／thǹg	ui^n	ûi^n
燙	掩	黃

附錄㈡

台灣火車站名台語讀音

| 基隆 → 新竹 |

基　隆	Ke-／koe-lâng
八　堵	Peh-／Poeh-tó˙
七　堵	Chhit-tó˙
五　堵	Gō˙-tó˙
汐　止	Se̍k-chí
南　港	Lâm-káng
松　山	Siông-san
台　北	Tâi-pak
萬　華	Bān-hôa(Báng-kah)
板　橋	Pang-kiô
樹　林	Chhiū-nâ-á
山　佳	Soaⁿ-á-kha
鶯　歌	Eng-ko
桃　園	Thô-hn̂g(Thô-á-hn̂g)
內　壢	Lāi-le̍k
中　壢	Tiong-le̍k
埔　心	Po˙-sim
楊　梅	Iûⁿ-mûi／môe
富　崗	Hù-kong
湖　口	O˙-kháu
新　豐	Sin-hong
竹　北	Tek-pak

| 新　竹 | Sin-tek |

| 新竹 → 彰化 |

（山線）

香　山	Hiong-／Hiang-san
崎　頂	Kiā-téng
竹　南	Tek-lâm
造　橋	Chō-kiô
豐　富	Hong-hù
苗　栗	Biâu-le̍k
南　勢	Lâm-sì
銅　鑼	Tâng-lô
三　義	Sam-gī
勝　興	Sèng-heng／hin
泰　安	Thài-an
后　里	Aū-lí
豐　原	Hong-goân
潭　子	Thâm-chú
台　中	Tâi-tiong
烏　日	O˙-ji̍t
成　功	Sêng-kong

彰 化　　Chiong-／Chiang-hòa

員　林　　Oân-lîm
永　靖　　Eńg-chēng
社　頭　　Siā-thâu
田　中　　Tiân-tiong
二　水　　Jī-chúi
林　內　　Nâ-lāi
石　榴　　Siáh-liû
斗　南　　Táu-lâm
石　龜　　Chióh-ku
大　林　　Tōa-nâ
民　雄　　Bîn-hiông
嘉　義　　Ka-gī

新竹 → 彰化

（海線）
香　山　　Hiong-／Hiang-san
崎　頂　　Kiā-téng
竹　南　　Tek-lâm
談　文　　Tâm-bûn
大　山　　Tōa-soa^n
後　龍　　Aū-lâng
龍　港　　Liông-káng
白沙屯　　Peh-soa-tun
新　埔　　Sin-po·
通　宵　　Thong-siau
苑　裡　　Oán-lí
日　南　　Jit-lâm
大　甲　　Tāi-kah
台中港　　Tâi-tiong-káng
清　水　　Chheng-chúi
沙　鹿　　Soa-lák
龍　井　　Liông-ché^n／chí^n
大　肚　　Tōa-tō·
追　分　　Tui-hun
彰　化　　Chiong-／Chiang-hòa

嘉義 → 高雄

嘉　義　　Ka-gī
水　上　　chúi-siōng
南　靖　　Lâm-chēng
後　壁　　Aū-piah
新　營　　Sin-iâ^n
柳　營　　Liú-iâ^n
林鳳營　　Lîm-hōng-iâ^n
隆　田　　Liông-tiân
拔　林　　Poát-／Pát-á-nâ
善　化　　Siān-hòa
新　市　　Sin-chhī
永　康　　Eńg-khong
台　南　　Tâi-lâm
保　安　　Pó-an
中　洲　　Tiong-chiu-á

彰化 → 嘉義

彰　化　　Chiong-／Chiang-hòa
花　壇　　Hoe-tôa^n

大 湖	Tōa-ô·	
路 竹	Lō· -tek	
岡 山	Kong-san	
橋 頭	Kiô-á-thâu	
楠 梓	Lâm-á-khe^n／khi^n	
左 營	Chó-iâ^n	
高 雄	Ko-hiông	

屏東線

高 雄	Ko-hiông
鳳 山	Hōng-soa^n
後 圧	Aū-chng
九曲堂	Kiú-khiok-tông
六塊厝	Lak-tè-chhù
屏 東	Pîn-tong
歸 來	Kui-lâi
麟 洛	Lîn-lok
西 勢	Se-sì
竹 田	Tek-chhân
潮 州	Tiô-chiu
崁 頂	Khàm-téng
南 州	Lâm-chiu
鎮 安	Tìn-an
林 邊	Nâ-á-pi^n
佳 冬	Ka-tang
東 海	Tang-hái
枋 寮	Pang-liâu

東部幹線／宜蘭線

基 隆	Ke-／koe-lâng
八 堵	Peh-／Poeh-tó·
暖 暖	Loán-loán
四腳亭	Sì-kha-têng
瑞 芳	Sūi-hong
侯 硐	Hâu-tông
三貂嶺	Sam-tiau-niá
牡 丹	Bó· -tan
雙 溪	Siang-khe／khoe
貢 寮	Khong-á-liâu
福 隆	Hok-liông
石 城	Chioh-siâ^n
大 里	Tāi-lí
大 溪	Tāi-khe／khoe
龜 山	Ku-soa^n
外 澳	Gōa-ò
頭 城	Thâu-siâ^n
頂 埔	Téng-po·
礁 溪	Ta-khe／khoe
四 城	Sì-siâ^n
宜 蘭	Gî-lân
二 結	Jī-kiat
中 里	Tiong-lí
羅 東	Lô-tong
冬 山	Tang-(koe)-soa^n
新 馬	Sin-má
蘇 澳	So· -ò

東部幹線／北迴線

蘇 澳	So͘-ò	內 獅	Lāi-sai
永 春	Éng-chhun	枋 山	Pang-soaⁿ
永 樂	Éng-lȯk	古 莊	Kó͘-chng
東 澳	Tang-ò	大 武	Tāi-bú
南 澳	Lâm-ò	瀧 溪	Liông-khe／khoe
武 塔	Bú-thah	多 良	To-liông
漢 本	Hàn-pún	金 崙	Kim-lūn
和 平	Hô-pêng	香 蘭	Hiong-lân
和 仁	Hô-jîn	太麻里	Thài-má-lí
崇 德	Chông-tek	三 和	Sam-hô
新 城	Sin-siâⁿ	知 本	Ti-pún
景 美	Kéng-bí	康 樂	Khong-lȯk
北 埔	Pak-po͘	馬 蘭	Má-lân
花 蓮	Hoa-／Hoe-lian／liân	台 東	Tâi-tang

北迴線高雄 → 枋寮 → 台東

高 雄	Ko-hiông
鳳 山	Hōng-soaⁿ
後 圧	Aū-chng
九曲堂	Kiú-khiok-tông
屏 東	Pîn-tong
潮 州	Tiô-chiu
南 州	Lâm-chiu
林 邊	Nâ-á-piⁿ
枋 寮	Pang-liâu
加 祿	Ka-lȯh

附錄㈢

台灣郵遞區號台語讀音

台北市	

台北市	Tâi-pak-chhī	七堵區	Chhit-tó·-khu
中正區	Tiong-chèng-khu		
大同區	Tāi-tông-khu		

台北縣	

中山區	Tiong-san-khu
大安區	Tāi-an-khu
北投區	Pak-tâu-khu
士林區	Sū-lîm-khu
內湖區	Lāi-ô·-khu
信義區	Sìn-gī-khu
萬華區	Bān-hôa-khu
文山區	Bûn-san-khu
南港區	Lâm-káng-khu
松山區	Siông-san-khu

台北縣	Tâi-pak-koān
板 橋	Pang-kiô
永 和	Eńg-hô
中 和	Tiong-hô
三 重	San-têng-po·
新 莊	Sin-chng
新 店	Sin-tiàm
土 城	Thô·-siâⁿ
三 峽	Sam-kiap
樹 林	Chhiū-nâ-á
鶯 歌	Eng-ko
淡 水	Tām-chúi
汐 止	Sėk-chí
瑞 芳	Sūi-hong
萬 里	Bān-lí
金 山	Kim-san
深 坑	Chhim-kheⁿ／khiⁿ
石 碇	Chiòh-tēng-á
平 溪	Pêng-khe／khoe

基隆市	

基隆市	Ke-／Koe-lâng-chhī
仁愛區	Jîn-ài-khu
信義區	Sìn-gī-khu
中正區	Tiong-chèng-khu
中山區	Tiong-san-khu
安樂區	An-lȯk-khu
暖暖區	Loán-loán-khu

雙 溪	Siang-khe／khoe
貢 寮	Khong-á-liâu
坪 林	Pêⁿ-／Pîⁿ-nâ
烏 來	U-lai
泰 山	Thài-san
林 口	Nâ-kháu
蘆 洲	Lô͘-chiu
五 股	Gō͘-kó͘
八 里	Pat-lí
三 芝	Sam-chi
石 門	Chio̍h-mn̂g

宜蘭縣

宜蘭縣	Gî-lân-koān
頭 城	Thâu-siâⁿ
羅 東	Lô-tong
礁 溪	Ta-khe／khoe
壯 圍	Chòng-ûi
圓 山	Iⁿ-soaⁿ-á
三 星	Sam-seng
大 同	Tāi-tông
五 結	Gō͘-kiat
冬 山	Tang-koe-soaⁿ
南 澳	Lâm-ò
蘇 澳	So͘-ò

桃園縣

桃園縣	Thô-hn̂g-koān

中 壢	Tiong-le̍k
平 鎮	Pêng-tìn
內 壢	Lāi-le̍k
龍 潭	Liông-thâm
楊 梅	Iûⁿ-mûi／môe
新 屋	Sin-chhù
石 門	Chio̍h-mn̂g
觀 音	Koan-im
桃 園	Thô-hn̂g
龜 山	Ku-soaⁿ
八 德	Pat-tek
大 溪	Tāi-khe／khoe
復 興	Ho̍k-heng／hin
大 園	Tōa-hn̂g
蘆 竹	Lô͘-tek

新竹縣

新竹市	Sin-tek-chhī
新竹縣	Sin-tek-koān
竹 北	Tek-pak
湖 口	O͘-kháu
新 豐	Sin-hong
新 埔	Sin-po͘
關 西	Koan-se
芎 林	Kiong-nâ
寶 山	Pó-soaⁿ
香 山	Hiong-san
竹 東	Tek-tang
五 峰	Ngó͘-hong

橫	山	Hoâi^n／Hûi^n-soa^n
尖	石	chiam-soa^n
北	埔	Pak-po͘
峨	眉	Gô-mûi

苗栗縣

苗栗縣		Biâu-lėk-koān
竹	南	Tek-lâm
頭	份	Thâu-hūn
三	灣	Sam-oan
南	庄	Lâm-chng
獅	潭	Sai-thâm
後	龍	Aū-lâng
通	宵	Thong-siau
苑	裡	Oán-lí
苗	栗	Biâu-lėk
造	橋	Chō-kiô
頭	屋	Thâu-ok
公	館	Kong-koán
大	湖	Tōa-ô͘
泰	安	Thài-an
銅	鑼	Tâng-lô
三	義	Sam-gī
西	湖	Se-ô͘
卓	蘭	Tà-lân

台中市

台中市	Tâi-tiong-chhī

中	區	Tiong-khu
東	區	Tang-khu
西	區	Se-khu
南	區	Lâm-khu
北	區	Pak-khu
北屯區		Pak-tūn-khu
西屯區		Se-tūn-khu
南屯區		Lâm-tūn-khu

台中縣

台中縣		Tâi-tiong-koān
太	平	Thài-pêng
大	里	Tāi-lí
烏	日	O͘-jit
大	雅	Tāi-ngé
豐	原	Hong-goân
后	里	Aū-lí
石	岡	Chiȯh-kng-á
東	勢	Tang-sì
和	平	Hô-pêng
新	社	Sin-siā
潭	子	Thâm-chú
神	岡	Sîn-kóng
霧	峰	Bū-hong
大	肚	Tōa-tō͘
沙	鹿	Soa-lȧk
龍	井	Liông-ché^n／chí^n
梧	棲	Gô͘-chhe
清	水	Chheng-chúi

大 甲	Tāi-kah	
外 埔	Gōa-poˑ	
大 安	Tāi-an	

彰化縣

彰化縣	Chiong-／Chiang-hòa-koān
芬 園	Hun-hñg
花 壇	Hoe-tôaⁿ
秀 水	Siù-chúi(Chhàu-chúi)
鹿 港	Lȯk-káng
福 興	Hok-heng／hin
線 西	Sòaⁿ-sai
和 美	Hô-bí
伸 港	Sin-káng
社 頭	Siā-thâu
員 林	Oân-lîm
永 靖	Eńg-chēng
埔 心	Poˑ-sim
溪 湖	Khe-／Khoe-ôˑ
大 村	Tāi-chhoan
埔 鹽	Poˑ-iâm
田 中	Tiân-tiong
北 斗	Pó-táu
田 尾	Chhân-bóe／bé
埤 頭	Pi-thâu
溪 州	Khoe-／khe-chiu
竹 塘	Tek-tñg
二 林	Jī-lîm
大 城	Tōa-siâⁿ

芳 苑	Hong-oán
二 水	Jī-chúi

南投縣

南投縣	Lâm-tâu-koān
南 投	Lâm-tâu
中 寮	Tiong-liâu
草 屯	Chháu-tùn
中興新村	Tiong-heng-／hin-sin-chhoan
國 姓	Kok-sèng
埔 里	Poˑ-lí
仁 愛	Jîn-ài
名 間	Bêng-kan
集 集	Chȧp-chȧp
水 里	Chúi-lí
日月潭	Jȧt-goȧt-thâm
魚 池	Hî-tî
信 義	Sìn-gī
竹 山	Tek-san
鹿 谷	Lȯk-kok

嘉義縣

嘉義市	Ka-gī-chhī
嘉義縣	Ka-gī-koān
嘉 義	Ka-gī
番 路	Hoan-lōˑ
梅 山	Mûi-san

竹 崎　　Tek-kiā

阿里山　　A-lí-san

中 埔　　Tiong-po͘

大 埔　　Tōa-po͘

水 上　　Chúi-siōng

鹿 草　　Lo̍k-chháu

太 保　　Thài-pó

朴 子　　Phoh-chú

東 石　　Tang-chio̍h

六 腳　　La̍k-kha

蒜 頭　　Soàn-thâu

民 雄　　Bîn-hiông

新 港　　Sin-káng

大 林　　Tōa-nâ

溪 口　　Khe-／khoe-kháu

義 竹　　Gī-tek

布 袋　　Pò͘-tē

斗 六　　Táu-La̍k

林 內　　Nâ-lāi

古 坑　　Kó͘-kheⁿ／khiⁿ

莿 桐　　Chhì-tông

西 螺　　Sai-lê

二 崙　　Jī-lūn

北 港　　Pak-káng

水 林　　Chúi-nâ

口 湖　　Kháu-ô͘

四 湖　　Sì-ô͘

元 長　　Goân-tióng

雲林縣

雲林縣　　Hûn-lîm-koān

斗 南　　Táu-lâm

大 埤　　Tōa-pi

虎 尾　　Hó͘-bóe／bé

土 庫　　Thô͘-khò͘

褒 忠　　Po-tiong

東勢厝　　Tang-sì-chhù

台 西　　Tâi-se

崙 背　　Lūn-pè

麥 寮　　Be̍h-liâu

台南市

台南市　　Tâi-lâm-chhī

中 區　　Tiong-khu

東 區　　Tang-khu

南 區　　Lâm-khu

西 區　　Se-khu

北 區　　Pak-khu

安平區　　An-pêng-khu

安南區　　An-lâm-khu

台南縣

台南縣　　Tâi-lâm-koān

歸 仁　　Kui-jîn

永 康　　Eńg-khong

新 化　　Sin-hòa

左 鎮　　Chó-tìn

玉	井	Giȯk-chéⁿ／chíⁿ
楠	西	Lâm-se
南	化	Lâm-hòa
仁	德	Jîn-tek
關	廟	Koan-biō
龍	崎	Liông-kiā
隆	田	Liông-tiân
麻	豆	Môa-tāu
佳	里	Ka-lí
西	港	Sai-káng
七	股	Chhit-kó·
將	軍	Chiong-／Chiang-kun
學	甲	Ha̍k-kah
北	門	Pak-mn̂g
新	營	Sin-iâⁿ
後	壁	Aū-piah
白	河	Pe̍h-hô
東	山	Tong-san
六	甲	La̍k-kah
下	營	Hā-iâⁿ
柳	營	Liú-iâⁿ
鹽	水	Kiâm-chúi
善	化	Siān-hòa
大	內	Tōa-lāi
山	上	San-siōng
新	市	Sin-chhī
安	定	An-tēng

高雄市

高雄市	Ko-hiông-chhī
新興區	Sin-heng-／hin-khu
前金區	Chiân-kim-khu
苓雅區	Lêng-ngá-khu
鹽埕區	Iâm-tiâⁿ-khu
鼓山區	Kó·-san-khu
旗津區	Kî-tin-khu
前鎮區	Chiân-tìn-khu
三民區	Sam-bîn-khu
楠梓區	Lâm-chú-khu
小港區	Sió-káng-khu
左營區	Chó-iâⁿ-khu

高雄縣

高雄縣	Ko-hiông-koān
鳳 山	Hōng-soaⁿ
林 園	Lîm-hn̂g
大 寮	Tōa-liâu-á
大 樹	Tōa-chhiū
大 社	Tōa-siā
仁 武	Jîn-bú
鳥 松	Chiáu-chhêng
橋 頭	Kiô-á-thâu

燕	巢	Iàn-châu
田	寮	Chhân-liâu
阿	蓮	A-lian
路	竹	Lō·-tek
茄	萣	Ka-tiāⁿ-á
永	安	Eńg-an
彌	陀	Bî-tô
梓	官	Chú-koaⁿ
旗	山	Kî-san
美	濃	Bí-long
甲	仙	Kah-sian
六	龜	La̍k-ku
杉	林	Sam-nâ
茂	林	Bō·-lîm
桃	源	Thô-goân
內	門	Lāi-mn̂g

澎湖縣

澎湖縣		Phêⁿ-／Phîⁿ-ô·
馬	公	Má-keng
湖	西	O·-se
西	嶼	Se-sū
望	安	Bāng-an
七	美	Chhit-bí
白	沙	Pe̍h-soa

屏東縣

屏東縣		Pîn-tong-koān
屏	東	Pîn-tong
三	地	Sam-tē／tōe
		(Soaⁿ-tē／tōe-mn̂g)
霧	台	Bū-tâi
瑪	家	Má-ka
九	如	Kiú-jû
里	港	Lí-káng
高	樹	Ko-chhiū
鹽	埔	Iâm-po·
長	治	Tióng-tī
麟	洛	Lîn-lok
竹	田	Tek-chhân
內	埔	Lāi-po·-á
萬	丹	Bān-tan
潮	州	Tiô-chiu
泰	武	Thài-bú
萬	巒	Bân-bân
崁	頂	Khàm-téng
新	埤	Sin-pi
南	州	Lâm-chiu
東	港	Tang-káng
琉	球	Liû-khiû／kiû
佳	冬	Ka-tang／Ka-la̍h-tông
新	園	Sin-hn̂g
枋	寮	Pang-liâu
枋	山	Pang-soaⁿ
春	日	Chhun-ji̍t
獅	子	Sai-á-thâu

車 城	Chhâ-siân	
牡 丹	Bó·-tan	
恆 春	Hêng-chhun	
滿 州	Boán-chiu	

台東縣

台東縣	Tâi-tang-koān
台 東	Tâi-tang
綠 島	Lėk-tó
蘭 嶼	Lân-sū
卑 南	Pi-lâm
鹿 野	Lȯk-iá
關 山	Koan-san
延 平	Iân-pêng
海 端	Hái-toan
池 上	Tî-siōng
東 河	Tang-hô
成 功	Sêng-kong
知 本	Ti-pún
長 濱	Tiông-pin
太麻里	Thài-má-lí
金 峰	Kim-hong
大 武	Tāi-bú
達 仁	Tȧt-jîn

花蓮縣

花蓮縣	Hoa-liân-koān

花 蓮	Hoa／hoe-lân／lian
新 城	Sin-siân
太魯閣	Thài-ló·-koh
秀 林	Siù-lîm
吉 安	Kiat-an
壽 豐	Siū-hong
鳳 林	Hōng-lîm
光 復	Kong-hȯk
豐 濱	Hong-pin
瑞 穗	Sūi-sūi
萬 榮	Bān-êng
玉 里	Giȯk-lí
卓 溪	Toh-khe／khoe
富 里	Hù-lí

金門縣

金 門	Kim-mn̂g
金 湖	Kim-ô·
金 寧	Kim-lêng
金 城	Kim-siân
列 嶼	Liȧt-sū
烏 坵	O·-khu

連江縣

南 竿	Lâm-kan
北 竿	Pak-kan
莒 光	Kí-kong

東 引　　Tang-ín

南海群島

東 沙　　Tang-soa
南 沙　　Lâm-soa
釣魚台　　Tiò-hî-tâi
列 嶼　　Liát-sū

附錄㈣

台北市主要路名台語讀音

中華路	Tiong-hôa-lō͘	舟山路	Chiu-san-lō͘
公園路	Kong-hn̂g-lō͘	成都路	Sêng-to͘-lō͘
仁愛路	Jîn-ài-lō͘	西園路	Se-hn̂g-lō͘
太原路	Thài-goân-lō͘	四維路	Sù-î-lō͘
介壽路	Kài-siū-lō͘	長春路	Tiông-chhun-lō͘
八德路	Pat-tek-lō͘	徐州路	Chhî-chiu-lō͘
三民路	Sam-bîn-lō͘	桂林路	Kùi-lîm-lō͘
文林路	Bûn-lîm-lō͘	莊敬路	Chong-kèng-lō͘
汀州路	Teng-chiu-lō͘	羅斯福路	Lô-su-hok-lō͘
吉林路	Kiat-lîm-lō͘	民生東路	Bîn-seng-tang-lō͘
成功路	Sêng-kong-lō͘	民生西路	Bîn-seng-se-lō͘
辛亥路	Sin-hāi-lō͘	民族東路	Bîn-chȯk-tang-lō͘
信義路	Sìn-gī-lō͘	民族西路	Bîn-chȯk-se-lō͘
松山路	Siông-san-lō͘	忠孝東路	Tiong-hàu-tang-lō͘
松江路	Siông-kang-lō͘	忠孝西路	Tiong-hàu-se-lō͘
承德路	Sêng-tek-lō͘	和平東路	Hô-pêng-tang-lō͘
康定路	Khong-tēng-lō͘	和平西路	Hô-pêng-se-lō͘
博愛路	Phok-ài-lō͘	愛國東路	Aì-kok-tang-lō͘
莒光路	Kí-kong-lō͘	愛國西路	Aì-kok-se-lō͘
萬大路	Bān-tāi-lō͘	南京東路	Lâm-kiaⁿ-tang-lō͘
館前路	Koán-chiân-lō͘	南京西路	Lâm-kiaⁿ-se-lō͘
衡陽路	Hêng-iông-lō͘	長安東路	Tiông-an-tang-lō͘
興隆路	Heng-／Hin-liông-lō͘	長安西路	Tiông-an-se-lō͘
寧夏路	Lêng-hā-lō͘	中山南路	Tiong-san-Lâm-lō͘
濟南路	Ché-lâm-lō͘	中山北路	Tiong-san-pak-lō͘
寶慶路	Pó-khèng-lō͘	光復南路	Kong-hȯk-Lâm-lō͘
西藏路	Se-chōng-lō͘	光復北路	Kong-hȯk-pak-lō͘

建國南路	Kiàn-kok-Lâm-lō͘	天津街	Thian-chin-ke
建國北路	Kiàn-kok-pak-lō͘	四平街	Sù-pêng-ke
新生南路	Sin-seng-Lâm-lō͘	西昌街	Se-chhiong-ke
新生北路	Sin-seng-pak-lō͘	伊通街	I-thong-ke
復興南路	Ho̍k-heng-／hin-Lâm-lō͘	甘谷街	Kam-kok-ke
復興北路	Ho̍k-heng-／hin-pak-lō͘	甘州街	Kam-chiu-ke
延平南路	Iân-pêng-lâm-lō͘	玉成街	Gio̍k-sêng-ke
延平北路	Iân-pêng-pak-lō͘	汕頭街	Sòaⁿ-thâu-ke
杭州南路	Hâng-chiu-lâm-lō͘	合江街	Ha̍p-kang-ke
杭州北路	Hâng-chiu-pak-lō͘	同安街	Tông-an-ke
林森南路	Lîm-sim-lâm-lō͘	秀山街	Siù-san-ke
林森北路	Lîm-sim-pak-lō͘	浣陵街	Oán-lêng-ke
金山南路	Kim-san-lâm-lō͘	赤峰街	Chhiah-hong-ke
金山北路	Kim-san-pak-lō͘	克難街	Khek-lân-ke
青島南路	Chheng-tó-lâm-lō͘	長沙街	Tiông-soa-ke
青島北路	Chheng-tó-pak-lō͘	延吉街	Iân-kiat-ke
重慶南路	Tiông-khèng-lâm-lō͘	武昌街	Bú-chhiong-ke
重慶北路	Tiông-khèng-pak-lō͘	虎林街	Hó͘-lîm-ke
西寧南路	Se-lêng-lâm-lō͘	昆明街	Khun-bêng-ke
西寧北路	Se-lêng-pak-lō͘	金門街	Kim-mn̂g-ke
環河南路	Khoân-hô-lâm-lō͘	青田街	Chheng-chhân-ke
環河北路	Khoân-hô-pak-lō͘	南陽街	Lâm-iông-ke
紹興南路	Siâu-heng-／hin-lâl-lō͘	信陽街	Sìn-iông-ke
紹興北路	Siâu-heng-／hin-pak-lō͘	牯嶺街	Kó͘-niá-ke
三水街	Sam-chúi-ke	保安街	Pó-an-ke
三元街	Sam-goân-ke	柳州街	Liú-chiu-ke
大同街	Tāi-tông-ke	臥龍街	Ngō͘-liông-ke
大理街	Tāi-lí-ke	泉州街	Choân-chiu-ke
大埔街	Tōa-po͘-ke	哈密街	Hap-bi̍t-ke
公館街	Kong-koán-ke	酒泉街	Chiú-chôaⁿ-ke

庫倫街	Khò·-lûn-ke	隆昌街	Liông-chhiong-ke
涼州街	Liâng-chiu-ke	渭水街	Uī-chúi-ke
浦城街	Phó·-siaⁿ-ke	華西街	Hôa-se-ke
峨眉街	Gô-bî-ke	華亭街	Hôa-têng-ke
桃源街	Thô-goân-ke	詔安街	Chiàu-an-ke
泰安街	Thài-an-ke	雅江街	Ngá-kang-ke
泰順街	Thài-sūn-ke	雲和街	Hûn-hô-ke
晉江街	Chìn-kang-ke	舒蘭街	Su-lân-ke
通化街	Thong-hòa-ke	新中街	Sin-tiong-ke
通河街	Thong-hô-ke	新東街	Sin-tong-ke
通北街	Thong-pak-ke	萬全街	bān-choân-ke
常德街	Siông-tek-ke	溫州街	Un-chiu-ke
許昌街	Khó·-chhiong-ke	塔城街	Thah-siaⁿ-ke
梧州街	Gô·-chiu-ke	農安街	Lông-an-ke
開封街	Khai-hong-ke	瑞安街	Sūi-an-ke
貴陽街	Kùi-iông-ke	漢口街	Hàn-kháu-ke
貴德街	Kùi-tek-ke	漢中街	Han-tiong-ke
連雲街	Liân-hûn-ke	銅山街	Tông-san-ke
富錦街	Hù-kím／gím-ke	嘉興街	Ka-heng-／hin-ke
富陽街	Hù-iông-ke	寧安街	Lêng-an-ke
富民街	Hù-bîn-ke	寧波街	Lêng-pho-ke
廈門街	E-mn̂g-ke	溪州街	Khe-／khoe-chiu-ke
湖口街	O·-kháu-ke	溪口街	Khe-／khoe-kháu-ke
景化街	Kéng-hòa-ke	德惠街	Tek-hūi-ke
景豐街	Kéng-hong-ke	潮州街	Tiô-chiu-ke
景仁街	Kéng-jîn-ke	廣州街	Kńg-chiu-ke
景明街	Kéng-bêng-ke	慶城街	Khèng-siaⁿ-ke
景隆街	Kéng-liông-ke	遼寧街	Liâu-lêng-ke
景美街	Kéng-bí／bóe／bé-ke	錦州街	Kím-／Gím-chiu-ke
景華街	Kéng-hòa-ke	錦西街	Kím-／Gím-se-ke

興安街	Heng-／Hin-an-ke	歸綏街	Kui-sui-ke
臨沂街	Lîm-kî-ke	鎮江街	Tìn-kang-ke
臨江街	Lîm-kang-ke	懷寧街	Hoâi-lêng-ke
濱江街	Pin-kang-ke	麗水街	Lē-chúi-ke
雙園街	Siang-hn̂g-ke	寶清街	Pó-chheng-ke
雙連街	Siang-liân-ke	蘭州街	Lân-chiu-ke
雙城街	Siang-siaⁿ-ke	饒河街	Jiâu-hô-ke

索 引

羅馬字	漢字	頁數	羅馬字	漢字	頁數
choaⁿ	煎	160			
chôaⁿ	泉	153		**（Ｃｈｈ）**	
chôaⁿ	殘	149			
Choán	轉	211	Chha	差	100
Choân	全	59	chhah	插	125
Choân	泉	153	Chhâi	才	117
choān	轉	211	chhāi	在	79
Choa̍t	絕	187	Chham	參	70
choeh	節	184	Chhap	插	125
Choe̍h	截	115	Chhat	擦	128
choh	作	52	chhân	田	167
cho̍h	昨	136	chhân	殘	149
Chong	妝	86	chhau	操	128
Chong	莊	197	chháu	草	197
Chóng	總	188	chhàu	臭	194
Chông	藏	201	chhe	差	100
Chok	作	52	chhe	吹	74
Chōng	狀	164	chhe	炊	158
chōng	藏	201	chhe	初	64
Cho̍k	昨	136	chhè	脆	193
Cho̍k	濁	158	Chhè	切	63
chu	注	153	chheⁿ	生	166
Chú	子	88	chheⁿ	青	224
Chù	注	153	chheⁿ	星	136
chû	前	65	chheⁿ	親	205
chúi	水	151	chhéⁿ	醒	216
Chûn	存	89	chheh	冊	62
chûn	前	65	chheng	千	68
chūn	陣	220	Chheng	青	224
chūn	轉	211	Chheng	稱	180

羅馬字	漢字	頁數	羅馬字	漢字	頁數
Hū	傅	56	Iâng	洋	154
Hui	飛	226	Iak	約	187
Hùi	肺	192	Iau	要	204
hûi^n	橫	146	Iầu	要	204
huih	血	202	i^n	嬰	88
Hun	分	63	î^n	燕	161
Hun	昏	134	î^n	圓	78
Hùn	糞	185	ī^n	易	135
			Im	陰	221
			Ìn	應	114
	（I）		It	一	45
			io	育	192
I	衣	203	ioh	約	187
í	倚	54	Iong	央	85
ī	易	135	Ióng	養	226
ià	厭	69	Ióng	甕	81
iá^n	影	106	Iok	約	187
iâ^n	營	161	Iông	洋	154
iah	挖	122	Iông	陽	221
iȧh	易	135	Iông	楊	145
iȧh	蝶	202	Iȯk	育	192
iam	陰	221	iô·^{n}	養	226
Iám	掩	124	iô·^{n}	洋	154
Iàm	厭	69	iô·^{n}	陽	221
iap	掩	124	iô·^{n}	楊	145
Iȧp	葉	200	Iú	有	140
Ian	燕	161	iú^n	養	226
Iàn	燕	161	iû^n	洋	154
Iân	延	104	iû^n	陽	221
Iang	央	85	iû^n	楊	145
Iáng	養	226			

羅馬字	漢字	頁數	羅馬字	漢字	頁數
óa	瓦	166	pàng	放	129
óa^n	腕	193	pâng	房	116
ōa^n	晏	136	Pâng	縫	187
ōa^n	案	144	pāu	暴	137
ōa^n	旱	134	pauh	暴	137
oa̍h	活	154	pe	飛	226
oán	腕	193	pé	把	118
oán	遠	214	pē	父	162
Oat	挖	122	pè^n	柄	143
oân	園	78	pê^n	平	102
oân	圓	78	pē^n	病	170
oān	遠	214	peh	八	60
ōa	畫	168	peh	百	172
oe	挨	122	pe̍h	白	172
óe	挖	122	Peng	崩	99
ōe	畫	168	Péng	反	70
ōe	會	139	Péng	屏	97
oe̍h	狹	165	Pèng	柄	143
oe̍h	劃	168	Pek	百	172
o̍h	學	89	Pek	伯	51
Ok	惡	112	Pêng	平	102
			Pēng	病	170
			Pe̍k	白	172
（P）			Pī	被	204
			piâ^n	平	102
Pá	把	118	pia̍k	爆	161
pah	百	172	pian	扁	116
Pat	八	60	Pián	扁	116
pân	便	53	piàn	半	68
pa̍t	別	64	Piān	便	53
pang	崩	99	Pia̍t	別	64

羅馬字	漢字	頁數	羅馬字	漢字	頁數
tȧt	值	54	tiā^n	定	90
táu	肚	192	Tiâm	沉	152
táu	斗	131	tiām	恬	110
tàu	鬥	228	Tiȧp	蝶	202
tāu	讀	208	Tiȧp	疊	169
té	抵	120	Tián	展	98
té	短	177	Tiân	田	167
té	貯	209	Tiang	中	49
tè	地	79	Tiang	張	105
tè	塊	81	Tiáng	長	217
tè	戴	116	Tiâng	長	217
tē	代	51	Tiâng	腸	194
Tē	地	79	Tiau	朝	140
Tē	弟	105	tiau	調	207
teh	壓	82	Tiâu	條	145
Téng	等	182	Tiâu	朝	140
Téng	鼎	228	Tiâu	調	207
tèng	中	49	Tiāu	調	207
Tek	得	107	Tîm	沉	152
têng	重	216	tín	振	122
Tēng	定	90	tit	得	107
Ti	知	176	Tîn	陳	221
Tí	抵	120	Tīn	陣	220
Tì	知	176	Tȧt	值	54
tì	著	198	tiȯh	著	198
tì	戴	116	Tiong	中	49
tî	持	121	Tiong	張	105
tī	地	79	Tióng	長	217
tī	弟	105	Tiòng	中	49
tiá^n	鼎	228	Tiông	重	216
tiâ^n	程	179	tiông	長	217

~~~~~~~~~~~~~~~~~~~~~備忘錄~~~~~~~~~~~~~~~~~~~~

~~~~~~~~~~~~~~~~~~~~備忘錄~~~~~~~~~~~~~~~~~

~~~~~~~~~~~~~~~~~~~~~~備忘錄~~~~~~~~~~~~~~~~

國家圖書館出版品預行編目資料

實用漢字臺語讀音
／吳秀麗著. --初版. --臺北市：
臺灣學生，民86
面；　公分
含索引
ISBN 957-15-0819-5 (平裝附卡帶).
ISBN 957-15-0818-7 (平裝)

1.臺語

802.5232　　　　　　　　　　　　　　　　86003416

實用漢字臺語讀音（全一冊）

著　　　者：吳　　　秀　　　麗
出 版 者：臺　灣　學　生　書　局
發 行 人：孫　　　善　　　治
發 行 所：臺　灣　學　生　書　局
　　　　　臺北市和平東路一段一九八號
　　　　　郵政劃撥帳號○○○二四六六八號
　　　　　電話：三　六　三　四　一　五　六
　　　　　傳眞：三　六　三　六　三　三　四
本書局登
記證字號：行政院新聞局局版北市業字第玖捌壹號
有聲書登
記證字號：行政院局版北市音字第肆貳伍號
印 刷 所：常　新　印　刷　有　限　公　司
　　　　　地址：板橋市翠華街8巷13號
　　　　　電話：九　五　二　四　二　一　九
定價 平裝新臺幣八○○元（平裝附卡帶）
　　　平裝新臺幣四○○元
西 元 一 九 九 七 年 五 月 初 版
80274　　　版權所有・翻印必究
ISBN 957-15-0819-5 (平裝附卡帶)
ISBN 957-15-0818-7 (平裝)